ROBERTO PAZZI
VANGELO DI GIUDA

GARZANTI

Prima edizione: febbraio 1989

ISBN 88-11-66284-2

© Garzanti Editore s.p.a., 1989
Printed in Italy

VANGELO DI GIUDA

Al lettore vorrei raccomandare, prima di aprire il romanzo, di non domandarsi quanto sia storicamente attendibile il volo di fantasia di *Vangelo di Giuda*, né di cedere alla tentazione di separare fatti documentati – come Tiberio a Capri che riceve la notturna visita di Antonia, ed Augusto che invia ad Alessandria l'ordine di uccidere Cornelio Gallo prefetto d'Egitto – da quelli del tutto inventati – come la folle vendetta di Cornelio Gallo che, per ingannare l'imperatore, mente sulla crocifissione fingendo di leggerla nel vangelo di Giuda –. Gli consiglierei piuttosto di arrendersi subito allo stesso piacere cui a stento si è arreso, solo dopo una faticosa lotta fra le sue due anime pagana e cristiana, l'autore: a quello cioè di liberare Cristo dal ruolo di giustiziere, al sogno che ha ispirato tanta letteratura – indimenticabile la leggenda del Grande Inquisitore de *I fratelli Karamazov* di Dostoevskij –. Quel che provocò nella mia fantasia la scintilla del romanzo è una curiosa notizia su Tiberio tratta da Tertulliano:
«Tiberius ergo, cuius tempore nomen christianum in saeculum introivit, adnuntiatum sibi ex Syria Palaestina, quod illic veritatem ipsius divinitatis revelaverat, detulit ad senatum cum praerogativa suffragii sui. Senatus quia non ipse probaverat, respuit. Caesar in sententia mansit, comminatus periculum accusatoribus christianorum» (*Apol.* v, 1-2).
Proprio perché la critica storica tende a ritenere la notizia dell'apologista cristiano un falso e l'attribuisce invece all'ambiente della corte di Domiziano, questa fantastica figura di Tiberio ammiratore di Cristo, proponente al senato di ammettere il Nazareno fra le divinità riconosciute dall'Impero, ha potuto suggerirmi come narrare e risolvere la dicotomia fra paganesimo e cristianesimo.

L'AUTORE

7

Ai miei allievi

Trasillo, l'astrologo di Tiberio, da qualche giorno aveva avvertito il suo signore. La congiunzione nei Pesci di Giove e Saturno non prometteva nulla di buono; qualcosa per mare sarebbe giunto a turbare la tranquillità dell'imperatore anche lì, a Capri, dove pareva che il rumore dell'urbe fosse solo una reminiscenza dei messaggeri del senato.

— E che pensi che sia, Trasillo, un mostro marino, una flotta di nuovi argonauti? — incalzava un mattino il figlio di Livia insonne, l'occhio arrossato e la barba incolta come dopo una notte passata a prolungare i piaceri della tavola.

Da pochi mesi era stato giustiziato quel Sejano, il prefetto del pretorio, che aveva garantito a Tiberio anni interi di evasione dal suo odioso carcere del potere. Odioso prima di tutto a lui stesso, che non aveva mai amato il suo destino di distruttore della libertà di Roma e di successore di Augusto, ruolo d'inevitabile confronto a suo danno che, nella memoria dei posteri, l'avrebbe gettato nella stessa posizione in cui l'incatenava da vivo la carica. La bellezza di Capri, l'isola delle Sirene di Ulisse, l'aveva in quegli estremi anni in vista della fine consolato come un sogno erotico illanguidisce le carni verso l'alba e viene protratto il più a lungo possibile, per non perdere una goccia della sua malia. S'era fatto costruire due ville nell'isola simili agli opposti lati del suo carattere legato al dualismo dello Scorpione: una, raramente visitata, vicina al mare, di fronte ai faraglioni, dove la vista correva a spaziare verso il largo e, in alcune giornate di trasparenza eccezionale, verso le forme della Sardegna, della Sicilia e della Corsica, oltre le quali si poteva immaginare l'Africa e tutto quel vasto mondo che pareva soltanto ansioso di correre sotto la frusta di un unico padrone. L'altra, villa Jovis, chiusa e inaccessibile come un pauroso segreto, stava su un alto monte a picco sul mare, e pochissimi Romani v'erano stati ammessi. Così molte leggende erano sorte sulla vita che vi si conduceva, soprattutto nei periodi di depressione del suo padrone inquieto quando nessuno sembrava in grado di ridestarlo dai ricordi più amari e struggenti: quello di Vipsania, la giovanissima moglie ripudiata per ordine di Augusto, quello degli studi di filosofia a Rodi, allorché davvero era stato libero dal potere e dalla famiglia di Augusto e Livia. Tiberio aveva cercato a Capri di riprodurre la magica sospensione di Rodi dove, nei primi anni almeno, aveva persino sognato di poter diventare un retore o un filosofo, ingelosendo Augusto.

— Noi non apparteniamo a noi stessi, ma a Roma, ricordatelo sempre, Tiberio! — gli aveva gridato l'imperatore quando l'aveva fatto ritornare da Rodi soltanto dopo avergliela resa inospite come una prigione. E poco dopo, per colmare la misura del suo dovere di non concedersi alcuna scelta solo per sé, gli aveva imposto di ripudiare la moglie per sposare Giulia, la sua disgraziata figlia. Alternando momenti di serenità, sempre più brevi, a momenti di depressione nella villa vicina ai faraglioni e in quella sul monte, a mezzogiorno, Tiberio aveva "scontato anni di pena" come soleva dire. E quando passava vicino a Niso, lo schiavetto ápulo che custodiva la sabbia dorata delle clessidre e misurava sulla meridiana di corniolo il cammino del sole, prendeva in mano bacchette e strumenti, ghermendoli con voluttà, come se immergendo le dita adunche nella sabbia della clessidra potesse rompere l'imbuto del tempo e accelerare la corsa. Una notte Niso l'aveva udito mormorare lasciando cadere la rena dorata tra le dita inerti:

— Di che cosa mai siamo fatti... Qualsiasi vento potrebbe disperderci...

A Roma s'era innamorato di Capri leggendo e rileggendo il passo dell'Odissea in cui Ulisse, davanti alle Sirene, tura le orecchie dei compagni colla cera e si fa legare all'albero della nave per udire il canto senza pericolare sui faraglioni dell'isola. A lui non rimaneva altra libertà che il capriccio e il dispetto: Augusto aveva tessuto il disegno e la figura d'un imperatore, lui poteva solo lacerare un dettaglio, variare qualche inflessione. E così con Omero. Lui, l'imperatore romano, poteva soltanto giocare con i divieti di Ulisse, correre dalle Sirene a Capri, ascoltarle, perdersi nel loro canto. Giocare così con un capriccio letterario il suo potere, come con una variante al testo di Omero. Ci aveva scherzato una serata intera, a Roma, con alcuni senatori. Disorientati dai suoi paradossi e dalla sua ironia, non avevano più saputo cosa dire, temendo di compiacerlo in modo sbagliato se lo esortavano a correre a Capri per cercare quelle divinità marine; e, impercettibile, un super-stite residuo senso del ridicolo li fermava, sapevano che Tiberio voleva e non voleva i suoi cortigiani pronti a secondarlo. Ma nessuno aveva davvero creduto che deside-rasse attuare quel capriccio. E perciò erano rimasti atterriti quando l'avevano udito pronunciare quella frase, con la sua voce bassa e profonda, gli occhi rivolti a terra:

— Allora domani mattina, all'alba, a Ostia. Verrete a Capri con me e non ve ne andrete finché non avremo ascoltato le Sirene: ma questa volta non a orecchie tura-te...

Tutti avevano colto l'annuncio sinistro di morte di quella frase e quella notte avevano salutato le mogli e i figli, che piangevano, come essi andassero all'esecuzione capitale. Nemmeno Livia, la madre Augusta dalla volontà di ferro che gli aveva spianato la via al potere, era riuscita a farlo desistere.

E il giorno dopo Tiberio era davvero partito per Capri, con la sua corte. Di furia come inseguito da un nemico implacabile: il tempo. Perché qualcuno l'aveva sentito

13

ripetere più volte, in lettiga verso Ostia, che occorreva procedere più presto, più presto, che non aveva molto tempo, che troppo tardi aveva capito, troppo tardi. Era cominciato così il suo esilio a Capri. Mai però lui aveva usato quella parola, esilio; piuttosto era parso a tutti che si considerasse in vacanza su quell'isola così bella.

— Del resto ogni mortale è un'isola — aveva concluso in una lunga lettera dettata per la madre dalla villa prospiciente i faraglioni, da quel luogo dove la leggenda sosteneva che le Sirene, figlie d'una Musa e di Forco, avessero la loro sede.

Tiberio aveva per la prima volta usato contro la madre il potere imperiale, ingiungendole di non toccare più l'argomento, di non tentare più di richiamarlo a Roma, se non voleva lei sì davvero l'esilio. Quando poi, due anni dopo, era morta, Tiberio non s'era mosso da Capri che a funerali avvenuti, autorizzando i peggiori sospetti su quella morte che non pareva avergli fatto versare una lacrima. Avvicinandosi ai settanta anni, Tiberio, sempre più lontano dal potere delegato ormai a Lucio Elio Sejano, il cavaliere di origine etrusca che aveva persino associato al consolato, non s'era mostrato più pago di stravaganze letterarie. Come se le Sirene lo avessero persuaso a cercare ancora più in là, oltre il loro canto, oltre la poesia e la sua forza, s'era volto a interessarsi della potenza degli astri. Era allora iniziato il regno di Trasillo, come dicevano a Roma i senatori, l'astrologo favorito che aveva imparato come dominare l'inquietudine dell'imperatore volgendo al mistero e allo studio astrologico la sua divorante sete di assoluto. Trasillo vedeva i conti d'un'intera esistenza, ormai da tempo logoranti l'animo di Tiberio, volgere a un bilancio disastroso: niente figli, nessun amico, nessun affetto per i componenti della famiglia, dappertutto solo la devastante solitudine che pareva averlo nutrito insieme al latte materno; che rimaneva al vecchio ormai se non piegare la sua curiosità al mondo dei morti nell'Ade? E, con una nuova follia che

14

nessuno sapeva se fosse davvero di Tiberio o ispirata dal suo astrologo, s'era proposto di aiutare i più antichi fra i suoi intimi a raggiungere in fretta la morte per poterlo precedere in quella dimora e preparargli una sede che avrebbe ripetuto la sua corte di Roma, quella dei primi anni, quando ancora era stato amato da chi aveva sperato in lui. — Così mi accoglierete presto fra voi, io non sarò solo nella morte, vi riconoscerò subito e saprete insegnarmi, appena mi rivedrete, che cosa accada laggiù, come si possa governare l'eternità...

Perché per Tiberio non esisteva ormai altro nemico da vincere che l'eternità. Era quella la conquista ancora da completare, la provincia da aggiogare alle altre, la terra di nessuno che gli si spalancava di fronte. Trasillo l'aveva scorto varie volte intento a scrivere, nel colmo della notte, quando la tirannia dell'insonnia vinceva anche il tiranno del mondo ed occorreva vegliare perché il furore della solitudine non facesse altre vittime dopo quelle che in quei giorni cadevano per popolare l'eternità: e l'aveva sorpreso a scrivere i nomi dei morti, con una pedantesca minuziosità, come se invece dei ranghi semivuoti del senato, dovesse riempire quelli più vasti ed assoluti di una nuova provincia, con ruoli di amministrazione, giuridici, militari e religiosi. Osato chiedere quale assillo lo spingesse a quelle fatiche di scrittura, s'era sentito rispondere che solo un imperatore poteva sapere su quali forze contare nell'Erebo, che lo lasciasse studiare con quali volti popolarlo, con quali opere bonificarlo, per non cadere nella noia di Achille, che nell'Ade aveva invidiato la vita dell'ultimo guardiano di porci sulla terra. Erano iniziati in quei giorni i terribili processi di lesa maestà, ispirati anche da Sejano e Trasillo, coinvolgendo la famiglia di Germanico, i senatori più in vista, alcuni autorevoli membri dell'ordine equestre. Poi le due vipere, Sejano e Trasillo, avevano ognuno pensato di riuscire a governare senza il complice di scelleratezze

15

cominciando a prendere le distanze per macchinare la rovina uno dell'altro.

Era stato allora che l'anziana Antonia, madre di Germanico e nonna di Caligola, s'era precipitata nottetempo a Capri, su una vecchia barca di pescatori di Baia, riuscendo con un coraggio da vera figlia di Antonio a giungere fino al cospetto di Tiberio. Aveva puntato tutto sull'intuizione che quel gran solitario si sarebbe commosso di fronte all'immagine di se stesso ragazzo, davanti allo specchio della memoria. Gli aveva recato di nascosto, sotto il mantello, Gaio Cesare Germanico, l'efebo esile e biondo che i legionari del padre chiamavano Caligola, dagli occhi dolci e spaventati, molto simile a Tiberio adolescente. Lei, coetanea del vecchio, se lo ricordava bene. Tiberio se li era visti davanti all'improvviso mentre stava per recarsi a letto, condotti per mano da un coraggioso amico di Antonia, il bibliotecario Floro, attraverso un dedalo di stanze che aveva celato a Trasillo i nuovi visitatori.

— Ecco, o Tiberio, guardati! È te in lui che Sejano vuole uccidere! — aveva esclamato Antonia, non appena l'aveva visto e aveva spinto innanzi Caligola, porgendogli poi subito una lettera di Sejano che era riuscita ad intercettare, la prova irrefutabile dei suoi preparativi per uccidere col veleno l'imperatore a Capri. Tiberio aveva a lungo guardato Caligola. Era impressionante quanto gli somigliasse, non l'aveva visto che poche volte di sfuggita, in mezzo a tutta la famiglia riunita per qualche circostanza: gli stessi occhi, la stessa pelle diafana, gli stessi riccioli biondi, la stessa tendenza a curvare la schiena che aveva suscitato tanti rimproveri nei suoi educatori.

— Perché stai curvo? Vuoi diventar gobbo? Alzati, Caligola, devi guardare in viso chi ti parla — e l'aveva attirato a sé, con una dolcezza strana, con la destra mentre con la sinistra reggeva la lettera di Sejano e leggeva. Che immenso dolore provava. Non per affetto o delusione, no, non s'era mai fatto illusioni su quell'ambizioso. Ma sperava che la rapacità e l'egoismo di Sejano potessero servirlo bene, sollevandolo un poco dal peso del potere, lasciandolo a godersi la bellezza di Capri sino alla fine. Quella lettera significava che occorreva por termine al canto muto delle Sirene, alla ricerca del suo destino fra gli astri, allo studio assorto e beato della nuova costellazione che Trasillo gli aveva promesso in cielo come sua sede, quando fosse morto, col suo nome. A tutti i disegni di popolare più presto la morte di cortigiani per farne una casa più simile alla sua villa. Ora occorreva davvero far sentire la sua autorità a Roma e precedere Sejano. Avrebbe dovuto tenerselo anche di là, quel traditore, fra i suoi!

Allora gli veniva all'improvviso in odio quella follia di popolare la morte, non voleva che fosse identica alla vita, se doveva ripetersi anche laggiù il gioco all'infinito di fedeltà e finzione.

— Salvami tu, Caligola, bambino mio, salvami tu da questa riapparizione della vita fra i morti! Non voglio rivedere Sejano di là, non voglio nessuno di coloro che ho conosciuto! O Antonia cara, come ci si può difendere da una morte che sia la replicazione delle stesse cose? Dimmi, posso ancora sperare di morire tutto intero, di dormire davvero?

— Tiberio, c'è una giovane donna che hai amato. Io la ricordo ancora Vipsania, la tua dolcissima sposa; non vorresti poterla ritrovare? — Antonia aveva parlato quasi senza sapere che cosa diceva, sconcertata dalla confessione di quel mostro. Possibile che la vista di Caligola l'avesse tanto turbato da ripensare a tutta la sua vita come a un grande errore da temere di ripetere? Possibile che nessuno avesse fatto desiderare di vivere a quell'infelice facendo breccia nell'orrore di quella solitudine? Allora le era riaffiorata la memoria di Vipsania, la giovane sposa che Tiberio quasi cinquanta anni prima aveva dovuto ripudiare per ordine di Augusto. Era stata sua buona amica, quella bruna ragazza silenziosa e fedele. Era morta quasi subito dopo il

17

ripudio, dando alla luce il figlio Druso. Pareva un'ombra ora, un fantasma evocato dal dolore e dalla solitudine di quel vecchio che era stato un giovane snello e forte, un guerriero valoroso adorato dai suoi legionari in Germania; e prima ancora un bambino silenzioso e timido come Caligola.

Antonia ripassava in un attimo le età della sua esistenza in quelle del coetaneo cognato: vite consegnate ad obblighi e ruoli predestinati. Figlia di Marco Antonio e di Ottavia, sposa di Druso maggiore, il fratello di Tiberio, Antonia sentiva di vivere uno dei rari momenti sottratti al destino, creati da lei, liberi, imprevisti, ribelli. Pareva che il copione prestabilito si lacerasse come una tela troppo consumata e che nella sua condizione muliebre apparisse il privilegio di riporre in discussione le certezze virili della storia. Aveva usato le parole giuste, lo sentiva. Sejano era spacciato. Tiberio e Caligola, il suo adorato nipotino, erano salvi. Forse quella nuova apparizione nella vita del vecchio, quella figura di se stesso giovinetto, l'avrebbe distolto dalle opere rovinose di quella sua vecchiaia folle e dissipata, forse avrebbe riscaldato gli ultimi anni alla fiamma d'un'idea del potere più umana.

Perché perché da qualche tempo solo despoti il potere partoriva in Roma? Quante stragi in cinquant'anni per un solo dominatore del mondo. Ricordava ancora Cesarione, le sorellastre Selene ed Alessandra. Scomparso il primo, sposate le seconde a re sottomessi all'autorità di Roma, non li aveva più visti: ma li portava sempre nella memoria. Da quando il grande Cesare era stato ucciso — lei non l'aveva visto, era nata quando lui era morto — la pace si era solo garantita del terrore suscitato da chi dominava la scena del mondo. Ma come poteva un uomo nel regno della bellezza più assoluta della natura, quel vecchio in quel giardino delle Esperidi, rimanere insensibile a tanta armonia? Traversando in barca il golfo partenopeo, alla luce della Luna piena, s'era commossa alla vista dell'isola verso la quale dirigeva-

18

no i due vecchi pescatori di Baia la loro barca. Il mare tranquillo in quella notte dolcissima, appena animato dalla luce della Luna, distoglieva da qualsiasi pensiero drammatico. Non pareva nemmeno credibile che una vecchia matrona romana corresse per mare dal cognato imperiale ad avvertirlo che a Roma volevano avvelenarlo per sostituirlo col suo più fido ministro.

Pensieri come quelli se li rapiva la brezza della notte fino a riva da dove giungevano ancora gli echi di una canzone d'amore, sussurrata da chissà quali bocche di giovani marinai. Il cielo era gravido di stelle cadenti, l'aria affollata di profumi che aleggiavano sull'acqua provenienti da terra. Non c'era posto per nessuna disperazione quella sera. E quando poi s'era fatta coraggio, scendendo all'imbarcadero dell'imperatore, e aveva iniziato a salire verso la villa Jovis mostrando solo l'anello col sigillo della famiglia Giulia al capo delle guardie che aveva subito chiamato Floro, s'era distratta spesso dai pensieri di morte guardando le agavi e le ginestre, nella luce di latte della Luna. Profumi inebrianti di ginestre, di timo, di lavanda, di garofani, di tigli, fruscii di animali infrattati, aliti del vento caldi come carezze: possibile che un mostro vivesse in quel giardino meraviglioso senza patire un contrasto insopportabile? La bellezza avrebbe dovuto cacciare come un intruso Tiberio dal suo regno se in lui non albergava ancora un'anima capace di amare la vita. E ora che l'aveva udito farle la domanda cui subito s'era sentita di rispondere evocando l'amore che anche Tiberio aveva provato in giovinezza, era certa che un impulso vitale per l'Impero fosse stato rimesso in movimento nella stanza nuda e severa dove si consumavano le notti insonni di quell'infelice. Per un momento Antonia giunse a rammaricarsi d'avere settant'anni. Ah, se avesse potuto sciogliere lei quel cuore indurito, attirarlo con la giovinezza che aveva perduto... Era stata bella, molto bella Antonia, simile al padre, con gli stessi occhi magnetici, capace di una seduzione irresistibile. L'unica volta che Cleopatra l'aveva

19

incontrata, a Roma, bambina, la regina le aveva carezzato il mento, volgendole in alto il capo per fissarla meglio; e le aveva detto che dei figli di Marco Antonio lei era l'unica davvero simile al padre. E, abbassando la mano e chinando lo sguardo:

— Ma tu sei una donna, e allora vivrai più a lungo dei tuoi fratelli; a te perdoneranno d'essere figlia di Antonio.

Lo strano presentimento di Cleopatra, che era allora in compagnia del figlioletto Alessandro, solo col tempo aveva rivelato tutto il suo valore. E giungeva fin lì, a Capri, quella notte, a riverberare della sua luce, ora che la bellezza se n'era andata ed era rimasta la grande intelligenza che Antonia aveva ereditata da suo padre.

— Di chi mi potrò fidare da oggi, Antonia? Solo di questa mia immagine antica, di questo bambino che fui?

— E di Antonia, se la vedova di tuo fratello, che ha ben superato l'età delle passioni, può ancora ispirarti fiducia. Ma ti prego, Tiberio, agiamo in fretta, non c'è un solo momento da perdere. E non avvertire di nulla Trasillo, se posso permettermi di darti un consiglio io che sono solo una donna.

— Credo che Trasillo sarà invece un alleato prezioso: odia Sejano da tempo e non sapevo più ormai come moderare questa sua avversione. Ora saprò giovarmene.

— Del resto forse hai ragione, Tiberio, un astrologo dev'essere meno pericoloso di un prefetto del pretorio.

— In ciò, Antonia, t'inganni. Trasillo è ancora più pericoloso: i cieli obbediscono alla sua ambizione. Egli conosce ogni mia debolezza e volge e stravolge gli astri per secondare i miei desideri e placare i miei terrori. M'ha promesso una costellazione in cielo. Può un uomo, anzi, l'imperatore romano, rimanere insensibile a una lusinga del genere? Ma a Trasillo penseremo più tardi, Antonia, ora badiamo a togliere di mezzo Sejano.

E quella notte Tiberio, il pallido vecchio che più volte guardava nello specchio il colore della lingua e degli occhi, tormentando medici e astrologhi alla ricerca d'un rimedio della malattia della vita che quelli non osavano dargli, fu un altro uomo. Pareva aver trovato la medicina cercata sempre nella sua lunga esistenza, soprattutto nell'ultima parte, quella dov'era sopravvissuto al vero Tiberio che era stato. I cani di Epiro che il giorno dopo avrebbero dovuto sperimentare nuovi farmaci per la cura che un medico di Libia, Labeone, aveva raccomandato, furono liberati e tornarono a diventare pacifici emblemi della fedeltà all'ingresso della villa. All'alba partì dall'imbarcadero dell'imperatore il nuovo segreto prefetto delle coorti pretorie, Macrone, il marito d'una nipote di Trasillo, con i pieni poteri. Gli ordini, non appena fosse giunto a Roma, erano di arrestare Lucio Elio Sejano, tradurlo in giudizio in senato con l'accusa di Cesare stesso di lesa maestà, eseguire subito la sentenza di morte. Gettare infine il corpo dalle Gemonie. Si mostrava persino allegro Tiberio, mentre dettava a Floro le lettere per il senato; non si staccava mai da Caligola intanto, ipnotizzato dalla vista dello zio. Come se da quel contatto fisico col ragazzo venisse al vecchio un'energia che non aveva più ritrovato da anni, lo teneva per mano, l'accarezzava sul mento, gli scompigliava i capelli, gli porgeva un grappolo d'uva da piluccare insieme, gli offriva da bere un nappo di vino inacquato. E intanto dettava e pensava; e rideva, rideva d'una strana allegria come se tutto il dolore e la rabbia e la delusione patiti si fossero convertiti in un selvaggio gusto di rivincita, di vendetta contro Sejano e contro tutto quel che gli sembrava averlo tradito e abbandonato, compresa la giovinezza, la fiducia, l'innocenza, il piacere di guardare negli occhi qualcuno senza vederlo tremare.

— Antonia, Antonia, che male mi hai fatto... Mi stai restituendo la voglia di agire che con tanta fatica avevo imparato a distruggere in anni di solitudine qui a Capri! Che veleno sottile mi corre oggi nelle vene, non ho mai amato così la luce del sole che tarda a venire, come questa notte... — Era infatti appena l'alba, ma l'imperatore continuava a domandare che ora fosse, impaziente di vedere il congegno della vita di palazzo riprendere a correre. Perché non venivano ancora i suoi liberti a preparare l'acqua del suo bagno? E perché lo schiavo addetto al conto dei giorni e delle ore, accanto alla sua clessidra, non gli aveva presentato la tavoletta con le effemeridi di quel giorno? E la sua frutta di stagione? Perché ancora non gli veniva recata sulla patena di Alessandro Magno, bottino della reggia di Cleopatra?

— Ma per quale ragione hai voluto privarti di tutti coloro che ti amavano veramente? — incalzava allora Antonia, sempre più confidenziale e persuasa che dalle sue parole poteva venire un effetto benefico per il mondo governato da quell'uomo così stanco.

— Può sapere da chi è amato l'imperatore, Antonia?

— Da me l'hai saputo.

— Solo perché non potevo contare su di te ho avuto spontanea questa prova; ed è ormai troppo tardi per cambiare la mia vita. Forse però Caligola... — e il vecchio che aveva avuto un figlio e l'aveva visto morire, si lasciava dopo tanti anni riprendere dalla debolezza di un nuovo affetto.

Caligola non amava quel vecchio zio ripugnante che emanava uno sgradevole puzzo di mele marce, la cui mano sudaticcia lasciava sulla pelle un umore freddo che gli ricordava la bava delle lumache. Avesse potuto decidere autonomamente se ne sarebbe andato via di corsa da quella stanza grigia dove sua nonna e il vecchio zio gli parevano parlare come due fantasmi, quasi in un sussurro, di cose che li facevano apparire spiritati e allucinati come maschere dei Lupercali. Guardava quel vecchio zio con i suoi grandi occhi impietosi: vedeva i denti gialli e radi, il naso lungo e rapace a becco d'aquila, le fosse nere delle occhiaie in cui affondavano quelle pupille sbiadite che a tratti emanavano un lampo che immobilizzava chiunque. Aveva già notato più volte quell'effetto anche nella nonna, che pure era una donna che non aveva paura di nessuno. E quella testa calva dai pochi capelli intorno alle tempie così bianca e inazzurrata di un reticolo di vene, gli ricordava la pancia delle testuggini capovolte, quel gioco che gli piaceva fare nei giardini del suo palazzo, vicino alla peschiera, quando non lo controllavano e poteva molestare finalmente qualche essere vivente come tutti tormentavano lui. Quel vecchio immondo era alto però come non aveva visto mai alcuno in famiglia; gli incuteva timore quando lo vedeva chinarsi per carezzarlo, ma non voleva che se ne accorgesse. Sapeva che quello era l'imperatore, l'erede di Cesare e di Augusto, che tutti dipendevano da quell'uomo, proprio tutti, persino suo padre quando era stato vivo e ora tutti i generali amici del padre. Era così antipatico, così brutto. Dunque l'uomo più potente era quell'essere così ripugnante. Era impossibile separare la paura e il potere, la bruttezza e l'autorità. Come lo guardava, in quel momento, lo zio! Gli occhi si facevano più acquosi, le occhiaie umide, la voce aveva un incontenibile tremito. Lo stesso delle mani dalle dita contorte e sottili come stecchi avvelenati di un bosco. Ora lo toccavano quelle mani, con una strana intensità, gli correvano sotto la tunica a carezzargli i capezzoli, a solleticarlo sotto le ascelle. E Caligola compiva uno sforzo terribile per non divincolarsi da quella presa così intima e odiosa, che nemmeno suo padre, quando era vivo, gli aveva mai fatto subire. Dalle parole della nonna e dello zio intravedeva un orrendo sospetto: quello di dover vivere più vicino allo zio, forse addirittura in quella stessa casa, su quell'isola. Gli vennero le lacrime agli occhi e subito Tiberio notandole si commosse asciugandole con le dita:

— Guarda, Antonia, il nostro Caligola piange... è molto sensibile questo nipote. Dunque mi vuol bene; Caligola, piangi per me? — Caligola abbassò lo sguardo e singhiozzando rispose di sì, che gli voleva bene davvero.

Erano poi avvenute nel giro di pochi giorni l'esecuzione

23

di Sejano e quella della figlia Junilla, deflorata prima di essere strangolata dallo stesso boia dato che la legge non consentiva l'esecuzione d'una vergine; e infine quella della moglie Apicata, che aveva inviato a Tiberio, come estrema vendetta, una lettera con le prove della complicità di Livilla nell'avvelenamento del marito Druso minore, il figlio di Tiberio.

In quei mesi così densi di tragici avvenimenti, dopo tanto tempo era comparso alla presenza di Tiberio Trasillo e gli aveva preannunciato altre novità, leggibili nella congiunzione in Pesci di Giove e Saturno.

— Come non bastasse quanto è già successo... Che altra sventura potrebbe mai coglierci, che pensi che sia, Trasillo, un mostro marino, una flotta di nuovi argonauti? — l'aveva incalzato beffardo e provocatorio Tiberio. Ma aveva fatto rafforzare prudentemente la sorveglianza costiera, verso i faraglioni, dove già era severo il controllo della navigazione.

II

La scala di settecento gradini di porfido che portava dalla
villa sul monte fino al mare era la passeggiata preferita di
Tiberio. Da quell'erta egli godeva il mutamento progressivo
del paesaggio come s'immaginava potessero soltanto gli
uccelli, le creature che più aveva invidiato nella natura.
Calarsi lentamente nel giro delle cose, partendo dalla
vetta, questo era stato lo stile della sua vita, quando ancora
l'aveva amata e non subita. Gli anni non li misurava che dai
momenti perfetti, come i chicchi di una melagrana più
maturi: spesso scendendo quei gradini li richiamava a
raccolta e sommandoli contava quanti mesi aveva vissuto
nei suoi settantaquattro anni. Allora guardava in alto e per
un istante gli pareva d'essere uno dei gabbiani che, con
un'impennata improvvisa, risalgono lo spazio dove si erano
calati, verso il sole. E si fermava a riposare come tanti
vecchi della sua isola. E contemplava il golfo, la punta
meridionale, i monti, fino a Pozzuoli e Cuma, oltre il capo
Miseno. Ma era il Vesuvio che attirava la sua attenzione
soprattutto da quando il vulcano aveva eruttato nella notte
il rosso magma della sua lava e di giorno fatto sentire sordi
brontolii di attività in ripresa.

Quante volte avrebbe ancora potuto percorrerla quella
discesa, si domandava ansimando. E il pensiero di non
poter più respirare l'aria di quell'isola, l'unico luogo dove
l'esistenza gli paresse sopportabile, lo commuoveva nel
ricordo di Circe e Calipso, le dee che avevano invidiato ad
Ulisse la mortalità. E guardava allora verso il capo dove la

25

maga aveva vissuto la sua infelice immortalità, poi quel monte sopra Napoli dov'era sepolto Virgilio, l'altro Omero che aveva cantato la noia e l'infelicità degli dei. Com'era dolce aver terminato l'esame ch'era stato la sua vita. A volte quella struggente nostalgia del Sole e della Luna, sulla via di perderli, si mutava in una strana dolcezza di liberazione, come può gustare solo chi abbia superato una difficile prova.

Una leggera scossa di terremoto lo distraeva dalla sua contemplazione. L'occhio correva al Vesuvio dall'ampio pennacchio di fumo. Era meglio ritornare forse, c'era l'aria sospesa che accompagna un gran sommovimento naturale. Stava già per voltarsi e rifare il cammino quando notò una donna salire lentamente in senso contrario al suo su quella scala dove a nessuno era concesso passeggiare.

Irritato da quella violazione della sua solitudine, prese ad apostrofarla di lontano:

— Chi sei tu che osi presentarti a Capri, senza il mio permesso? Da dove vieni, chi ti ha lasciata passare? — E mentre alzava il magro braccio a minacciarla col dito, studiava la forma severa avvolta in un bianco mantello che si avvicinava, per nulla turbata dalle parole di Tiberio. Era grande la bellezza del suo incedere, pareva che la calma dei movimenti emanasse da una sicurezza antica, come di chi è abituato a dare ordini e a non subire la volontà di nessuno. Compariva sempre più nitido il profilo del viso, alto e severo, pallidissimo, incorniciato da capelli nerissimi come gli occhi, appena trattenuti dal velo sulla testa. Dietro, sullo sfondo di quella forma alta e candida, l'azzurro cupo del mare pareva rendere più nitida e solitaria quella figura di donna che incedeva sulla scala di Tiberio priva ancora di identità, armata solo della sua tranquilla sicurezza. "Dovrò dunque dirle io chi sono? Forse ignora di trovarsi al mio cospetto?" Seccato Tiberio cominciava ad intuire che l'ignota, in virtù di qualche forza arcana, non aveva paura di lui, come se nemmeno essere alla presenza di Cesare servisse ad arrestarla, a costringerla a dichiararsi. Forse era meglio non verificare tanta indifferenza: guardò in alto per vedere se la sua guardia s'affacciava dal monte. Ma non appariva nessuno. Era solo davanti al mare e a quella donna.

D'improvviso gli fu chiaro che il mare e la donna erano associati, che lei veniva da quelle acque da cui Trasillo aveva previsto giungere un pericolo. Le loro distanze s'erano accorciate, incominciava a distinguere i lineamenti del volto, il naso grande e sicuro, la fronte stretta ed alta, un'espressione affaticata e stanca.

In quella sentì dei piccoli passi dietro di sé, si voltò e scorse Caligola che correva verso di lui, saltando i gradini con rapidità. Che faceva quel ragazzino imprevedibile? E il viso del vecchio si volgeva in alto verso il monte a guardare il nipote e poi, di scatto, verso il mare alla donna che avanzava. Strana associazione quelle due forme viventi che convergevano a un punto, a lui. Un bambino e una donna. D'un lampo, nella luce accecante dell'ora, gli apparvero i contorni d'un'altra città marina, Luni, e i passi saltellanti sulla spiaggia di Druso, suo figlio; e più ancora lontano, in un'epoca anteriore, sulla spiaggia di Ercolano, Vipsania, la sua prima moglie. Come franavano le memorie una nell'altra a riportare in superficie le cose lontane, a nascondere di nuovo il presente. Chi era mai lui se non un punto d'incontro di memorie, un crocevia d'età che entravano una nell'altra? Ma perché procedevano verso di lui quei due, perché lo costringevano a fermarsi, ad attendere dove si trovava? Si volse a chi poteva chiamare per nome, al suo erede:

— Caligola, fermati dove sei! Chi ti ha lasciato venire fin qua? Dov'è Antonia? — e un colpo di vento levatosi in quel momento portava le parole di Tiberio in alto a echeggiare contro le rocce del Solaro, amplificando la sua voce. Un lembo della porpora si gonfiava e tutta la sua figura pareva ingigantita, come se non avesse più l'età che consuma le

27

ultime resistenze della volontà di vivere. Poi il vento improvviso com'era sorto si spense. Anche la donna s'arrestò, mentre Caligola appariva senza vita a una decina di gradini da Tiberio. Che accadeva? Tiberio volgeva lo sguardo attorno e provava la sensazione che anche le foglie stessero immobili, mentre taceva il canto degli uccelli. Il mare pareva morto, senza increspature, né scaglie di sole, sordo, abbandonato dal richiamo delle cicale che se ne stavano zitte. Da terra nemmeno una voce, un suono di strumenti, un arcolaio, una vanga, un martello. Nulla. Solo un silenzio senza possibili paragoni. Tiberio ricercava nella memoria quando ne avesse vissuto uno simile: nelle foreste della Pannonia, prima dell'attacco dei Cherusci; al guado dell'Ister durante un'imboscata degli Avari; nella casa di Nola, quando Augusto s'era spento e tutto s'era fermato, attonito, anche lui che non avrebbe voluto che il tempo corresse ad applicargli sul viso la maschera di imperatore. Non trovava nessuna quiete paragonabile. Che fosse morto e così si mostrasse ai trapassati il regno dei vivi? Che quella donna in cammino sicura incontro a lui sfidando ogni controllo fosse la Parca venuta a recidere il filo della sua esistenza? La sua Capri che flagrava di vita e colore, così all'improvviso ammutolita, così spenta, non era possibile... Tentò uno sforzo sovrumano per parlare, la voce faceva fatica a salire come se non obbedisse più alla sua volontà. Ma doveva parlare, doveva rimettere in moto il tempo. E finalmente arrochita e irriconoscibile affiorò:

— Chi sei tu? Parla! Potremmo attendere millenni sul porfido di questa scala prima d'incontrarci, almeno parla, dimmi chi sei.

La donna lo guardava ferma, con un sorriso appena accennato. Pareva muovesse le labbra senza riuscire a scandire le parole, vinta anche lei da una forza più grande della volontà.

— Vieni dal mare; dimmi chi ti ha recato qui sulla mia isola? Sai chi sono?

28

Finalmente la sconosciuta riuscì a vincere il silenzio:

— Sono Cornelia Lucina, la figlia di Cornelio Gallo, il poeta di cui tuo padre Augusto ha cancellato la memoria. Vengo dall'isola di Pandataria dove sono stata relegata per molti anni, per un ordine dimenticato di Augusto di lasciarmi libera scontata la mia pena...

Tiberio dubitava ancora, non era un essere umano quello, ma una divinità che forzava il tempo a non rammentarsi di scorrere, le foglie a rimanere immobili sul ramo, il mare a respirare in silenzio. Solo un ordine di Augusto caduto nell'oblio poteva averla evocata da una forma mortale ed elevata alla vita soprannaturale di una ninfa. Sì, un tempo le donne erano divenute dee per una sublime metamorfosi di dolore, come Niobe e Ino, come Eco e Dafne. Doveva essere una creatura vittima di Augusto ma amata dagli dei. Dunque il mondo era ancora divino, ancora retto da una mano invisibile che si prendeva cura delle lacrime umane? La vocetta di Caligola lo riportò alla realtà da cui l'aveva rapito colei che ora aveva ripreso a salire:

— Chi è quella? — la mano del nipote cercava la sua, gli era dappresso ormai. Si voltò Tiberio e sentì le foglie d'un fico stormire e alto in cielo vide un falchetto, calare a lenti giri su una preda visibile a lui solo. E il mare aveva ripreso la sua canzone, inquieto e infido, ma sovranamente signore di tutte le terre che abbracciava e cingeva. Pareva che il passo di Cornelia Lucina, colei che s'era dichiarata figlia del poeta di cui era stata bruciata ogni opera per dannarne la memoria, avesse impresso nuovamente alle cose il loro moto cieco e insensato verso la consumazione. Caligola appariva corrucciato con l'imperatore perché non aveva chiamato le guardie e lasciava che Cornelia si avvicinasse. Era sempre contento di spiare le manifestazioni del potere supremo dello zio, eccitato più dallo spettacolo della sua forza che attratto dall'affetto. Troppo presto mostrava di compiacersi di quel che un giorno sarebbe stato il suo potere. Ma

29

Tiberio lo vedeva così simile al bambino ch'egli era stato, così identico al ricordo della sua età adolescenziale, che prevaleva ancora l'immagine di quel suo doppio su quella reale del ragazzino viziato e prepotente, capace di ben dissimulare.

— O Cesare, tutto s'è fermato prima, per qualche istante, che accade?...

— Un leggero terremoto sulla costa, Caligola; come sai il Vesuvio è molto inquieto in questo mese. Ora tutto ritorna sui suoi cardini a scorrere, vedo lassù anche i nostri pretoriani... Non devi preoccuparti, figliolo.

Ma Cornelia già distoglieva Tiberio dal nipote: pochi gradini e gli sarebbe stata davanti.

— Nessuno, Cesare, m'ha trattenuta sulla riva. Sono salita quindi senza divieti ma speravo d'incontrarti: i pirati sapevano che questa scala è la tua passeggiata preferita da anni.

— I pirati t'hanno sbarcata? Dunque hanno osato giungere fino a Capri, fino alla mia residenza? Tu menti!

— Non mento, Cesare. Sono loro che m'hanno liberata e non sanno che hanno eseguito un ordine di Augusto dimenticato dai tuoi soldati... — e sorrideva Cornelia come se l'ironia degli eventi la tutelasse anche di fronte al tiranno, come fosse in lei la forza di eludere l'ordine di Augusto, non nel caso.

— E che saresti venuta a fare qui, a Capri? Che grazia implori da Tiberio? — aveva domandato il vecchio, ricomponendo la porpora dalle bizzarrie del vento.

— Voglio che tu ascolti dalla mia voce i versi che mio padre ha scritto — rispose Cornelia Lucina. E mentre pronunciava l'assurda richiesta senza esitazione, Tiberio rimaneva nuovamente colpito dalla bellezza del volto. La bocca soprattutto la bocca, da cui usciva quella voce profonda e sensuale che vellicava la carne del vecchio e la ritemprava sotto le braci ancora non spente della voluttà, la bocca aveva una forma perfetta e invitante. E gli occhi nerissimi, incapaci di freno e soggezione, come possono palpitare gli occhi di chi ha vissuto tanti anni solo e non vede mai anima vivente. Occhi di una innocenza animale eppure dolorosamente esperti di tante crudeltà che gli uomini compiono. Ma anche le forme del corpo alto e flessuoso lasciavano indovinare sotto il mantello e il velo mossi dal vento, fianchi e gambe slanciate come quelle di una danzatrice. Dimenticando la sua prudenza e concedendo alla donna il vantaggio ironico di un potere immaginario, Tiberio le domandava se era una maga, se era opera sua il sortilegio che aveva fermato l'aria, il mare, gli uccelli.

— Ma dimmi la verità, Cornelia Lucina, altrimenti te ne farò pentire — aveva poi concluso con un sussulto di orgoglio.

— Come potrei mentire? Sono abituata a non parlare più con alcuno, Cesare, nella mia isola. Sei la prima persona, a parte i pirati che m'hanno portata qui, con cui parlo dopo lustri. Io non ho fatto altro che rivolgere al vento, al mare, al sole per tutto quel tempo, i versi di mio padre mentre li ripetevo a memoria.

— E dove sono ora quei versi? — incalzava Tiberio turbato ed incredulo di quel che udiva di così inverosimile.

— Nella mia mente, Cesare, sono tutti qui! — e indicava coll'indice la fronte bella e spaziosa incorniciata dai lunghi capelli neri che proprio in quel momento, per la brusca mossa della mano, venivano liberati dal vento. E Tiberio, che rammentava l'oscura tragedia che aveva travolto Cornelio Gallo, ufficialmente complice d'una congiura repubblicana per uccidere Augusto, ricordava il dispiacere di Vipsania quando aveva dovuto lei pure consegnare i suoi volumi del poeta preferito perché fossero anch'essi bruciati.

— Tu conosci dunque tutti i poemi di tuo padre a memoria? Dovrei processarti per questo, lo sai. Egli era un nemico dell'imperatore e tu sei di fronte a me, ora, non più sola nella tua isola, coi tuoi fantasmi.

31

— Nella tua isola, Tiberio, hai vissuto come me. Non c'è molta differenza fra i nostri destini. Tu ricopi una parte già scritta da tuo padre e sei venuto a Capri per dimenticarla ma il tuo potere t'insegue. Io ho passato anni a ripetere migliaia di versi che furono giornate, notti, della vita di mio padre, non ho più vissuto la mia e ormai sono solo memoria. E così rispondo alla tua domanda: non sono una maga più di quanto tu sia un dio.

— Dici cose gravi e insolenti, donna. Questo ragazzo non avrebbe dovuto udirle, sarà lui, dopo di me, l'imperatore romano —, poi, a voce più bassa, — ma chi ha fermato il tempo mentre tu salivi e io scendevo verso di te?

— Tu, Cesare, in virtù d'un'autorità esercitata in tuo nome anche quando sei lontanissimo e ignaro.

— Vuoi forse ch'io abbia potere sui vulcani! Via, Cornelia Lucina, tu mi lusinghi troppo... — protestava ridendo Tiberio — e dove sono piuttosto i volumi di Gallo ora?

— Distrutti naturalmente. Così non ho più scampo dal suo destino — rispose tranquilla Cornelia.

— Vuoi dunque da me la stessa sorte?

— Ma io non sono lui, sono sua figlia. E tu mi guardi come un uomo di carne osserva una donna, non come Augusto leggeva i poemi di Gallo cinquant'anni fa...

— Verrai con me, nella mia casa, sarai mia prigioniera ed ospite. Mi reciterai tutti i poemi di Gallo, vedremo se davvero era grande, se valeva la pena che tu ti sacrificassi alla sua ombra... e se io possa grazie a te cancellare l'ordine di Augusto, rifare un giorno, un'ora del suo regno, correggere il tempo.

Caligola s'era liberato dalla mano di Tiberio e correva di nuovo verso la sommità dell'altura, verso i soldati che finalmente apparivano allarmati alla vista della donna. E Tiberio e Cornelia scorgevano il ragazzino parlare col centurione che guidava la pattuglia di guardia intorno a villa Jovis. Tiberio temeva nelle parole di Caligola, anche se non le distingueva bene, allarmi che invece non voleva dare, ansie che non desiderava che si trasmettessero a nessuno della corte per diventare curiosità importune. Fece segno al centurione che guidava i soldati di non avanzare, di ritirarsi, richiamò Caligola e, solo quando fu certo che l'allarme non si era propagato ancora a nessuno della sua villa, si voltò facendo segno a Cornelia di seguirlo.

Il mistero di quell'incontro si avvolgeva in quello più grande della sospensione di tutte le cose che ora era in dubbio se attribuire, come aveva subito pensato prima dell'incontro, al terremoto che c'era stato sulla costa. Non voleva chiarire un mistero lontano dall'altro, né risvegliarsi dal sogno se quello era stato un sogno. E con la coda dell'occhio si rendeva conto di spingere lo sguardo indietro a controllare, come Orfeo seguito da Euridice, se la donna ancora seguiva o non si fosse già dissolta nell'aria come un fantasma.

Ma non si sarebbe voltato Tiberio, non avrebbe compiuto l'errore di Orfeo, avrebbe continuato a salire con la sua ombra fedele.

III

Una grande agitazione regnava nella villa di Tiberio. Il Vesuvio s'era risvegliato, c'era stato un terremoto sulla costa col suo consueto preludio di silenzio e sospensione della vita. Quell'immobilità sinistra era stata patita da tutti nella vasta casa: dai servi intenti a rubare nelle cucine, dalle donne addette ai servizi di tavola e di biancheria mentre concedevano i loro affrettati favori alle guardie, dai medici che studiavano una nuova pozione di papavero e laudano per il loro signore, dai bibliotecari che tracannavano il falerno rifiutato dall'imperatore.

Una delle cortigiane, la danzatrice assira Canidia, era stata colta da malore mortale proprio nel momento più eccitante con Appio Andronico, il biondo pretoriano da qualche giorno oggetto delle sue attenzioni. Si stava spogliando al ritmo immaginario di una musica di flauti davanti agli occhi di Appio che correvano sulla sua pelle ambrata, quando all'improvviso quella terribile calma aveva spento nella sua mente i flauti e, nella casa e fuori, il vento, le voci, i rumori. Erano rimasti nudi la donna e l'uomo uno di fronte all'altro, cogliendo nei loro occhi lo stesso terrore. Fulminata da un male repentino al petto Canidia s'era accasciata fra le braccia di Appio quasi con un ultimo gesto di danza ma non per congiungersi al suo corpo atletico, come sognava la danzatrice da quando l'aveva adocchiato appena disceso dalla nave, al porto, bensì per esalare l'estremo respiro. "La morte dei giusti" aveva commentato uno dei medici quando gli era stata portata sulle braccia da Appio. "O delle cortigiane più laide" aveva replicato sprezzante Trasillo, appena gli era stato riferito in quali circostanze la donna improvvisamente era mancata.

Trasillo aveva indugiato a studiare le sue carte, dopo quel momento del meriggio in cui era giunto fino a Capri l'effetto del terremoto. Sentiva di dover presto rispondere a Tiberio della propria ignoranza poiché non aveva previsto il fenomeno anche se aveva messo in guardia vagamente l'imperatore. S'era subito informato dove si trovasse Cesare nel momento di "eclisse della vita", come aveva detto ad Antonia col suo solito linguaggio retorico. Aveva saputo che si trovava sulla scala che recava al mare e che non era ancora rientrato: qualcuno però l'aveva scorto in compagnia di Caligola e d'una donna.

— Una donna? E chi era? — aveva insistito con uno dei centurioni primipili.

— Nessuno di noi l'ha mai vista. Pareva salita dalla marina come se qualcuno l'avesse portata fin lì e poi fosse filato via — Ora Trasillo ricordava che dal mare aveva previsto l'arrivo d'un pericolo; e si rassicurava perché sapeva già che cosa rispondere a Tiberio sul mistero dell'accaduto. Era quella donna il pericolo, occorreva interrogarla, arrestarla, farle confessare le sue criminose intenzioni certamente volte a minacciare il potere di Cesare, forse ad ucciderlo. Questo per un poco sarebbe stato sufficiente per far rientrare l'inquietudine di Tiberio nel dominio delle cose conosciute e prevedibili dal suo astrologo. Ma in realtà chi era veramente quella persona? E Trasillo non sapeva darsi pace, al tramonto di quella giornata tanto intensa, di quel pomeriggio così lungo da temere che il tempo avesse subìto davvero una curvatura nuova. Attendeva con febbrile curiosità di conoscere dal vivo l'intrusa che Tiberio aveva incontrato sul cammino meno aperto ad incontri di tutte le vie dell'Impero. Se quella era una patrizia romana, fuggita dall'urbe per recare a Tiberio altre novità simili a quelle che Antonia aveva portato, Trasillo sentiva vacillare anche la sua posizione; sapeva di aver molti nemici in Roma, gelosi della sua influenza su Tiberio: era molto facile che calunnie e denunce potessero coagularsi in un unico tentativo per toglierlo di mezzo come era riuscito ai nemici di Sejano. Ma la donna veniva dal mare, l'aveva letto nella congiunzione nei Pesci già rivelata a Tiberio: e dal mare chi poteva venire? Soltanto le Sirene, quelle mitiche divinità che in un lampo di cupa ironia Tiberio aveva voluto corteggiare, decidendo di andare a vivere a Capri... Ma le Sirene non c'erano più nell'isola; solo nella poesia di Omero ancora ammaliavano col loro canto e Tiberio aveva giocati tutti i suoi atterriti cortigiani portandoli a vedere i faraglioni dalla villa che s'era fatto costruire facendo lavorare gli schiavi notte e giorno per averla pronta al più presto. I faraglioni delle Sirene, splendide rocce vergini, inespugnabili mete di ogni sguardo che si beasse della vista di Capri, erano là da millenni, visitati solo dalle onde e dai gabbiani, un tempo bianchi delle ossa dei marinai che vi erano periti. Ricordava ancora la scena di Tiberio, alto e severo nella porpora imperiale, appena giunto da Ostia col seguito di più di cinquanta senatori, che si dirige alla terrazza in costruzione davanti alla mitica sede delle Sirene e parla da solo al vento, che spira dall'Africa, il libeccio, accenna nell'aria gesti ampi e spaventati della mano, porta le palme alle orecchie come a moderare l'intensità del canto, invita a gran voce i senatori a rispondere ai richiami delle divinità marine che si protendono dai faraglioni. E tutti i senatori, tranne uno, Valerio Rufo, si precipitano al parapetto agitando le braccia, imitando Tiberio, per esclamare che nessun canto può eguagliare quello che odono, che se nessuno li trattiene essi potranno perire dal desiderio di tuffarsi, che bisogna salvare Cesare da quell'impulso più forte di qualsiasi istinto.

Il senatore Valerio Rufo, così sordo alla voce delle Sirene, verrà poi portato indietro a Roma la notte stessa; nell'urbe lo attende l'ordine di raggiungere al più presto le legioni in Siria dove dovrà comandare le operazioni più rischiose, fino a cadere in un'imboscata di Parti.

Così era fatto Tiberio, di follia e crudeltà e d'improvvisi sprazzi di nostalgia d'un'altra vita che avrebbe potuto condurre se non avessero deciso per lui Livia ed Augusto quella che aveva condotto. Così era fatto, pensava Trasillo, tornando per l'ennesima volta a controllare dalla sua finestra se scorgeva la luce delle fiaccole nelle stanze dell'imperatore. Il sole era ormai calato, nel cielo solo alcune rossastre striature protraevano la battaglia contro le tenebre, a ponente. Una donna venuta dal mare... E Trasillo non riusciva a trarre nessun buon auspicio da quell'intrusa, come se l'attimo di eternità che aveva folgorato Canidia, fra le braccia del suo pretoriano, e lui, mentre faceva i calcoli delle effemeridi da inviare all'amico Apollodoro di Butroto, fosse il preannuncio della minaccia celata nella donna come i doni nel vaso di Pandora.

Ma ecco finalmente dall'ala di Tiberio la luce: l'imperatore era dunque a villa Jovis. Occorreva andare. Preceduto da uno dei tedofori con la torcia, l'astrologo si faceva largo fra i domestici e i cortigiani, nelle sale che portavano nel cuore della villa. Giunto però sulla porta, dov'erano due formidabili schiavi neri della Nubia, Trasillo ebbe il disappunto di sentirsi interdire l'ingresso: Cesare non voleva essere disturbato da alcuno.

— Questi sono gli ordini, Trasillo — disse asciutto il più anziano, Ramfi, che godeva di quell'umiliazione dello strapotente astrologo.

— Ma Cesare è là dentro... con quella donna?

— Noi non sappiamo con chi stia Cesare ora nelle sue stanze — e il tono e gli occhi del nero questa volta parevano chiaramente escludere risposte ad altre domande. Trasillo dovette ritirarsi.

Oltre le pareti, che a Trasillo sembravano invalicabili come gli orti Esperidi, stava Tiberio in compagnia di

37

Cornelia Lucina. Aveva voluto che la donna si rinfrancasse dalle fatiche del viaggio e le aveva fatto servire fave, pesce, agrumi dell'isola e vino bianco del monte Solaro. Aveva chiamato Antonia solo perché prendesse in consegna Caligola senza però darle alcuna spiegazione.

— Strani fenomeni accadono, Cesare, sono stata molto in ansia per te e per Caligola, oggi — aveva tentato di dire Antonia, sbirciando Cornelia, prima di ritirarsi. Ma Tiberio non aveva raccolto l'allusione alle novità della giornata, l'invito a dare qualche delucidazione.

— Nostro nipote pare vulcanico come questa terra ballerina, insofferente di ogni disciplina, cara Antonia. Se ne va solo dovunque, senza scorta, appare dove meno è opportuno che si mostri l'erede di Cesare. Forse non si è ben reso conto della prigione in cui deve vivere.

— Si sarà spaventato molto oggi... — replicò Antonia che non aveva rinunciato a portare il cognato a parlare delle novità e cercava sempre con gli occhi Cornelia.

— Perché mai, nonna? Era così bella la vista del mare dall'alto della scala, mi piacerebbe andarci tutti i giorni invece di restare a marcire chiuso qui dentro. E poi laggiù ho incontrato questa bella signora. Sai, mentre lo zio e lei conversavano, tutti gli uccelli tacevano, il vento s'è fermato, le cicale non cantavano più... Era meraviglioso quel silenzio, peccato che tu non ci fossi.

— Lo vedi, Antonia cara? Non ha paura di nulla — rise Tiberio — nemmeno del terremoto... ma adesso va', portalo a dormire e lasciateci soli, di grazia.

— Ho visto Trasillo molto ansioso di essere ricevuto.

— Che non mi disturbi, il chiacchierone. Di lui avrò forse bisogno domani.

E finalmente Tiberio restò solo con Cornelia Lucina.

— Ora, se non sei stanca, prima di recitare i versi di tuo padre raccontami qualcosa di te e di lui. Cornelio Gallo era amico di Virgilio, se ricordo bene.

— Uno dei più cari, sebbene col tempo le loro opinioni

38

sulla poesia dovessero tanto divergere. Mio padre visse solo quarantatré anni ma scrisse molti libri: i ministri di Augusto faticarono non poco per ritrovare tutte le opere.

— Fu un'impresa epica distruggere la memoria di un poeta dunque; forse faticosa quanto sconfiggere ad Azio Antonio e Cleopatra... — sorrideva sarcastico Tiberio.

Cornelia s'era alzata in piedi e aggiustava le pieghe della veste, emozionata. Ogni volta che prendeva a cantare i versi che nessuna mente umana più riteneva da quando erano morti gli ultimi amici di Gallo, stava ritta per non interrompere l'emissione della voce al diaframma. Tiberio, seduto, la osservava dal basso e ancora ne godeva la bellezza del viso, domandandosi che età potesse avere. Perché in contrasto con il suo aspetto la donna non era giovane: suo padre era morto poco dopo Azio, erano passati cinquant'anni. Era stato il primo prefetto d'Egitto, subito dopo la conquista romana. Ma quanti anni poteva contare la memoria? Perché questo era divenuta Cornelia, soltanto memoria. E la sua giovinezza doveva essere il risultato d'una vittoria sui piacere legati a quel che fa dimenticare gli anni come l'amore, la maternità, la cura domestica della casa, del cibo per i propri cari, l'educazione e la crescita dei figli, la premura per le loro malattie, in una parola la vita d'una donna romana o di qualsiasi luogo della terra. Nella sua isola tirrenica, quell'orribile Pandataria che nessun galeotto poteva mai rammentare se non come uno scoglio desolato, era stata viva per ricordare e salvare qualcuno, un modo diverso di essere femmina e nutrire una vita, come quella d'un figlio. Ma figlio era stato il padre, e in tale inversione della sua maturità Cornelia, invece d'invecchiare, era stata risucchiata indietro nel tempo, ringiovanendo a ogni poema che imparava.

Cornelia Lucina aveva conosciuto appena il padre, ma vivendo in Gallia con la madre Citeride s'era presto sentita attratta dalla figura paterna, in casa nominata dalla madre sempre con misteriosa circospezione e solo se nessun estraneo fosse presente. Ricordare un padre che è cancellato dai vivi le si era impresso nel sangue come una filiale doverosa riparazione alla più mostruosa forma di violenza. Da ragazza poi l'aver appreso che con la memoria della sua vita Augusto aveva dannato anche quella della sua poesia, le aveva fatto insorgere una specie di follia, come affermava la madre Citeride, e si era dedicata a recuperare da tutti i più coraggiosi amici del padre le carte che ancora rimanevano di lui. Con gli anni, seguendo il suo irriducibile demone, senza ascoltare chi l'invitava a non procedere su quella strada che l'avrebbe inevitabilmente posta in urto con l'imperatore, s'era poi messa a viaggiare alla ricerca di altri documenti soprattutto in Egitto, dove suo padre era morto. E là in Egitto, come aveva temuto Citeride, era giunto l'ordine di Augusto di deportarla nell'isola di Pandataria. Vario e Tucca, che erano stati intimi di Gallo e di Virgilio, invano avevano supplicato Augusto di consentire a una pena più mite, di perdonare un atto di pietà che aveva travolto quell'infelice, orfana per ragion di stato.

— Voi non potete nemmeno immaginare quale pericolo Cornelio Gallo sia stato per Roma — opponeva ogni volta Augusto. E il misterioso silenzio in cui si chiudeva subito dopo, lasciava intendere solo che c'era qualcosa di arcano dietro la condanna di quel geniale artista. Cornelia Lucina era stata inviata a Pandataria in uno degli ultimi anni di Augusto ed era stata capace di farsi recare, con incredibile accortezza, dall'Egitto il baule degli scritti del padre che aveva raccolto fino al momento della deportazione. Lì, man mano che le aveva studiate e imparate, le aveva distrutte regolarmente, temendo Augusto. Il quale, ormai in punto di morte, informato da uno dei rapporti segreti sui prigionieri e i deportati più meritevoli della sua grazia, che la figlia di Cornelio Gallo non faceva che studiare carte fatte venire da lontano, aveva subito intuito che operazione contraria alla sua la donna stesse ancora tramando e, con le ultime energie di quel suo corpo ormai condannato, s'era indotto a dare ordine di distruggere quei volumi prima di concedere il perdono. Ma la morte, avvenuta a Nola in quei giorni, aveva giocato con i suoi estremi desideri confondendoli e disperdendoli in modo che solo l'ordine di grazia giungesse, e anni dopo, e invano, quando i pirati già avevano compiuto senza saperlo l'ordine di Augusto. Cornelia, dopo aver narrato l'avventura con i pirati, appariva restia a raccontare della sua vita a Tiberio che l'interrogava. Voleva subito iniziare a recitare il primo libro di elegie di suo padre, quello nel quale la passione di Cornelia per Citeride toccava accenti e vertici d'intensità degna dei più fortunati Tibullo e Properzio. Ma Tiberio era insaziabile sia della vita che della memoria paterna di quella donna e non la lasciava mai cominciare.

— Cornelia Lucina, tu sei la memoria, il male che affligge i vecchi come me che vivono al passato. Lascia che io mi abitui alla fortuna d'averti trovata, lasciami capire che pazzia ti ha salvato da vivere il presente come ho dovuto io e tanti esseri umani... Forse tu potrai soddisfare un mio vecchio desiderio, e realizzare un sogno che mi porto dentro e mi divora da quando ho il potere maledetto di colui che t'ha fatta memoria...

Cornelia non capiva dove il vecchio tiranno volesse arrivare con le sue oscure allusioni. Era troppo presa dalla voluttà di dimostrare a chi aveva più odiato al mondo, l'imperatore romano, l'assassino di suo padre e il ladro della sua giovinezza, quanto grande fosse la poesia di Cornelio Gallo, quale perdità l'umanità avrebbe subìto se lei non si fosse sacrificata. Finalmente sarebbe apparso chiaro che Virgilio, Tibullo, Properzio non erano così compiuti come suo padre. Lei ora aveva davanti a sé, soggiogato dal suo demone, l'uomo che avrebbe potuto correggere la tradizione e la storia della poesia in Roma, riequilibrando le parti, redimendo l'oblio in cui era due volte morto suo padre, sollevandolo alla considerazione di cui era degno accanto a Orazio e a Virgilio, e forse ancora più in alto. C'era infatti

41

una sua lunga opera, dono di poteri straordinari, che solo a un poeta come Omero, a un vate, poteva essere ispirata. Se egli avesse voluto la gloria — ma l'aveva invece fuggita — quel libro sarebbe stato l'arma infallibile per assicurargliela: glielo avrebbe rievocato per ultimo.

— Tu mi aiuterai, Cornelia: voglio liberare dal peso del non essere l'altra vita che non fu in questa mia. Anch'io ho un padre da riscattare, il mio vero genitore, Tiberio Claudio Nerone, non colui che mia madre Livia ha voluto per me, l'Augusto...

Tiberio pareva sempre più incline a secondare la bella che gli stava di fronte. E Cornelia esitava a iniziare a scandire i giovanili esametri sul primo incontro amoroso di Cornelio Gallo e Citeride, là liberta del senatore Volumnio. Erano versi pieni di passione e sensualità, capaci di riaccendere ogni volta in lei la grande sofferenza d'amore che aveva vissuto in Egitto per l'unico uomo della sua vita, quello a cui aveva rinunciato per vivere fedele all'ombra paterna. Ora le pareva che Tiberio non li avrebbe graditi, erano troppo impudichi sulle labbra di una donna. Che cosa mai le succedeva? Al momento tanto atteso di restituire forma alla vita del padre, davanti al supremo garante dell'esistenza di tutti i romani, la coglieva una sorta d'imbarazzo, di paura, di resistenza, guardando quegli occhi perduti dietro un sogno di rivincita che mai avrebbe immaginato in colui che godeva di tutti i poteri. E ancora Tiberio sussurrava parole comprensibili solo a chi non era più di questo mondo, pronunciate davanti a lei come se soltanto il nume di cui era vindice, la memoria madre della poesia, potesse evocarla:

— Anch'io ho un genitore da vendicare. E quello adottivo da ricacciare nell'oblio, da disperdere nello stesso nulla in cui egli aveva disperso il tuo. Riformeremo insieme il tempo, Cornelia, tu restituirai alle biblioteche dell'Impero la poesia di tuo padre; io cancellerò da ogni tempio, da ogni documento, da ogni lapide, da tutti i monumenti di Roma, il

42

nome di Augusto... Purché gli anni mi soccorrano e la mia decisione non giunga troppo tardi come l'ordine di Augusto di lasciarti libera...

In quel momento il primo raggio di luce dell'alba filtrò nella stanza da una tenda dietro le spalle di Tiberio. E illuminò in pieno volto Cornelia. Era già l'alba... Non era possibile che la notte se ne stesse andando tutta consumata in farneticazioni di un vecchio e indugi di una donna che esitava a compiere la missione cui si era votata. Cornelia Lucina non capiva quale forza stesse frapponendosi fra lei e il suo disegno, che turbamento mai avesse colto Tiberio.

Ma ricordava allora un'altra notte che aveva vissuto con la stessa ansia di agire continuamente dilazionata dall'amore, l'unica potenza che sapesse far dimenticare ogni dovere, anche quello di non dimenticare. Era stata la notte in cui era riuscita ad avere da Egisto, il bibliotecario di Alessandria d'Egitto, gli ultimi e più preziosi volumi di versi di Cornelio Gallo, il primo prefetto romano d'Egitto. Egisto era stato l'uomo per il quale aveva corso il rischio di non pensare più alla sua missione, di tradire la memoria e vivere il suo tempo, arresa alla provvisorietà di tutte le cose come ogni donna. L'aveva amato subito, non appena l'aveva scorto, alto, elegante, snello nella sua tunica azzurra, salire e discendere le scale sottili degli scaffali schierati davanti a lui in lunghe file come eserciti fra i mille e mille libri della biblioteca di Alessandria, dov'era entrata una mattina, poco dopo il suo arrivo al porto dalla Gallia. La bella barba bionda appena filettata d'argento incorniciava il viso bruno dagli occhi di lapislazzolo dell'egiziano come il volto della statua etrusca di Apollo che lei aveva visto da bambina nel tempio vicino alla sua casa in Roma.

S'era subito presentata come la figlia del poeta maledetto senza alcun timore. L'istinto le suggeriva che quell'uomo l'avrebbe aiutata se gli avesse rivelato subito chi era, non se glielo avesse taciuto. E non s'era ingannata. Egisto le aveva fatto capire di non parlare oltre in quel luogo pericoloso, dove tanti potevano spiare, ma di recarsi a casa sua quella sera stessa. Là Cornelia aveva scoperto che il bel bibliotecario possedeva quasi tutta l'opera del padre, dalle traduzioni di Euforione, agli *Amori*, alle elegie egiziane, ai diari degli estremi anni di Giudea, fino all'ultima opera di cui lei ignorava l'esistenza. Le avevano lette insieme, rilette e studiate sino a riscoprire tutti i più sottili segreti della sua arte, i succhi greci e orientali che avevano nutrito la pianta della sua poesia. Ed era stato leggendo della passione per Citeride che a poco a poco s'era rivelata la loro.

— Sono dannata a vivere all'ombra di mio padre anche l'amore per te, Egisto — gli aveva detto piangendo la prima notte che gli si era data.

— Non è vero, Cornelia, non siamo di papiro, né di pergamena. Quando sei entrata nella biblioteca tu mi desideravi come t'ho subito desiderata io... — lui replicava ogni volta prendendola con maggior passione; amandola sempre più disperatamente perché, a dispetto di quel che affermava, sapeva che quella creatura era la più misteriosa donna che avesse incontrato, davvero la figlia del più grande e disgraziato poeta di Roma, preda di un destino che la rapiva lontano da lui.

Anche Egisto conosceva la magica felicità di scorrere nelle grammatiche le regole invisibili della vita, il disegno sotteso allo scheletro del mondo, fatto di parole che evocano sogni diversi a seconda di come si coniughino verbi, aggettivi, sostantivi, di come si pronuncino accenti, spiriti, dittonghi. Anche lui conosceva la tentazione di spaziare in un universo di carta nel quale nessuno si contrappone a minacciare la monarchica signoria del mondo. Quel che doveva parare in Cornelia era una frana del suo stesso spirito, troppo facilmente arreso al sogno di un assoluto dove il tarlo del tempo e la dissoluzione della morte non potessero prevalere. Erano intatte le quarantatré primavere di Cornelio Gallo fino all'ultima, quella egiziana: erano tutte là, nei suoi versi. La decisione di Augusto di cancellarne la memoria avrebbe mostruosamente ucciso non solo un uomo ma anche la sua età storica con dentro tutte le sue donne partorienti, i suoi efebi, i suoi schiavi, i suoi pirati, i suoi malati, le sue prostitute sacre e non sacre, i suoi eunuchi e i suoi eroi. No, era orrendo lasciar perire la memoria del tempo nella poesia di Cornelio Gallo. Mai nessun uomo si era macchiato di un crimine più abominevole di Augusto. L'avrebbe aiutata anche a costo della vita.

E così una notte, proprio quando un raggio di luce lunare aveva colpito in pieno viso Cornelia addormentata sul suo letto e l'aveva svegliata, le aveva donato l'ultima opera di suo padre, quella che non aveva mai ancora letto, ma che Augusto, da quanto s'era potuto capire, doveva conoscere e temere e della quale più delle altre aver cercato di eliminare ogni aborrito esemplare.

IV

Non aveva pace Trasillo. Da quando la misteriosa egiziana — perché qualcuno aveva svelato che veniva dall'Egitto — era entrata nella villa, Tiberio non lo mandava più a chiamare, non gli mostrava i dispacci da Roma per aver consiglio, non l'incaricava d'osservare attentamente i pianeti e i loro aspetti per trarne auspici e previsioni. Isolato dal suo signore Trasillo cercava di capire ancora che trame mai stessero ordendo alle sue spalle l'imperatore e l'egiziana ricorrendo ai mille ruffiani sistemi di spionaggio che sempre albergano in una corte. Ma il muro d'omertà e silenzio sfidava le sue arti e i suoi intrighi. Sapeva solo che i due convenivano ogni notte nelle stanze di Tiberio e fino all'alba avevano segreti conciliaboli che a nessuno era ancora riuscito di capire su quali argomenti vertessero. D'amore era persino superfluo domandarselo. Tiberio era troppo vecchio e incattivito per amare. Forse di magia, forse di occulto, chissà. Era proprio questo il suo timore più grande. E se invece si fosse trattato di politica? Che stessero tramando un qualche colpo di mano, una riforma delle istituzioni? Il mistero si faceva ancora più fitto se si considerava che di giorno l'imperatore mostrava una cura del governo più accorta e sollecita, come se quella donna gli avesse donato un nuovo impulso a regnare, una voglia di reggere il potere a lungo dimenticata. Che ci fosse un legame fra quella cura dello stato e gli incontri notturni con questa nuova ninfa Egeria?

E l'inquieto Trasillo andava dai coppieri ai cuochi, dalle

guardarobiere agli eunuchi, dai medici ai pedagoghi di Caligola, dalle ancelle di Antonia ai soldati, per cercare materia di illazioni sempre diverse e sempre inefficaci a illuminare quel mistero. Antonia non lo riceveva pur essendo altrettanto assai desiderosa di capire chi fosse la donna venuta dal mare. Non amava Trasillo, né riteneva dignitoso per una principessa Giulia abbassarsi a complice di mene e pettegolezzi con un astrologo. Aveva ereditato la diffidenza di suo padre Marco Antonio per tutti i maghi e gli indovini e non cercava mai di sapere quel che era destinato. Amava agire, non fantasticare; aveva agito per salvare da Sejano Tiberio ed ora si concedeva un po' di riposo, sicura che nell'immediato almeno quella donna non potesse costituire un pericolo. Caligola la preoccupava invece ma si guardava bene dal manifestare ombra delle sue ansie a qualcuno. Sempre più capriccioso e instabile, si perdeva in giochi crudeli con gli animali che trovava nell'isola, come se si compiacesse di far pagare a quelle creature innocenti qualche aspetto doloroso e nascosto della sua vita.

Non tardò molto a capire però che tormento lo rodesse segretamente il giorno che lo colse nudo intento a guardarsi allo specchio il sesso: fece in tempo a udirlo maledire la pochezza della sua virilità in confronto a quella del padre, il bello e virile condottiero più popolare di Roma dall'epoca di Caio Giulio Cesare, Germanico. Dalla morte del padre Caligola era rimasto afflitto come dall'impossibilità di crescere associandosi a un modello. Ora che egli non c'era più si sentiva bambino a vita, soverchiato per sempre da chi s'era portato nella giovinezza della morte l'età, la gloria, la fama, la bellezza, tutti i doni che avrebbero potuto essere suoi solo il giorno in cui avesse potuto raggiungere la maturità del padre e superarla fino a vederne, com'è naturale, la decadenza e la resa alla sua superiorità.

Antonia non poteva certo immaginare in che modo adesso il nipote cercasse il modello virile paterno che la sorte gli aveva crudelmente negato, quella sorte che il ragazzo sapeva aver trovato in Tiberio il suo esecutore: Caligola aveva udito a Roma da troppi parenti l'accusa mormorata a mezza voce.

E mentre la notte Tiberio intratteneva in misteriosi conciliaboli Cornelia, Caligola faceva entrare nella sua stanza, quando era certo che la nonna nell'altra dormisse, lo schiavo greco Eumenide dell'immagine nuda e armoniosa del quale faceva specchio della sua. L'aveva colto un giorno lavarsi a una fontana dell'atrio più a nord della villa, l'ala della grande casa dove non viveva più nessuno da quando c'era stato un incendio. S'era così turbato alla vista di quel corpo identico a quello del padre che non aveva più avuto pace fino a quando non l'aveva ritrovato alle terme della villa intento a lavarsi, spiandolo dietro una colonna. Lo sguardo supplichevole di Caligola aveva convinto Eumenide a non coprirsi ma quello che l'aveva più sconvolto e sedotto era stato udirlo domandarsi, la prima volta che s'erano incontrati nella penombra della camera di Caligola, perché mai lui non fosse Germanico ma solo lo schiavo Eumenide e perché mai gli dèi si divertissero a fare confusioni così atroci.

— Ma quando sarò io l'imperatore, vedrai, ti adotterò come padre e tu vivrai insieme a me per sempre.

Era quel delirio d'innocenza e di arroganza che seduceva Eumenide e gli faceva accettare lucidamente la sua rovina. Perché non si illudeva su quel che avrebbe potuto succedere il giorno in cui il principe giovinetto si fosse risvegliato Cesare. L'attendeva qualche rapida e segreta esecuzione per ordine di chi controllava ogni meccanismo del potere imperiale. Magari per ordine proprio dell'anziana principessa che dormiva nell'altra camera, ignara. Eppure era divertente la follia del ragazzo, capace di affermazioni così fantasiose da sospettare che per lui il potere dovesse diventare solo l'occasione di gesta teatrali, di invenzioni bizzarre: come la volta che gli aveva promesso di nominare senatore, appena fosse diventato imperatore, il suo cavallo:

— E dovrà entrare in senato a Roma con me, avvolto in una coperta di porpora, vedrai!

E da Roma e dal senato proprio in quei giorni giungevano notizie di un periodo di vero idillio nei rapporti con l'imperatore. L'esecuzione di Sejano era stata così gradita che mai s'erano levate agli dei tante preghiere per la salute di Cesare né pronunciate pubbliche lodi dell'odioso tiranno di ieri come in quella primavera del suo diciannovesimo anno di regno. Trasformate in mille modi, distorte e deformate, le voci di quel che accadeva a Capri, come sempre, giungevano a Roma per la delizia dei pettegoli e degli oziosi; l'ultima diceria aveva fatto correre un brivido nelle vene a tutte le matrone più in vista, soprattutto le vedove e le divorziate. Tiberio aveva segreti incontri con una misteriosa egiziana, Tiberio era innamorato in onta alla sua età, come un ragazzino. Tiberio voleva riprendere moglie... E Roma rideva.

Ma l'imperatore la notte non spasimava per un'amante di carne bensì ormai sentiva di poter amare soltanto l'inaspettata vendetta sul tempo e su Augusto che Cornelia gli offriva.

— Cornelia, ti aveva forse prevista Virgilio? Sei tu la donna che schiaccerà il serpente e inaugurerà un'era nuova della sua egloga? — le aveva domandato una notte prima che Cornelia cominciasse a parlare.

— Virgilio? No, a Virgilio non era dato "vedere" come a Gallo... Del resto egli, che era tanto amico di mio padre da cantare le sue sofferenze d'amore, è stato il più lontano da lui nella concezione poetica. La sua *Eneide* è stata un servile omaggio al potere di Augusto così efficace che questi gli ha impedito di distruggerla in punto di morte.

— Dunque solo ciò che scompare con la lettera scritta e rifluisce come vita, è poesia?

— Voglio solo dire che Virgilio aveva capito alla fine la superiorità della poesia di mio padre, dissolta col vento, riassorbita nel nulla da dove tutte le cose vengono e fanno ritorno.

— Ma allora perché pietrificare di nuovo la poesia di Cornelio Gallo e riscriverla?

— Cesare, non vorrei riscriverla, tu l'hai detto, non io. Voglio soltanto poterla recitare prima di dissolvermi anch'io, come è naturale.

— Ma sono solo ad ascoltarti, se presto morirò chi riporterà il canto di Cornelio Gallo in vita?

— Tu sei mille uomini, e mille e mille altri ancora, sei l'imperatore, un uomo segnato, cui non può accadere nulla che non sia destinato. Mi basta che ascolti tu che sei l'unico libero in un mondo di sudditi.

— E Caligola non potrebbe ascoltare? Ha un'esistenza davanti a sé certamente più lunga della mia ormai alle ultime gocce d'olio della lucerna.

— Cesare, non si misura in modo lineare come uno stadio la lunghezza della poesia: commetti lo stesso errore di Augusto che volle strappare a Virgilio la sua *Eneide*... Né il tempo è una collana di cui voi imperatori siate le perle — e Cornelia sorrideva abbassando gli occhi neri lucenti e, per un momento sedendo, dimenticava di essere a Capri da alcune notti per iniziare un atto di redenzione che non riusciva ancora a prendere forma.

— Sei stanca Cornelia? Vuoi che ti faccia servire vino di datteri appena giunto dalla Libia?

— No, Cesare, ti ringrazio. Sto solo domandandomi perché mai non sappiamo dare inizio a quanto entrambi desideriamo.

— Credo di sapere perché, Cornelia: lo vogliamo troppo... Non siamo ancora distaccati da quel magnifico potere che abbiamo, tu di dare vita alla morte, io di dare morte alla vita. Ci ho riflettuto a lungo ieri mattina mentre ricevevo gli ambasciatori dei Parti che si perdevano in noiose proteste di amicizia. Mi chiedevo come mai noi non ci fossimo già chiusi dentro la mia stanza, dopo un breve riposo, perché m'ero indotto a salutarti all'alba e ad affrettarmi ad assolvere i miei compiti. E mi rendevo invece conto che noi non cominceremo mai se saremo così impazienti, che mi è necessario distogliermi dalla tua vista se voglio poterti ascoltare e tu dalla mia se vuoi poter ricordare.

E Tiberio rimase silenzioso per qualche minuto. Guardava dalla finestra la Luna sul mare appena oscurata dai rami di un pino secolare che sporgeva le sue fronde a ombrello fino a quella parte della villa. Dove mai si lasciava condurre da quella donna, dove avrebbe avuto fine quell'avventura che sfidava ogni notte le regole del sonno e della ragione? Era lecito a un imperatore romano, sottrarre le ultime energie alle cose umane per occuparsi di quelle che parevano oltre l'umano? Ripensava alle donne della sua vita, all'ambiziosa madre Livia, alla prima moglie la dolcissima Vipsania, alla seconda l'orribile Giulia, alle matrone avide di potere che gli si erano concesse con tanta facilità quand'era stato adottato da Augusto. Solo la breve apparizione di Vipsania era stata davvero felice. Tutte le altre l'avevano afflitto con la loro volontà di potenza facendo di lui uno strumento per esprimerla. Poi ecco, imprevedibile e leggera come un sogno, comparire in vista già della morte la strana creatura che aveva gli occhi così simili a quelli di Vipsania... Tutto pareva terminare nella sua esistenza com'era cominciato, Vipsania nell'adolescenza, Cornelia nella vecchiaia. Era un cerchio che si chiudeva. Eppure com'era bella la vita, nonostante la prigione del corpo che muore la faccia filtrare sempre più debolmente dalle sbarre come una luce che si smorza lentamente... Un'ombra laggiù, nell'atrio abbandonato dell'ala più settentrionale, si aggirava furtiva avvolta in un mantello: qualcuno dei suoi servi che raggiungeva l'amante per un convegno, non c'era dubbio, quella era una notte così dolce. In quella sua residenza quante esistenze si cercavano in drammi che il padrone di casa avrebbe ignorato per sempre; forse gli sarebbe stato più facile giudicare le controversie dei Parti e degli Indiani che conoscere le persone che gli stavano accanto. Ora quella forma umana nel buio sussurrava qualcosa: non era più sola. A chi parlava nell'oscurità? Ma la brezza notturna rapiva le voci e le confondeva con le fronde. Meglio ignorare chi erano, meglio lasciare quei due al segreto della notte. Più lontano, sulla macchia scura del mare, emergevano due luci. Navi onerarie o da guerra, chissà, o forse navi di sorveglianza all'isola di Cesare. E se fossero stati i pirati che avevano affrancato Cornelia Lucina ed ora in un momento di follia tentavano di liberare Tiberio da se stesso? Poteva Tiberio essere liberato da qualcuno?

— Cesare, io sono pronta. Se vuoi ascoltare comincerò dalle opere che mio padre tradusse da Euforione — aveva improvvisamente attaccato Cornelia con una voce che non pareva più la sua. E Tiberio s'era voltato con un movimento lentissimo del capo. Pareva che tutta la terra ruotasse sul suo asse con la lentezza della testa di Cesare e che fosse notte là dove s'era ritirato il suo sguardo, mentre era sorto il sole dove invece s'era posato.

Con un cenno leggerissimo Tiberio diede il suo assenso e finalmente nella stanza del suo grande nemico comparve il dannato Cornelio Gallo.

Perché appena la donna iniziò a scandire gli esametri del *Dioniso* avvenne qualcosa di inaspettato: il volto di Cornelia prese a corrugarsi, a oscurarsi, la fronte si popolò di rughe profonde, il petto cominciò a sussultare come solo alla Pizia di Delfi Tiberio aveva visto accadere. Cadutole il velo a terra, i capelli, di solito lisci e ben pettinati, sembrarono aggrovigliarsi come piccole serpi. Chi era mai la baccante evocata in quella sala? Ma a ben guardare non era più la forma d'una donna quella, ma quasi un viso virile e severo che lo scrutava con una fiamma d'odio nelle pupille. Tiberio si lasciò andare a tutta la magia della trasformazione ascoltando la favola del figlio di Giove che viene attirato con la palla, i dadi e uno specchio in un bosco fittissimo dove i Titani scerpiscono il figlio del dio e si nutrono delle sue spoglie in odio al padre. E mentre il canto di Cornelio Gallo evocava nel poemetto di Euforione la scena di Giove che trova il cuore ancora palpitante del figlioletto e da quello fa risorgere un nuovo Dioniso, Tiberio rimaneva colpito dagli ultimi versi, quelli che negli uomini, figli dei Titani, affermano esistere i discendenti di Dioniso, coloro che nella carne di violenti e malvagi hanno una fiamma divina poiché si sono nutriti del figlio del dio. Cornelia proseguiva sprofondando sempre più nei miti della grecità: passò dal *Trace* all'*Apollodoro*, dal *Demostene* al *Giacinto*. Era di nuovo giorno quando s'accasciò sfinita sulla sua sedia dopo la conclusione del *Giacinto*. Tiberio con studiata lentezza batteva le mani.

— Dunque tuo padre s'è nascosto in Euforione, non era sua una sola immagine di quelle che m'hai recitato. M'hai fatto di nuovo vergognare della nostra stirpe romana: tutto quel che abbiamo di bello ci viene dalla Grecia. Eppure Cornelio era famoso come poeta di suoi versi...

— Ed è ancora famoso per i suoi versi, Cesare, ma è lunga la strada di un grande poeta per diventare se stesso, prima deve nutrirsi di molte carni.

— E noi di molte notti per vedere il giorno sani. Ora andiamo a riposare, non mancano che poche ore al risveglio di questa casa, approfittiamone, Cornelia Lucina. A domani.

Tuttavia il vecchio era deluso, gli si leggeva in fronte il disappunto di quei versi che non erano il vero Cornelio Gallo, quello che aveva spaventato Augusto, infastidito i più conservatori a Roma e per altri era degno di stare accanto ad Orazio e Virgilio. Certo sapeva che la sua fretta era inopportuna, non si poteva in poche notti riassumere la produzione poetica di una vita. Ma lui aveva così scarso tempo davanti a sé che non poteva sempre procedere con la calma che s'addiceva a quell'operazione. Mentre si ritirava a dormire, qualche ora prima di ricevere i funzionari addetti alla sua segreteria personale, dalla finestra dava un ultimo

53

sguardo al mare che s'inargentava. Dov'erano le forme della notte, le navi lontane, le due figure di amanti furtivi, la Luna? Cornelia Lucina tu devi trovare una poesia di tuo padre che fermi una notte come questa, con le forme dell'alito passeggero della vita, l'amore, il piacere segreto, il respiro delle maree, i delfini che danzano nell'oscurità, le luci ambigue delle navi, le lucciole, il vento che maschera le voci. Perché Capri è la bellezza e lo struggente amore di lei, e io ci sono venuto a morire con la segreta speranza di rinviare la morte stregandola con queste meraviglie. Perché Capri è una donna di divina bellezza addormentata e tu, Cornelia, l'hai risvegliata.

V

Ma le due navi di cui l'insonne Tiberio aveva scorto le
lanterne accese, allorché s'era abbandonato a contemplare
dalla sua finestra a strapiombo sul mare la bellezza della
notte, non erano affatto triremi di pattuglia intorno all'isola
dell'imperatore. Erano invece le stesse navi di pirati che
avevano portato da Pandataria Cornelia Lucina. Favorite
da un'insolita trascuratezza della flotta imperiale, concen-
trata sull'altro versante della costa, verso capo Miseno,
s'erano per tutta la notte incautamente trattenute con le
lanterne accese nel tratto di mare che per caso Tiberio
aveva contemplato. Arrio e Bocco, gli spericolati ciprioti
che guidavano i due equipaggi di pirati misti di genti
mediterranee, sapevano bene chi abitasse su quell'isola e a
lungo avevano discusso coi compagni della possibilità di
una pazzesca sortita che aveva come premio la preda più
ambita del mondo: Cesare. Rapire l'imperatore! Il sogno
che solo un pirata audace e un po' pazzo come Arrio poteva
osare di nutrire: non c'era uomo a bordo che non rabbrivi-
disse di fronte alla pericolosità dell'impresa. Sarebbero stati
per un momento i padroni dell'Impero, se l'avessero rapito
e portato in uno dei loro covi; nessuno avrebbe saputo
calcolare le ricchezze che avrebbero potuto pretendere per il
riscatto. Il padre di Bocco aveva sequestrato a suo tempo
Pompeo, tenendo per qualche giorno Roma col fiato sospeso. Cecrope aveva uno zio che coi suoi uomini, nella Cilicia,
aveva saputo catturare il giovane Giulio Cesare. Non erano
nuovi i pirati ad azioni di tal genere ed era la follia

dell'impresa a dar loro la forza più del buon senso.

— Sapete però com'è andata a finire al giovane Cesare: tutti li ha fatti impiccare! — aveva obiettato sghignazzando un vecchio numida che come i più anziani non voleva nemmeno sentir parlare di quel progetto pazzesco. Erano infatti solo loro, i giovani e audaci capi Arrio e Bocco, a sentirsi attratti dall'impresa proprio per il suo aspetto temerario soprattutto da quando avevano sbarcato, in una caletta di Capri non lontana dai faraglioni, la misteriosa e bella confinata di Pandataria di cui Arrio si era follemente invaghito anche se non voleva riconoscerlo. Arrio aveva trattenuto più volte la sua nave in quelle acque pericolose respingendo l'invito del timoniere a virare per prendere il largo verso l'Africa dov'era il loro covo. C'era quella luce lassù, su quella villa monumentale che per quanto facesse ogni sforzo per nascondersi dietro gli alberi denunciava subito l'eccellenza del suo padrone. La bella donna era là senza dubbio nelle fauci del mostro che il mondo intero conosceva per un essere lussurioso. Non somigliava Tiberio al grande Augusto, fedele sposo di Livia, tutti lo sapevano. Tiberio s'era nascosto a Capri per potersi più impunemente dare ai suoi vizi. Ma quella femmina decisa aveva voluto essere sbarcata nell'isola di Tiberio come se le premesse più della vita poterlo incontrare. E ti abbiamo accontentata, mia bella signora, si ripeteva Arrio divorato dalla gelosia, ingoiando con rabbia l'ultimo sorso di vino. E ora non devi lamentarti se Tiberio t'intrattiene con scarso rispetto della tua bellezza. Come vorrei essere al suo posto, ora... Ah, in mare se ne vedevano davvero di tutti i colori, chi avrebbe mai voluto far cambio con la noia e la monotonia della vita d'un contadino? Se avesse raccontato l'incontro avvenuto a Pandataria, nessuno a terra gli avrebbe creduto, nemmeno i suoi fratelli che lavoravano come schiavi a Cipro nelle tenute del loro padrone. L'aveva scorta appena era disceso per i rifornimenti d'acqua dolce mentre lei risaliva a riva dopo una lunga nuotata e sedeva, senza dare alcun segno di spavento, su uno scoglio piatto accanto a uno stuolo di gabbiani, più bianca di quegli uccelli così candidi che non si lasciano mai avvicinare da nessuno. La stranezza che li aveva sorpresi era che i gabbiani, i più selvatici e diffidenti uccelli marini, obbedivano palesemente ai suoi richiami e che la donna se n'era circondata come fossero una guardia personale più fedele e agguerrita delle coorti pretorie di Tiberio, le cui navi quella notte mostravano ben poca cura del loro augusto signore. Due libici, che s'erano troppo avvicinati, erano stati immediatamente beccati con tanta ferocia da scoraggiare qualsiasi altro. Da lontano Arrio aveva allora parlamentato rassicurandola sulle intenzioni dei suoi uomini che avrebbe saputo tenere a debita distanza; lei gli aveva sorriso ed era stata cortese indicando le sorgenti per i loro orci vuoti. Stavano già per andarsene dall'isola, stupefatti di quella presenza più divina che umana, quando in uno svolo di gabbiani che le facevano ala, tutti l'avevano vista precipitarsi vicina alla nave di Arrio e rivolgergli di nuovo la parola. Aveva chiesto se potevano portarla su quella stessa nave fino a Capri: era dai tempi di Augusto che si trovava su quell'isola.

Com'era possibile? Era così giovane, ed erano passati tanti anni dalla notte d'agosto in cui tutto il mondo s'era commosso alla notizia della morte di Augusto a Nola. Che fosse pazza? E Arrio ricordava d'aver letto la stessa domanda sugli occhi di molti dei suoi pirati. Chi aveva dato la forza a quella femmina di mantenersi così seducente, così giovane e vivace, su quello scoglio? E Arrio proprio a quel punto rammentava che la bella sconosciuta, come avesse indovinato la sua perplessità, fissandolo gli aveva detto:

— Voi, che siete i suoi figli, dovreste saperlo che il mare non ha età: chi lo ha sempre negli occhi non invecchia mai.

— Quella strana fraternità di creature del mare l'aveva turbato: non aveva mai udito una donna, in nessuno dei porti dove ne aveva amate tante, parlare così. L'aveva allora accolta sulla sua nave mettendole a disposizione la sua cabina; la donna aveva poche cose con sé e non volle che si affaticassero a portare a bordo il vecchio cofano che chissà quali segreti doveva custodire:

— Non c'è alcun bisogno di imbarcarlo, è vuoto ormai — aveva precisato. E con uno strano sorriso s'era accarezzata la fronte, come se quel che il baule conteneva avesse fortunatamente trovato una sede migliore. Poi, come se volesse con tale gesto ringraziare i pirati, mentre le due navi abbandonavano l'isola ben rifornite di acqua dolce, s'era messa a cantare una lunga storia di viaggi per mare, culminante col naufragio a capo Molicrio del protagonista, Esiodo, il cui cadavere veniva portato dai delfini sulla riva. A quella conclusione uno dei pirati, Ascreo, s'era messo inaspettatamente a gridare che quella storia la conosceva benissimo, come tanti a casa sua; perché lui c'era nato, su quel promontorio, dove anche i bambini sapevano la leggenda del poeta Esiodo che affiora da morto sull'acqua trasportato dai delfini. Molti dei pirati avevano cominciato a ridacchiare allorché la donna aveva iniziato a cantare, e lui aveva faticato non poco a farli tacere, perché non le mancassero di rispetto. Quando però Ascreo s'era entusiasmato e commosso a sentir raccontare le più note leggende del suo paese, tutti avevano mutato atteggiamento.

— Ma com'è possibile che tu sappia quella storia? — le aveva poi domandato Ascreo avvicinandosi a Cornelia e piantandole gli occhi addosso.

— L'ha riscritta mio padre — aveva risposto sorridente Cornelia. Un poeta? Dunque era la figlia di un poeta latino e conosceva così bene le poesie del padre da dirle a memoria. Allora Arrio s'era fatto coraggio invitandola a cantarne qualcun'altra perché loro ne sarebbero stati felici: si guardò attorno e, come era certo, vide la mobile folla dei suoi pirati, che assentivano col capo, pronta a pregarla. Cornelia rispose che conosceva tutte le opere paterne, che erano poi quelle rimaste nascoste nel baule per tanti anni

58

finché lei non le aveva imparate prima di distruggerle; ed era ben lieta di accontentarli.

Incominciò a raccontare. E mentre tutti i pirati delle due navi affiancate che filavano al vento ravvisavano nei luoghi e nelle leggende delle elegie del mare di Cornelio Gallo i porti e le credenze a loro familiari fin da bambini, Arrio guardava incantato la donna magica che pareva voler portare i pirati a riconoscere la loro vita su un'invisibile carta geografica. Cornelia Lucina poté finalmente dormire, contenta di quella sua iniziale vendetta, a notte fonda: i pirati sarebbero stati i primi a imparare nuovamente i versi che solo l'aristocrazia romana aveva appreso senza saperli difendere dall'oblio. E avrebbero recato con sé il nome di Cornelio Gallo finché sarebbe durata in loro la memoria di quei versi dove la loro vita sul mare s'era riconosciuta. Arrio, bordeggiando sotto Capri, pensava che la voce di quella donna aveva la forza di tenere ancora avvinte al raggio invisibile della sua presenza le navi che l'avevano liberata; e mentre dava finalmente e a malincuore ordine di partire alle prime luci dell'alba, guardava guardava sospirando la villa sul monte dov'era una donna così affascinante da far pensare che come aveva sedotto il capo dei pirati potesse ammaliare un vecchio imperatore.

C'era però un altro demone, oltre a quello della poesia, che nella notte aveva manifestato tutta la sua seduzione, favorito dalla dolcezza di quel plenilunio primaverile che rendeva naturale il suo culto e i suoi riti: Eros. Il bel greco Eumenide, lo schiavo d'Eubea che Caligola contemplava come lo specchio della virilità del padre morto, ritemprava dopo ogni incontro col capriccioso principe la sua figura minacciata da una duplice identità al calore di un amore per il quale Eumenide non era più la copia di nessuno. Era sua l'ombra intravista da Tiberio nella notte.

— Alle volte ho paura di quel ragazzo che mi sogna sempre nei panni d'un morto — diceva fra le braccia di Nicea, la bella schiava tebana venuta con lui a servire Tiberio dalla casa di Agrippa in Atene.

— Non pensare a quel mostro, qui non ci sono altro che la notte e la tua Nicea — e la donna strappava finalmente Eumenide dai fantasmi malinconici di quel gioco equivoco di somiglianze fermandolo all'ora, al suo viso, al sapore della sua pelle, al piacere che annunziandosi di lontano veniva sapientemente rinviato per dilungarne la vittoria finale sulla coscienza, su Tiberio, su Caligola. Gli occhi di Nicea erano ormai così esperti della notte da percepire ogni minimo movimento nell'oscurità. Avrebbe giurato che c'era qualcuno nella stanza, oltre il suo uomo; ma non voleva ancora dirlo, era così eccitabile da un po' di tempo da non fidarsi più di se stessa. Avvertì che Eumenide la sentiva distratta e per cancellare ogni sospetto disse: — Amore mio, sempre e solo di notte dovrò vederti? Quando potremo camminare insieme sotto il sole? Voglio vedere il colore dei tuoi occhi, il riflesso del sole sulla pelle, voglio spogliarti a poco a poco alla luce, guadagnare la vista della tua carne ai raggi onesti del sole. Sono stanca, Eumenide, di questa luce ruffiana della Luna...

— Sempre lo stesso rimprovero, Nicea... ma noi siamo creature della notte, lo sai bene. Sono loro, i figli della luce, le creature del sole, i nostri padroni. Dobbiamo essere grati alla sorte che, nella disgrazia di nascere schiavi, ci ha almeno fatti creature del padrone dei padroni, lontano da Roma, su quest'isola di sogno, dove è così dolce amarti in notti come queste... — e di nuovo Eumenide la prendeva e l'allontanava da se stessa nello sforzo di aiutarsi l'un l'altro a fuggire da villa Jovis, immergendosi nel viaggio del piacere. Nicea lo baciava più volte, in tutte le parti del corpo, come se volesse annullare le carezze impossibili da rifiutare di quell'adolescente che presto sarebbe stato il signore di Roma. C'erano ancora infinite notti di convegni, erano tanto giovani, la fatica della loro condizione non aveva ancora saputo vincere le resistenze opposte dalla natura, erano belli e sani: lei avrebbe continuato a pregare la sua dea protettrice, la sua Afrodite che l'aveva prediletta e aiutata donandole una bellezza pura che l'aveva preservata da pericoli destinandola presto al servizio personale di Cesare. Erano tempi così difficili, accadevano cose paurose, solo la fede nella divinità poteva aiutare a vivere.

Ma che faceva ora Eumenide? Perché si staccava da lei?

— Eumenide, ti sei stancato di me? — Lo schiavo greco aveva sentito una mano tremante e sudata, delle dita che conosceva bene, sfiorare il suo corpo e, in un momento d'abbandono, mentre si riposava, sfiorargli il ventre. Sapeva che era la mano di Caligola. Aveva deciso di non allarmare Nicea, di far finta di nulla finché poteva: il ragazzo si trovava sotto il letto o dietro la tenda a capo del letto, dov'era la finestra aperta dalla quale doveva essere penetrato nella stanza.

Occorreva il massimo sangue freddo. Solo agli schiavi sposati col consenso del padrone era lecito congiungersi. Se Caligola voleva poteva denunciarli a Trasillo, governatore della villa, che certamente avrebbe deciso di espellerli cacciandoli lontano l'uno dall'altro in case diverse dell'imperatore. Ma il pericolo più grave e immediato veniva dalla reazione di quello strano complesso di sentimenti contrastanti che era il disgraziato suo adoratore. Pareva sconvolto dalla gelosia:

— Questo dunque faceva mio padre con mia madre, Eumenide?

Come un'ombra vendicativa si levava ai piedi del letto la figura di Caligola. Nicea soffocava a stento un grido, tirandosi le coperte addosso; il suo istinto non l'aveva tradita, lei l'aveva sentita quella presenza prima ancora di Eumenide.

— Voglio vedere meglio alla luce ruffiana della Luna, come dice la tua Nicea... — e Caligola s'era sporto verso la tenda della finestra per aprirla tutta e inondare la stanza del raggio lunare.

— Ti prego, Nicea, fatti vedere, non ho mai visto una

donna... — implorava Caligola mentre Nicea scoppiava a piangere stringendosi al suo Eumenide.

— Signore, perché vuoi tormentarti e tormentarci, lasciaci soli, non è bello questo né per te né per noi — diceva dominandosi Eumenide, che avvertiva la gran sofferenza che straziava quelle due creature. Ma Caligola strappava la coperta di Nicea e la contemplava nella sua avvilita e perfetta nudità esplorando minutamente il suo corpo con gli occhi spalancati. Com'era bella quella giovane donna, ora capiva perché lo schiavo greco prima le avesse parlato con tanta passione, mentre lui stava dietro la tenda a spiarli. Adesso capiva che la sua amicizia, tutti gli onori che avrebbe potuto dargli un giorno, anche la libertà, come gli aveva promesso, erano nulla in confronto alle ore d'intimità corse in quelle tenebre che Nicea gli poteva ogni notte della loro vita donare. Allora gli occhi del futuro Cesare furono catturati da un desiderio struggente e immediato delle carezze di Eumenide: posò audacemente la mano sul sesso del suo schiavo come su una sua proprietà. Era suo, mai Nicea glielo avrebbe strappato... Sentì la forte mano di Eumenide che allontanava delicatamente la sua.

— Dunque non mi vuoi più bene? Preferisci lei, una schiava, a me? — domandava Caligola con una voce incrinata dal pianto.

— Signore, io ti voglio bene come un amico, lo sai. Ma questa schiava sarà la madre dei miei figli, non si può paragonarla a nessuno.

— Ma io ho bisogno di te, Eumenide, della tua forza, della tua protezione! Sono solo, infelice, piccolo, lo vedi come sono piccolo... — e faceva il gesto di denudarsi per mostrare la sua virilità, ma un residuo d'orgoglio davanti a Nicea lo tratteneva.

— Non è vero, mio signore, non è vero! Quante volte te lo devo ripetere che anch'io, alla tua età, ero un piccolo uomo come te... — ed Eumenide, vinto da una tenerezza non ignara che solo da quello spiraglio poteva venire la salvezza,

62

lo attirava per un momento a sé per abbracciarlo asciugandogli le lacrime. Nicea intuiva che il frangente di maggior pericolo era passato, che il comportamento più giusto era quello così pietoso e spontaneo del suo uomo. E osava carezzare anche lei il figlio di Germanico. Caligola per un attimo rivedeva l'unica scena della sua infanzia in cui, lontano da Roma, in un palazzo di Aleppo, era stato ammesso al letto dei suoi genitori in uno dei rari momenti in cui Germanico ed Agrippina avevano potuto concedersi per qualche giornata totalmente ai loro numerosi figli.

— Come siete belli insieme, proprio come mio padre e mia madre... — sussurrava — lasciate che vi guardi ancora una volta e poi me ne andrò via.

Eumenide lo guardò a lungo nei bellissimi occhi tristi, poi si volse a guardare quelli supplichevoli ed accesi della sua Nicea e un'onda misteriosa di pietà ed amore lo prese per entrambe quelle creature in qualche modo votate all'infelicità insieme. Fece un cenno a Nicea con la mano perché si denudasse completamente. Nicea parve opporre una debole resistenza poi cedere. Caligola si staccò dal fianco di lui per tornare in fondo ai piedi del letto, a guardare, ormai disposto ad uscire dalla porta che era di fronte se avessero accontentato anche il suo ultimo desiderio. Eumenide lo intuì e abbracciando la sua Nicea, socchiuse gli occhi per immergersi ancora con lei in un viaggio lontano dalla coscienza, dalla casa di Tiberio, da Caligola, cercando di recuperare il piacere che ogni notte dava loro la forza di sopportare il giorno.

E quando, più faticoso che mai, più difficile a farsi cogliere e ingannevole nei suoi falsi preannunzi, il piacere trionfante scoppiò, Eumenide non poté accorgersi che la porta era aperta e la stanza era finalmente deserta.

VI

Giunse alle calende di maggio la notte in cui Cornelia Lucina terminò di rievocare gli amori di Cornelio Gallo e Citeride, sua madre. Anche Cornelio Gallo s'era sentito prigioniero a Roma, come il giovane Tiberio quando ne era fuggito verso Rodi; la passione per Citeride, la liberta appena affrancata da Volumnio, era stata per lui una sorta d'evasione dalla corte di Augusto nella quale il poeta presentiva in agguato il pericolo. Un giorno — aveva raccontato Cornelia — Gallo s'era sottratto al suo destino diffondendo la voce fra i suoi amici ch'era in viaggio per l'Asia. Con una nuova identità s'era imbarcato su una nave insieme a Citeride: per amarla più intensamente e distruggere le ultime barriere uscendo da se stesso, s'era finto uno schiavo di Cornelio Gallo e precisamente l'amministratore che viaggiava con la propria compagna per raggiungere le nuove terre del padrone in Oriente. Una forza sconosciuta veniva da quella degradazione per amore, una nuova visione della libertà mal impiegata quasi sempre da chi l'aveva in dono dalla nascita. Era così eccitante per il suo estetismo quella finzione: quei panni umili, quel cibo semplice, quella piastra legata al collo con un numero e un nome, quell'esercizio a rispondere, nei porti in cui sbarcavano, ai liberi con sottomissione "Signore", gli offrivano tutto il sapore della trasgressione cui aveva aspirato fin da quando s'era incapricciato di una schiava come la sua Citeride.

"Ma Gallo, non t'importa che sia stata di tanti cui la

concedeva l'estro di Volumnio, la notte, dopo i banchetti, fra i suoi ospiti? Se ben ricordo anch'io devo aver giaciuto con lei una volta..." aveva osservato un giorno Virgilio.

"No, me la rende più cara, come se potessi io stesso ricrearla. Sono così stanco di stolte vergini patrizie e di aride e corrotte matrone, è così puro il suo cuore che non ha mai amato! Sono stanco dei Romani e della loro superbia, mi pare di amare in lei una razza nuova che purificherà Roma dalla sua inutile vittoria sul mondo". E la figlia di Cornelio Gallo raccontava come suo padre nella discussione con Virgilio manifestasse tutto il suo pessimismo sulla durata della costruzione di Augusto, sulla giustificazione di tanto sangue di guerre civili per dare vita all'Impero. Virgilio, che era consapevole della disperata sincerità di quel suo amico così affascinante, sempre rapidamente annoiato di ogni novità, sempre sprezzante e indipendente di giudizio, esteta solo sensibile alla bellezza nelle sue manifestazioni più alte e più indipendenti dalla morale e dalla passione politica, s'era mostrato preoccupato per lui e per la sua posizione. E ogni volta l'amico gli faceva capire in risposte diverse eppure intonate alla stessa insoddisfazione, che non gli premeva molto vivere a lungo in un'età sciagurata come quella. Solo la libertà dalla paura della morte, lo sprezzo di lei, risvegliavano il gusto pieno della vita: se non si temeva la morte e si era pronti a incontrarla anche subito, finalmente non si calcolavano più il comportamento e la parola per non urtare il potere, come a Roma facevano ormai tutti, anche nel circolo di Mecenate, gli intimi di Augusto.

Quando anche gli altri amici, oltre Virgilio, avevano saputo di quella trovata del viaggio nei panni di uno schiavo, erano riusciti a presentare ad Augusto la stranezza come un'originale invenzione di quella fertile fantasia poetica continuamente alla ricerca di esperienze straordinarie. Giacché alle orecchie attentissime di Augusto tutto giungeva, occorreva condire almeno l'avventura per renderla il più possibile innocente. Ma l'imperatore aveva finto di non cogliere la denuncia sottile di una libertà inutile sotto un tiranno che si nascondeva nella scelta giocosa della condizione servile. "Speriamo solo che l'amore lo rinsavisca, anche se non s'è mai sentito dire che Eros faccia ragionare uno stravagante", s'era limitato a commentare dopo il discorso di Virgilio. E non aveva più voluto toccare l'argomento di Gallo. Così raccontava a Tiberio la figlia, recuperando nella memoria la vita di quei remoti anni di suo padre in quelle parti degli *Amori* che non erano mai state pubblicate e dei diari degli ultimi anni che solo l'infaticabile Egisto, ad Alessandria, era riuscito a scoprire. E mentre raccontava, la donna guardava l'imperatore che sosteneva la grande costruzione di una società incombente sulla vita di carnefici e vittime, Cesari e poeti, come un incubo diverso solo nelle apparenze.

Gallo e Cèteride avevano a lungo vagato nel mare fra Grecia e Oriente, dove più erano lontani dalle loro identità deposte a Roma come fantasmi che si nutrissero dei giorni consumati nell'urbe. I loro paradisi erano le isole greche dove più povera fosse la vita civile e più ricca quella della natura. L'equipaggio, composto tutto di fedelissimi schiavi di Cornelio Gallo cui egli aveva promesso l'affrancazione, viveva in quelle isole il sogno ad occhi aperti di tanti esseri umani. Vivere immersi nella natura, immemori del tempo, sottratti ai doveri civici, alle colpe delle religioni, agli orrori che semina la maledetta necessità di giudicare il male e il bene. Cèteride s'era più volte domandata in quei giorni se davvero quegli uomini avrebbero trovato il coraggio per ritornare. Le pareva infatti che la promessa di affrancazione agli schiavi domestici di Cornelio fosse più una sfida e una prova che un bene reale; possibile che quegli uomini che avevano assaporata tanta eguaglianza e libertà, tanta evasione e fantasia, potessero davvero desiderare di far ritorno a Roma, alla sua libertà giuridica fatta di nuovo allineamento nei gradini della piramide sociale, di nuove lotte per il denaro, il lavoro, il bisogno? Alla fine essi avrebbero scongiurato Cornelio Gallo di tenerli nella signoria della sua fantasia, della provvisorietà di quel cercare fra le colonne d'Ercole e il Ponto porti sempre diversi, isole vergini in cui sbarcare con l'antica voglia di vivere.

"La mia speranza, Citeride, è che per errore troviamo un'isola sconosciuta alle carte, uno strappo dall'Impero di Augusto dove nasconderci agli occhi del mondo romano, una specie di voragine come quella del Foro dove Marco Curzio si gettò per sacrificarsi. Noi sfileremo di lì, in una nuova orbita del tempo" aveva detto un mattino Cornelio Gallo alla sua donna. E, come se gli dèi avessero udito la preghiera di quel loro figlio ribelle, verso mezzogiorno, sotto la costa di Creta, al largo della Sirte, molto più a sud ma sulla direzione di Citera, i compagni avevano scorto un'isola selvosa, sormontata dal pennacchio di fumo di un vulcano; un'isola che nessuna delle loro carte segnava. Gallo fece subito arenare in una cala sabbiosa la nave che li portava. Appena disceso a terra inviò i compagni ad esplorare tutta l'isola per vedere se ci fossero abitanti, se la fauna e la vegetazione fossero ricche, se l'isola avesse sorgenti. "Ma in realtà, Citeride, li ho mandati in giro perché ci lascino soli, perché mai siamo stati così felici e forse mai più lo saremo. E la felicità di questo momento eterno la voglio vivere solo con te..."

E Citeride l'aveva amato come se in quell'uomo ci fosse il primo abitante della terra e in quell'unione il primo tentativo della specie di nascere a spese dell'individuo. Quel giorno su quell'isola di nessuno era stata concepita lei, Cornelia Lucina. Verso sera Gallo, non vedendo ancora alcuno ritornare, aveva cominciato a preoccuparsi ma Citeride ridendo l'aveva rassicurato:

"Ma non capisci che la solitudine che tu hai voluto oggi per noi anche loro l'hanno goduta e prolungata? Non devi preoccuparti, torneranno arricchiti dalla stessa gioia che abbiamo assaporato noi che non ci siamo allontanati da questa spiaggia. Eccoli! guardali, sono già in arrivo..."

E la figlia di Cornelio Gallo raccontava a Tiberio che le

67

notizie di cui erano latori quegli esploratori erano davvero confortanti. C'erano acqua purissima, alberi da frutta, olivi e la riviera era molto ricca di pesci. Adrasto, il giardiniere della casa di Cornelio, lamentava un'unica fonte di problemi: il vulcano. "Sembra così in fermento, così giovane. Lungo il cammino abbiamo notato tante grotte piene di fumo, molti corsi d'acqua calda e dovunque i segni d'una fortissima attività. È un'isola sorta probabilmente da non più d'una ventina d'anni, non so che tiro potrebbe giocarci quel vulcano..." Ed era certo un'isola giovane come il loro anarchico sogno di uscire dall'Impero di Roma; un sogno che poteva durare un'eternità o pochi attimi, come la lettura di un idillio dove brillasse l'essenza dell'intero universo. E Gallo iniziò a recitare l'approdo di Ulisse naufrago all'isola dei Feaci, e l'incontro con Nausicaa. Ma Adrasto e gli altri schiavi non conoscevano Omero e rimanevano muti. Erano soprattutto le donne le più timorose del vulcano; negli uomini s'avvertiva il coraggio di pagare la felicità col prezzo di quella costante paura. La decisione di rimanere fu presa comunque all'unanimità e iniziò così un'altra avventura di quel viaggio. Come s'era previsto era una terra che favoriva l'insediamento umano grazie alla sua fertilità. I venti abitanti si divisero in tre gruppi e si spartirono l'isola. "Come i triumviri..." aveva scherzato Cornelio Gallo "ma senza la loro crudeltà né le loro liste di proscrizione".

Citeride lo vide entusiasta di quella vita per molte settimane: lui seminava, pescava, edificava capanne, pattugliava la notte verso l'estrema punta meridionale, dove qualche nave era stata avvistata verso l'Africa. C'era ordine di spegnere i fuochi ogni notte per non farsi scoprire. E il tempo passava mentre Citeride già sentiva muoversi in seno la propria creatura. Dopo qualche mese però Citeride lo vedeva inquietarsi sempre più facilmente per inezie. Sentiva che l'ansia di sprofondare in una libertà così assoluta sospingeva quell'uomo verso una nuova infelicità. Lo udì una sera che lo sorprese sulla costa a non spegnere il fuoco recitare altri versi di Omero con una voce sofferta e spezzata. Ed erano quelli di Ulisse che implora dal padre di Nausicaa una nave dai begli scalmi che lo riporti ad Itaca sul mare color del vino.

"Che cosa ti manca, Gallo, su questa nostra isola?"

"Il male, Citeride, mi mancano l'oppressione di Roma, la tirannide di Augusto; il senso di un'emorragia del tempo che là non m'abbandonava mai, qui s'è spento in poche settimane. Sono spacciato, Citeride, sono romano senza scampo. Ora so che solo nella morte avrò sollievo da quest'ansia di lotta contro qualcosa che mi si opponga, che mi si erga contro e mi dia il gusto di distruggerlo o di farmi distruggere". Non voleva Cornelio Gallo — concludeva la figlia — confessare alla sua Citeride che forse come lei e più di lei amava il miracolo che nasceva da quella perpetua lotta, la poesia.

Quando Tiberio finì di ascoltare questa parte del racconto degli ultimi anni di Cornelio Gallo consegnato alle sue elegie, come se un demone lo catturasse s'alzò dallo scranno e le fece cenno di tacere:

— Taci, Cornelio Gallo, taci! — e la maschera tragica del suo viso diceva che davvero credeva di parlare al padre, non più alla figlia — ascolta bene, ascolta bene... — e con la mano afferrava il lembo del peplo della donna, come per costringerla a mettersi in ascolto più attentamente — lo senti? lo senti? Non muoverti, sta' fermo, fatti immobile come me e lo udirai... — E stava in piedi come una statua, al centro della stanza. Cornelia impressionata si sforzava d'intendere che cosa mai udisse il vecchio imperatore ma non udiva altro che il gran silenzio della casa addormentata, appena sottolineato dai rumori misteriosi della notte, cigolii di porte, fruscii, tarli del legno, ronzii d'insetti notturni, gorgoglii dell'acqua. — L'odi anche tu? L'odi? — insisteva ghermendole il braccio fino a farglielo dolere.

— Cesare, io non odo niente, mi dispiace... — risponde-

69

va spaventata Cornelia. E si domandava se non era il caso di chiedere soccorso, perché le pareva che il vecchio fosse sempre meno in grado di controllarsi.

— Ecco, è questo che si sente, qui, sull'isola del male, Cornelio Gallo, dove abita colui che ti dona il gusto della vita fatto di lotta e di oppressione, di duelli contro la grande prigione della civiltà! È il rumore del tempo, il nulla che io custodisco qui da tanti anni... Tu vigliacco, te ne sei andato dalla tua isola, quando l'hai sentito quel fragore del nulla, mentre cadevano gli inganni con cui il tempo si traveste: gli imperi, le vittorie, i trionfi, le ovazioni, le cataste di morti a Farsalo, il mare insanguinato ad Azio per miglia e miglia, echi del nulla come i moscerini di questa sera afosa, i fruscii delle lucertole contro i muri della casa, l'acqua che scorre nei meandri del calidario, i tarli nel legno della mia biblioteca. Tu l'hai abbandonata la tua isola, per paura del silenzio in cui hai visto che sarebbe precipitata ogni forma, da Augusto a questa zanzara che ora mi vuol pungere la punta del naso, i tuoi poemi come quelli di Omero. Non hai avuto il coraggio di Tiberio!...

E come se una grande commozione lo vincesse, il vecchio abbandonò il braccio di Cornelia e si lasciò cadere sulla sua sedia spossato a occhi chiusi. Anche Cornelia era commossa. Iniziava a comprendere quale altera forma di eroismo avesse palpitato e sofferto sotto la maschera della tirannide in quell'uomo. La consuetudine di quelle notti, così lontane dall'amore eppure così intime nella capacità di scambiarsi le maschere della verità fino a scoprire il volto nudo, l'aveva lentamente calata in un nuovo rapporto con la memoria che portava in sé come un feroce demone da vendicare. E spesso le giornate di suo padre contate nelle notti di Tiberio s'erano mostrate stranamente prive di quell'aureola che avevano fatto splendere nella solitudine di Pandataria. In fondo Tiberio era l'unico dei tre che avesse resistito davanti alla verità; delle isole in cui si erano specchiati tutti e tre, Capri, Pandataria e l'isola vulcanica di suo padre, solo

Capri non era stata abbandonata. Ma Tiberio ignorava ancora il resto della vita di suo padre e quel che egli aveva previsto. Cornelia gli si avvicinò, sfiorandogli teneramente il braccio. Lo sentì rattrappirsi nel suo sdegno, irrigidirsi. Poi, con un'istantanea mutevolezza che era segno di quanto fosse logorata la riserva di forze morali di Tiberio, avvertì la mano ghermire la sua in una stretta così forte da tradire invece quanto fosse ancora intensa la volontà di vivere e amare nell'uomo più solo della terra. Rimasero a lungo così in silenzio, la bella novellatrice e il vecchio imperatore. Senza parlare, presi ognuno da pietà per la vita propria e per quella dell'altro. Si udiva d'improvviso un usignuolo cantare nel bosco di corbezzoli sopra la villa. Quanto tempo era che non tornava, ricordava Tiberio, forse dalla visita che feci prima ancora di stabilirmi qui... Cornelia invece ricordava la casa in Egitto ad Alessandria, dove aveva vissuto con Egisto quasi un anno, visitata spesso, nel folto del giardino, dagli usignuoli le notti estive. Le venne un'onda di coraggio e si fece forza:

— Ma, Cesare, non ti ho ancora raccontato la parte più bella dell'esistenza di mio padre, affidata alle sue ultime opere: a te piaceranno proprio per le ragioni per cui fecero inorridire Augusto. Lasciami continuare...

— Tu sei pazza, Cornelia Lucina, e io sono più pazzo di te che perdo il poco tempo che mi rimane ad ascoltarti. Ma non possiamo opporci alla nostra follia, come sappiamo entrambi. Tu dovevi finire qui, a Capri, e io dovevo vederti salire le mie scale senza farti arrestare dalle mie coorti che non lasciano mai passare essere vivente. Procedi pure nel tuo racconto, Cornelia, non ci rimangono molte ore della notte. Sarà l'usignuolo ad avvertirci di smettere all'alba quando tacerà: riconoscerai che la poesia di Cornelio Gallo non poteva avere un accompagnamento migliore.

71

VII

C'era qualcuno però in un'altra ala della villa cui il canto
dell'usignuolo non evocava alcuna dolcezza. Caligola, subito alle prime note, s'era levato dal letto dove stentava a
dormire per affacciarsi alla finestra e cercare di capire da
dove venisse quel canto così diverso da tutti quelli che aveva
sentito, così struggente e appassionato da destare definitivamente la sua mente già poco incline ad assopirsi quella
notte. Chissà dov'era l'amico Eumenide? Certamente con la
sua Nicea stava ascoltando anche lui quella melodia.

Non lo vedeva da molti giorni dopo l'ultimo drammatico
incontro nelle stanze abbandonate, questa volta da soli.
Prima dell'incontro aveva vagato spesso fra quelle stanze
piene di topi, fra travi annerite e calcinacci, come se tentasse
di ricominciare un sogno interrotto sforzandosi di riassumere nel letto la stessa posizione.

Perché nella sua mente bruciava il ricordo della vista dei
due corpi nudi allacciati, l'immagine appena visibile nella
luce lunare delle rapide reni di Eumenide che dardeggiavano il corpo di lei in una stretta che non lasciava scampo. La
schiena arcuata dell'uomo si abbassava e si alzava su un
corpo appena riconoscibile che non era schiacciato né offeso
da quell'assedio ma spasimava dal desiderio di rimanerne
ancora più oppresso.

Di giorno, quando poteva sottrarsi all'occhio vigile della
nonna Antonia, che non lo lasciava volentieri allontanare,
aveva notato che lo schiavo greco faceva in modo di sfuggire
alle sue attenzioni, impegnandosi in lavori e mansioni

72

lontani dalla villa: come ripulire le cisterne, andare al mercato, lavorare nei campi, curare le mense del corpo di guardia in fondo alla marina, dove terminavano i gradini della scala privata dell'imperatore. Una mattina Caligola l'aveva fermato all'improvviso sbarrandogli il passo; s'era imbattuto in lui sul cancello d'ingresso ed Eumenide non aveva potuto evitare il nipote di Cesare.

— Tu farai una brutta fine, Eumenide — l'aveva minacciato Caligola, imitando un'espressione udita spesso sulle labbra di Tiberio quando rimproverava uno schiavo. Eumenide era carico di strumenti per lavorare la terra, sudato e sporco: ma la sua bellezza sprigionava ugualmente da quello squallore e a Caligola pareva di essere così ridicolo nel candore della sua tunica dalle pieghe perfette, da invidiare i cenci dello schiavo. Eumenide non replicava alla minaccia e rimaneva a capo chino, in imbarazzato ma rispettoso silenzio. Perché quel ragazzo non lo lasciava un po' in pace? Perché non lo richiamavano a Roma? Eppure in tutta la casa di Tiberio ormai era corsa la voce che Antonia e Caligola dovessero ritornare nell'urbe richiamati da complicazioni inerenti il testamento di Tiberio che nominava erede non solo Caligola ma anche il figlio di suo figlio Druso minore, il nipote Tiberio Gemello. Eumenide aveva per un momento provato apprensione per quel suo pericoloso eppure tenerissimo amico; era così provvisoria la sorte di un membro della casa Giulio-Claudia, così poco sicura. Ma ora, a sentirlo di nuovo tanto arrogante, per un attimo perdeva la pazienza e desiderava la stessa soluzione che Nicea non faceva che augurarsi: che se ne tornasse a Roma.

— Perché non mi dai una delle tue vanghe da portare? Sono forte anch'io, dammela, via! — e Caligola cercava immediatamente di strappargli l'arnese più pesante.

— Ma che cosa fai, signore, non è possibile che tu porti gli strumenti degli schiavi, lasciala a me! — rispondeva disorientato Eumenide volgendo l'occhio intorno, a osserva-

73

re se qualcuno notava la scena. Cominciava a temere che fra gli schiavi si indovinasse che cosa significava quella straordinaria attenzione; già Nicea gli aveva riferito, nell'ultimo convegno notturno, malevole allusioni del cuoco. Fortunatamente però, a quell'ora, sul viale d'accesso alla villa non compariva nessuno. E le guardie erano oltre il muro di cinta occupate da chissà quale gioco di dadi in scommesse. Ma Caligola era riuscito a caricarsi sulle spalle una zappa più piccola scivolata dalle spalle di Eumenide; appariva fiero di quel carico come se avesse ricevuto un premio.

— Ti devo parlare, andiamo nell'ala incendiata, dove t'ho visto l'ultima volta con Nicea... Ti precedo. Vieni fra un'ora, dopo di me, così non ti vedrà nessuno... Bada però che se non vieni farai una brutta fine.

E Caligola s'avviava senza nemmeno attendere risposta, col suo buffo passo rigido un po' militaresco portando la zappetta servita a Eumenide per sarchiare un campo di cipolle. Con la coda dell'occhio però spiava se lo schiavo greco apriva bocca per richiamarlo e in cuor proprio tremava dalla paura che non gli obbedisse. Eumenide rimaneva immobile e muto. Ingannata Antonia sostenendo d'aver sonno e bisogno di riposo e di fare volentieri a meno di mangiare, Caligola riuscì ad avere il permesso di ritirarsi a dormire.

Dopo neanche un'ora vagava nelle camere abbandonate, là dove la sua ossessiva fantasia s'era sempre aggirata negli ultimi giorni con Eumenide. Verrà, non verrà, si domandava. E il cuore gli batteva forte per la paura che non venisse e per l'emozione di poterlo vedere fra qualche minuto, questa volta non più nell'immaginazione. E se non verrà come potrò sopportare che uno schiavo mi disobbedisca? Dovrò mostrargli che a me non si può non dare ascolto. Ma come? Non posso, non voglio nuocergli, ma se mi offende come obbligarlo a non mancarmi di rispetto? Deve venire, altrimenti non saprò che cosa fare.

C'erano in quelle stanze affreschi ispirati ai carmi della

poetessa erotica Elefantide. In quella dove lui s'era nascosto era dipinta una scena mitologica, i Centauri ubriachi che alle nozze di Ippodamia e Piritoo cercano di violentare e rapire le donne del banchetto, le Lapitesse. Il fuoco dell'incendio aveva giocato coll'affresco cancellando ora una testa, ora un braccio, ora le gambe equine dei Centauri. La lotta fra la bestiale violenza dei Centauri e le Lapitesse difese dai loro uomini, s'era scomposta in un grande abbraccio confuso di carni umane e forme divine. Una lunga venatura giallastra di acqua piovana aveva deformato la più bella delle Lapitesse, Ippodamia, che appariva priva di lineamenti, opaca eppure conturbante nell'ambiguità del suo corpo denudato dalla mano del Centauro più forte. Lei senza volto, lui senza gambe equine, suggerivano alla fantasia di Caligola accoppiamenti diversi da quelli spiati in quelle stanze nei due schiavi. S'era fermato più volte nelle sue notturne ricerche furtive dei due amanti, appena capace di scorgere al lume della lucerna i segni misteriosi del pittore. Ma, ora che attendeva in piena luce, l'insieme pur gravemente danneggiato dell'affresco gli appariva completamente. Il volto feroce del Centauro era nitido e intatto per quanto quello della donna era opaco e irriconoscibile. Le mani della ferina divinità le afferravano un seno mentre la bocca barbuta pareva avvicinarsi per il bacio: osceno emergeva, a qualche distanza dalla grande macchia del corpo equino cancellato dal fuoco, un sesso minaccioso. Le vesti di Ippodamia rivelavano la perfetta bianchezza delle cosce. Una lunga crepa troncava i piedi della donna sospendendola in aria, come volasse. Caligola guardava l'opera del pittore mediocre ispiratosi alla *Teogonia* di Esiodo per indicazione di Tiberio, che amava le forze primordiali della vita e le voleva raffigurate nella casa dove aveva deciso di attendere serenamente la morte.

Guardava Caligola e s'avvicinava, ora che c'era la luce, fino a toccare quei segni che riproducevano il mistero dell'amore e della morte confusi nell'atto della violenza. Il mostro e la donna senza volto. Il mostro che non aveva più il greve corpo del mostro, ma solo un viso bello e virile. Una donna che celava i connotati della sua bellezza e appariva priva di volto, desiderosa di essere redenta da un'identità femminile. Senza sapere quel che faceva e perché lo faceva, Caligola si spogliava lentamente; aveva già riconosciuto, in un soprassalto di emozioni, i passi ancora lontani ed incerti di Eumenide che lo cercava vagando nelle stanze abbandonate. Caligola già nudo aveva appena il tempo di avvicinarsi al muro e sovrapporsi all'immagine della Lapitessa, che entrava ansante e furioso Eumenide.

Il silenzio innaturale del luogo abbandonato pulsava alle orecchie dello schiavo nel sangue che gli pareva tutto salito alla testa. Eumenide vide l'affresco, colse lo sguardo imperioso di Caligola divenuto Ippodamia, fissò il Centauro che avrebbe dovuto incarnarsi nel suo corpo. E aderì con un grido di rabbia alla bestia del muro, come imponeva il desiderio di Caligola, compiendo la violenza del disegno che la pioggia aveva dissimulato.

Era da quel giorno che Caligola non vedeva più Eumenide; ora che l'usignolo cantava ed egli sentiva che niente era più dolce che stringersi alla creatura amata in una serata come quella, a Capri, capiva che una forza più grande di lui, futuro imperatore, e di Eumenide, padrone del futuro imperatore, avrebbe impedito per sempre di compiere i desideri e i progetti che aveva sognato. Perché, pur bruciando dal desiderio di vedere Eumenide, sentiva di volerne anche la sopraffazione, l'umiliazione e forse la morte. Se gli voleva bene doveva non rivederlo mai più. Per la prima volta Caligola si mise a piangere. Nessuno l'aveva mai visto versare lacrime, né per la morte del padre, in Siria, né per quella della madre, vittime di Tiberio. Piangeva di autocommiserazione, per la compagnia orrenda che d'ora in poi Caligola avrebbe dovuto infliggere a Caligola finché una spada non avesse pietà di lui sciogliendo il nodo dell'unione infelice.

Antonia in quella stessa notte vegliava intenta a scrivere e a rileggere lettere. La madre di Germanico aveva prudentemente in quei giorni consultato i più intimi amici e parenti di Roma sullo spinoso problema della successione da quando era finalmente stata certa che Tiberio intendeva lasciare il potere a due eredi del suo sangue. L'aveva domandato direttamente a Tiberio, cogliendo un momento in cui l'aveva trovato solo. S'era fatta coraggio di fronte a una situazione insostenibile, quando le era stato chiaro che nessun senatore da Roma avrebbe avuto l'audacia di venire a Capri per domandare quel che era loro diritto sapere: il futuro di Roma.

— Cesare, si mormora che tu voglia dividere il potere. Ma io non lo credo — aveva osato dire per offrire al vecchio simulatore la via della finzione che ella avrebbe saputo subito cogliere nel suo modo di far propria l'incredulità della cognata. Tiberio la fissò un lungo istante, deponendo il volume di Virgilio che stava leggendo. Gli occhi stanchi e arrossati dalla pratica ormai di vegliare quasi tutte le notti parevano però meno cupi e minacciosi. Forse la poesia di Virgilio l'aveva saputo trasportare lontano da se stesso o forse la donna che l'intratteneva in quelle notti gli aveva infuso un nuovo interesse per la vita. Sì, aveva fatto bene a domandare quel che era così difficile chiedere a Tiberio, sentiva che avrebbe risposto.

— Antonia, Caligola ha qualcosa di tuo padre Marco Antonio che non è bene rinasca proprio in un imperatore romano. Nel suo sangue c'è una goccia di follia, un'attrazione per la forza e la crudeltà pericolosi. Né di tuo padre ha il grande coraggio. Occorre contrapporgli l'umiltà di Tiberio Gemello, che pare così simile ad Augusto.

— Due Cesari, Tiberio, non saranno mai in pace, si divoreranno finché non ne rimanga uno solo.

— Anche questo è possibile, Antonia, anzi è molto probabile. Ma noi saremo già morti, non vorrai portare anche il peso di quel che sarà dopo, non ne hai già avuto abbastanza?

— Non puoi pensare che mi sorrida l'idea che il sangue torni a scorrere per una nuova guerra civile.

— Antonia, se fosse l'ultimo giorno e quindi potessi davvero dirti quel che sono certo accadrà, ti direi che uno dei due prevarrà subito sull'altro, proprio per quella sua funesta crudeltà. E sarà il tuo amato Caligola. Del resto se tuo padre, il modello di Caligola, fu nefasto a Roma, Augusto, il modello di Gemello, fu nefasto a me, quindi vedi che non farò nulla affinché Caligola non prevalga.

— Cesare, nella realtà però Augusto vinse Antonio, come puoi allora essere così sicuro che Caligola vinca tuo nipote?

— Perché la storia non insegna nulla agli uomini, Antonia, è una pessima maestra... — e Tiberio ambiguamente sorrideva ritornando a leggere le *Georgiche* — ma stai di buon animo, non ci sarà guerra civile, regnerà subito tuo nipote; Caligola vive per la propria rovina e per quella di tutti gli altri: io sto allevando in lui una serpe per il popolo romano e un Fetonte per l'universo — aggiunse ancora mentre aveva già gli occhi sugli esametri. Antonia avrebbe voluto allora domandare perché esporre a morte certa il povero Gemello, ma capiva che era troppo pretendere una risposta anche su quel problema morale. Tiberio doveva pur salvare le apparenze, decidere con equità almeno testamentaria. E la giustizia voleva che rispettasse il suo erede diretto, il figlio di suo figlio, oltre che il figlio di Germanico che aveva lasciato un vuoto così grande nel cuore del popolo romano.

Antonia aveva da tempo opposto e sacrificato all'odio per l'assassino di metà della sua famiglia la certezza che Caligola sarebbe diventato Cesare. Sapeva che il senso della colpa di Tiberio poteva favorire Caligola se lei lo custodiva con la sua presenza. Per questo gli era stata sempre vicina, anche nei momenti in cui l'impulso di fuggire lontano da quell'assassino sarebbe stato più forte.

Così quella notte che l'usignuolo cantava, sorprendendo

Tiberio e Cornelia Lucina a colloquio e Caligola in pianto sulla sua solitudine, Antonia, inaridita da una vita passata a contenere il male del potere perché non estinguesse il suo sangue, non sapeva più lasciarsi abbandonare e catturare dalla magia di quel canto. Non l'udiva neppure mentre scriveva le sue lettere a uomini tra i più potenti di Roma e ai fedeli delle legioni del Norico, come il tribuno militare Quinto Bruto, tessendo la tela che avrebbe dovuto salvare Caligola nel cruciale momento del passaggio dei poteri. Sapeva che una forza soltanto l'avrebbe potuto davvero proteggere, quella dei soldati che adoravano Germanico e ricordavano Gaio, il bimbetto da loro soprannominato Caligola, sgambettare loro accanto mentre marciavano. E ai capi delle legioni del Norico destinava messaggi preparandosi a recarli lei stessa, non appena le si mostrasse l'occasione di abbandonare tranquillamente Capri, senza destare sospetti nel suo inquieto signore. Quella donna venuta dal mare, l'egiziana dal nome romano, era auspicabile tenesse ancora la mente di Tiberio occupata il più a lungo possibile in innocue chimere. Per mostrarle il suo animo ben disposto le aveva fatto pervenire quella mattina un canestro di frutta appena colta e un profumo che la sua ancella le aveva creato per festeggiare in quei giorni il suo anniversario. Un'essenza composta di erbe e aromi che venivano dall'Egitto, la terra da cui si diceva che quella donna venisse e alla quale un giorno era meglio tornasse, morto Tiberio, perché non era opportuno rimanesse a palazzo chi aveva goduto di tanta intimità con Tiberio.

Caligola e lei dovevano regnare senza intralci e appendici del passato. Insieme, come Tiberio e Livia.

VIII

— A mio padre non fu difficile persuadere i compagni: la stessa sua malinconia divorava già i più avventurosi che, in quell'isola fuori dal mondo, cominciavano a sentirsi in prigione.

Riprendendo a narrare i diari del padre, Cornelia riannodava le fila del racconto interrotto. Tiberio ascoltava severo e concentrato, ad occhi chiusi, la notte successiva a quella del canto dell'usignuolo.

Priva di sguardo la figura di Tiberio assumeva una strana dignità, come se la febbre maligna del potere svaporasse dalla sua mente e la lasciasse riposare.

Cornelia già udiva i primi passi della morte nelle vicende che andava a raccontare del padre: non mancava molto alla sua tragica scomparsa in Egitto. E in quella morte c'era anche il termine ultimo della sua missione, nascosto come un pugnale fra le pieghe dell'abito. Tutto sarebbe finito nelle prossime notti. Poi il mistero della poesia sarebbe deflagrato anche lì, come era scoppiato a Roma, fra le mani di Augusto che ne aveva avuto orrore. Chissà se Tiberio sarebbe riuscito davvero a mantenere il proposito che, in un rigurgito di odio verso Augusto, aveva espresso: cacciare dappertutto la memoria di Augusto e restaurare la poesia di Cornelio Gallo. "Troppo presto", pensava la donna, "ti sei commosso, Tiberio, non sai ancora che cosa hai compiuto nel tuo lungo regno, quali eventi sono maturati sotto il tuo potere mentre tu fuggivi dalla storia nella tua Capri". Cornelia beveva un lungo sorso d'acqua attingendo dall'anfora che le stava vicina. Era stanca ma non nel corpo. Aveva paura. L'incognita della reazione che Tiberio poteva manifestare la trovava per un momento impreparata. Provava una certa pietà per lui come se lo conoscesse da tanto più tempo; lei non era più del tutto la stessa da quando era entrata nella casa di Tiberio. Se lo ripeteva mentre vuotando lentamente la coppa osservava l'azzurro delfino di smalto danzante sul fondo. Di giorno passava lunghe ore, in un'ala della casa all'estremo opposto, curando un piccolo giardino interno. Dopo tanti anni di solitudine a Pandataria le pareva in quel giardino di essere ritornata nella sua Roma. Guardava il cielo in alto solcato dalle nuvole veloci, poi i suoi garofani, le sue euforbie, gli oleandri, il mirto e si sentiva liberata ormai dal peso della sua vendetta. Leggeva i volumi di cui la biblioteca della villa era ricca, soprattutto di letteratura e astrologia, rievocava mentalmente i canti del padre. Rileggeva con un senso di rivincita i passi di Virgilio purgati del nome di suo padre nella decima egloga. Gli ordini di Tiberio erano di non disturbarla e non rivolgerle mai la parola. L'unico momento della giornata in cui la calma di Cornelia svaniva era l'istante in cui ripeteva a voce alta i passi dell'ultima opera di suo padre che presto doveva raccontare a Tiberio. Presto, in lotta anche col tempo perché Tiberio non ne aveva molto, almeno rispetto a quanto ne avrebbe potuto desiderare ancora dopo averla ascoltata. Una certa stanchezza la coglieva quando aveva finito; si fermava allora a guardare le cose intorno nella stanza arredata con un gusto antiquato ispirato alle case più eleganti di Roma repubblicana, come per prendere da loro la forza della sua identità, il valore larico e protettivo degli oggetti compagni delle nostre abitudini anche se sono appena iniziate. Nei primi giorni le era parso di soffocare, di non poter respirare lontano dal mare; cercava con gli occhi, per abitudine, i gabbiani, le rocce, le grotte. Poi aveva cominciato a capire di non essere più la stessa da quando non aveva più cercato il mare appena apriva gli occhi.

81

Riemergeva un'altra Cornelia, più antica, appena celata sotto la confinata di Pandataria, una donna che in Alessandria aveva amato disperatamente un giovane intellettuale, una ragazza che era stata allevata a Roma dalla madre, una raffinatissima cortigiana.

— Cornelia Lucina, che hai? Sei stanca? La tua memoria t'inganna forse? Hai deciso di vivere al presente e di evadere dalla memoria? — La voce roca di Tiberio arrivava con una sfumatura sardonica come se avesse intuito il momentaneo smarrimento della sua ospite e se ne compiacesse.

— Cesare, sto raccogliendo le mie forze anche per te. Fra poco, se mi seguirai, dovremo fare un balzo fuori del tempo ed entrambi non siamo abituati a respirare altra aria che quella che consuma i nostri corpi e li matura per la morte.

— Cornelia, sei dunque una maga, finalmente sono riuscito a smascherarti. Ma, se lo sei, i nostri incontri terminano da oggi. Di tali impostori mi basta Trasillo, che da anni sa come muovere il Sole, la Luna e i pianeti secondo le mie paure. A lui lascio fare, fingo di credergli perché mi diverte. Ma a te non crederò.

— Non sono una maga, lo sai bene. Forse vorrai che lo sia per poterti liberare da quel che ti rivelerò.

Tiberio a quel punto aggiustando le pieghe della porpora tornava a distendersi sullo schienale del sedile, allettato dal tono deciso della donna che aveva voluto provocare. E Cornelia riprendeva a raccontare:

— Mio padre, insieme ai compagni, era appena ritornato a Roma dal suo lungo viaggio quando riceveva da Virgilio l'invito a raggiungerlo nella sua casa sul Palatino. L'amico lo avvertiva della soddisfazione di Augusto per il suo rientro; l'imperatore intendeva vederlo presto anche in vista di un'alta carica da conferirgli, in segno di riconoscimento per la sua opera. Mio padre sentiva il compiacimento nascosto di Virgilio, intento a scrivere l'Eneide e già aggiogato al potere di Augusto, per l'imminente conversione al regime del poeta che aveva sempre mantenuto la propria arte immune da encomi del principato. Augusto infatti lo ricevette con tutti gli onori e gli conferì la carica di prefetto romano di Alessandria e d'Egitto, la più alta che venisse mai offerta a un poeta di Roma. L'Egitto era stato appena conquistato e Cleopatra era stata composta nel suo mausoleo solo da un anno. Mio padre accettava con la coscienza che la carica era anche una prova cui veniva sottoposto, non solo una ricompensa per i meriti della sua poesia. Si voleva fare di lui l'intellettuale docile e sottomesso che non si aveva avuto il coraggio di pretendere nemmeno dal mite e remissivo Virgilio. "E ricordati, Cornelio Gallo, da questa tua missione verrà nuova gloria alle lettere romane, tu ci recherai nuova poesia, un canto che saprà affiancarsi, se il nostro amico Virgilio ce lo consente, all'*Eneide*". Così disse Augusto umiliandolo con le sue lodi e i suoi complimenti. E Gallo partì solo dopo mesi di ritardo, lasciando Citeride che già mi aveva partorito. L'indugio a partire irritava Augusto ma gli interessava troppo che il poeta si piegasse per tradirsi con insistenze; il cedimento era prezioso perché con lui cadeva una delle ultime resistenze intellettuali repubblicane. E così l'imperatore sopportò di buon animo l'attesa di mio padre prima d'imbarcarsi per l'Egitto; quel ritardo che fu l'unico periodo della mia vita in cui potei vivergli vicino.

— In Egitto arrivò in gran segreto. Non appariva quasi mai davanti al popolo. Al suo posto compariva nelle pubbliche cerimonie l'amico Sesto, il suo liberto più colto che gli teneva in ordine e curava da anni la ricchissima biblioteca. Gallo se ne stava rintanato nel palazzo di Cleopatra a frugare da cima a fondo il passato dei Tolomei Lagidi, a studiare i geroglifici di quell'antica civiltà. Era affascinato da quell'atmosfera di recente disfatta, di splendori intatti e violati dalla mano di Roma, la sua, che però s'asteneva dal profanare e sfiorava l'Egitto come fosse una donna non morta ma soltanto addormentata. Egli fiutava dappertutto l'odio degli egiziani per i nuovi conquistatori e pativa quell'ostilità perché in fondo al cuore la condivideva. Avrebbe dato tanto per poter restaurare l'antico regno dei faraoni, per arginare l'opera di assimilazione a Roma che gli ordini di Augusto, per quanto attenti a non ferire troppo gli egiziani, intendevano attuare. Egli vedeva nell'Egitto il destino futuro di Roma, la città che non sarebbe durata in eterno. Una volta Sesto e il seguito di fedeli di Augusto, postigli accanto dall'imperatore anche per controllarlo, lo videro scagliare lontano dal suo tavolo i primi canti dell'*Eneide* ricevuti da Virgilio, imprecando contro il mantovano che era stato tanto cieco da non sentire che anche l'Impero romano sarebbe stato superato dal tempo. Prese a viaggiare spesso, cercando di capire il modo degli egiziani di vivere e fermare il tempo nelle tombe dei loro re. Sesto sbrigava intanto con intelligenza e diplomazia i molti affari di governo che mio padre non riusciva a trattare quando era in viaggio. Il popolo sapeva di avere un prefetto romano che pareva scusarsi di occupare il palazzo di Cleopatra, intento a una vita di studio sulla civiltà egiziana che onorava il suo orgoglio. In uno dei suoi viaggi, oltre l'oasi di Napata nell'alto Nilo, conobbe un mago re della sua gente di nome Baldassarre che gli raccontò anno per anno tutta la vita che mio padre aveva vissuto fino a quel momento. Il suo grande desiderio di varcare i limiti delle conoscenze umane trovava in quell'incontro uno stimolo fortissimo. "E il futuro, domandava, il futuro? Che cosa vedi nel mio avvenire?" Baldassarre rimase a lungo in silenzio poi gli disse che non c'era un vero futuro per lui, perché la morte l'avrebbe presto ghermito. Ma si poteva rinviare se qualcuno che gli volesse bene si fosse sacrificato per lui. Mio padre lo congedò maledicendo la propria insaziabile curiosità. Ritornò ad Alessandria per riprendere a governare con l'aiuto di Sesto, che era ormai diventato insostituibile. Un giorno si fermò a spiarlo nella sala delle udienze dove, seduto accanto al seggio del prefetto romano, Sesto amministrava la giustizia e riceveva i notabili del paese. Fu colpito per la prima volta dalla somiglianza con il viso e i modi del suo liberto: sembrava che i tratti affini del volto che sempre avevano avuto, si fossero rapidamente accentuati in quegli ultimi tempi, da quando in Egitto uno svolgeva le mansioni dell'altro. Forse era l'anima dell'Egitto che se li assimilava a poco a poco facendoli sprofondare, senza che essi potessero accorgersene, nella sua psiche millenaria. Era un popolo dai caratteri somatici così puri, quello egiziano, da fornire l'impressione che anche le diversità fisiche fossero irrilevanti, come se la grande forza della sua civiltà sprigionasse un'invisibile rete in cui fossero catturati insieme ai morti i vivi, per stare uniti e indistinti in un corpo solo. Sesto era preso al laccio di quella forza spirituale del paese che insieme governavano.

— La sera volle cenare da solo con Sesto per osservarlo meglio. S'accorse che mentre conversavano le mani portavano spesso la coppa alle labbra simultaneamente, spezzando i bocconi di lepre con la stessa precisione e nello stesso angolo della pàtera. Qualche volta s'erano persino voltati agli schiavi di mensa per lavare le mani contemporaneamente. Quando si ritirò nelle sue stanze era turbato e non riusciva a prendere sonno. Stava accadendo un fenomeno che ancora lo convinceva della superficialità della conquista romana, della sotterranea forza di rifiutare il dominatore che quella terra possedeva. Pareva che un demone o un miasma uccidesse lentamente l'usurpatore dei faraoni, il capo dei romani, sottraendogli l'identità, spezzandolo in una dualità che era solo un modo divagante e sottile di nascondere la sua soppressione. Gli vennero allora in mente le parole del re mago Baldassarre incontrato nell'oasi di Napata. Occorreva assolutamente cercarlo, interrogarlo meglio, domandare tutto quel che ancora poteva sapere e vedere. Si mise di nuovo in viaggio e la ricerca incominciò: squadre di legionari romani con la descrizione precisa di quel giovane negro lunghissimo e allampanato, come erano solo i membri di una tribù dell'alto Nilo, furono sguinzagliate in quella regione dell'Egitto. Baldassarre fu trovato e portato alla presenza del prefetto romano. Prima ancora che mio padre parlasse, Baldassarre gli disse che doveva recarsi in una terra a levante dell'Egitto, dov'era un popolo che attendeva il suo dio e il tempo era finalmente maturato per il compimento dell'attesa millenaria. Al prefetto romano dell'Egitto era dato vedere e sapere laggiù se si fosse spogliato del suo viso, se fosse morto al mondo e una creatura che l'amava si fosse scambiata con lui. Prima di quel sacrificio egli avrebbe dovuto recarsi a oriente dell'Egitto, in Giudea tra gli ebrei, scrivere di quel che sarebbe accaduto presto e far avere al padrone del mondo, in Roma, il libro del futuro.

— Mio padre capì che Sesto era sacrificato a quel misterioso scambio e che la sua poesia era destinata a farsi un poema di segno contrario all'*Eneide*, la rivelazione di qualcosa di assoluto che squarciava le stagioni della romanità. Tornò ad Alessandria, senza lasciare libero Baldassarre che gli aveva dato il significato della trasformazione di Sesto e della sua persona come unica garanzia del mistero. Partì per la Giudea segretamente dopo un colloquio con Sesto cui conferiva i soliti incarichi in sua vece, senza far cenno di quel che aveva saputo. Lo sguardo di Sesto appariva grave e malinconico come se qualche intima preoccupazione lo rodesse ma non volesse caricarne l'amico. Sesto sapeva tutto quel che il suo amato ex padrone gli taceva, visitato in sogno dallo stesso re mago che mio padre aveva incontrato, identico a quello, soltanto però bianchissimo quanto l'altro era nero. Si preparava al suo destino traendo la forza di andare incontro al suo martirio dalla grande devozione nutrita per mio padre e dalla fede che tutto avveniva in ossequio al compimento di un disegno straordinario che aveva elevato lui, uno schiavo della Suburra, a Roma, al rango di amico e confidente del poeta

Cornelio Gallo, fino a diventare liberto e suo vice effettivo nella carica di prefetto d'Alessandria e d'Egitto.

— Mio padre partì per la Giudea dove per prima cosa Baldassarre l'introdusse in una setta di asceti ebrei, gli esseni, che gli insegnarono l'ebraico per capire il loro libro sacro. La Bibbia, come questo si chiama nell'ambiente letterario greco, era per loro "il libro", superiore ad ogni poema, ad ogni lirica, ad ogni tragedia. V'era già scritto il futuro congiunto al passato per chi sapeva leggere come loro la riposta sapienza di quel testo ispirato ai profeti del popolo di Mosè. Così la curiosità insaziabile di mio padre e il suo amore per la poesia gli fecero dimenticare la sua carica, i pericoli della sua posizione con l'imperatore, tutto pur di potersi abituare a questa nuova vista delle cose imparando il libro sacro degli ebrei. Fu in quei mesi, quando terminò la prima lettura della Bibbia, che divenne all'improvviso quasi cieco. Lo assisteva assieme al capo di quella comunità di esseni, Simeone, uno dei compagni che l'aveva seguito con Citeride nell'isola vulcanica, Elvio, proteggendolo da tutti i curiosi che volevano vedere da vicino quel patrizio romano di cui si favoleggiava che fosse intimo dell'imperatore romano. Aveva dato ordine di non rivelare a nessuno, a parte il re, l'idumeo Erode, e il procuratore romano Coponio, la sua vera identità. Da quei giorni in cui la penombra calò sui suoi occhi egli, che viveva in una casa messagli a disposizione dal giovane re Erode vicino alla grotta di Macpela, tomba di Abramo, Isacco e Giacobbe, iniziò a dettare nella nostra lingua il suo poema ad Elvio. La grande sofferenza per non poter più riconoscere i lineamenti delle persone care, i colori delle diverse stagioni, le scaglie tremanti del mare, era ricompensata dalla forza straordinaria della sua visione.

Tiberio era attentissimo né faceva più caso alla luce del sole che sorgeva e invadeva lentamente la stanza, all'alba che di solito poneva termine ai loro incontri. Cornelia, silenziosa, pareva domandare il permesso di continuare guardando le finestre: giungeva il festoso cinguettio delle allodole che salutavano il giorno. E sempre fissando le finestre scandiva con lentezza le parole:

— Il suo ultimo poema si apre col racconto dell'infanzia d'un bambino ebreo nel paese di Nazareth, un bambino figlio di un falegname e di una giovanissima donna che l'avrebbe partorito senza congiungersi col marito, una vergine.

— Come la nostra Atena, la dea che nacque vergine armata dalla testa di Zeus — osservava gravemente Tiberio.

— Forse, Cesare. Ma nel loro povero paese questo mistero, che già sconvolgeva il marito della donna, era troppo grande e fu celato a tutti. Il bambino, nato a Betlemme, aveva un nome antico, Jeshua. La sua famiglia era povera ma discendente, sia per parte di madre che di padre, da antica stirpe reale e quel nome da molte generazioni non veniva più scelto dai suoi membri nel rispetto d'una profezia che lo prevedeva solo per chi l'avrebbe restaurata nel suo antico splendore. Quando Jeshua incominciava a giocare nelle piazze polverose di Nazareth coi bambini della sua età, si manifestava di solito un prodigio che sconcertava tutti gli abitanti. Gli animali lo "sentivano" come uno di loro, gli si accoccolavano in grembo, comunicavano con lui: agnelli, capri, tortore, piccioni, cani, gatti, volpi. I cavalli, gli asini e i cammelli carichi delle loro some, dimenticavano il cammino per correre a riposare vicino a lui, incuranti delle frustate dei padroni. Ma soprattutto gli uccelli avevano fatto di Nazareth la loro dimora preferita, incapaci di volare sopra quella zona dei cieli senza calarsi sulla casa del falegname a vedere Jeshua che aiutava suo padre. Lui parlava con loro, vedeva quanta strada avevano fatto, dove erano diretti: riconosceva cioè chi erano stati prima di essere quelle creature alate e che cosa presto sarebbero diventati. "La morte non esiste" ripeteva ai suoi smarriti genitori mentre ascoltava gli animali. E una volta,

88

Cesare, vide anche te, parlò con te nelle tue precedenti sembianze di passero solitario.

Tiberio ora rideva, come se il delirio della visione di Cornelio Gallo, che la figlia con tanta passione evocava, non riuscisse a smuoverlo dalla granitica prigione della sua forma d'imperatore. Lui, Tiberio, era stato un passero? Ah, nessuno dei maghi e indovini, ciarlatani e visionari che gli erano sfilati di fronte ad Antiochia, Palmira, Gerasa e Tiro, aveva mai avuto il coraggio di riconoscerlo in un passerotto. In quella però la sua attenzione e lo sguardo di Cornelia furono attratti dalla finestra aperta: un passero becchettava le briciole d'una focaccia d'orzo. Un passero che però dimenticava subito la fame per saltargli in grembo festoso come mai facevano gli uccelli, a Capri. Tiberio smise di ridere e guardò Cornelia Lucina che taceva e sorrideva commossa.

— Vai avanti, Cornelia, ti prego... — diceva con un impercettibile tremito nella voce. Dalla porta chiusa della stanza già urgeva il presente sinuoso come una serpe gelosa della sua preda: bussavano i segretari, il medico, Trasillo, il centurione di servizio. Era giorno ormai senza più scampo. Ma lui ne avrebbe fatto una notte fantastica fin tanto che il poema di Cornelio Gallo non avesse avuto termine:

— Andatevene, nessuno varchi la soglia sino a quando Cesare darà l'ordine di entrare! — E la casa come per incanto sprofondava nuovamente nel silenzio, non più quello della notte ma quello della paura.

— Quando parlò con te — continuava Cornelia — ti disse di non odiare il tuo destino perché anche il tuo piumaggio povero di uccellino senza eredi, sterile, solo, privo di compagna, era stato contato nell'ordine cosmico. Il passero solitario era stato ricompensato della sua umiltà di ultimo degli uccelli del cielo con la più alta e nobile solitudine umana sulla terra.

Il passero non si muoveva dal grembo di Tiberio che stava con infinita lentezza allungando la mano verso di lui:

riuscì a carezzarlo sul petto tenerissimo. Batteva allegro il cuore di quell'atomo di vita come si assumesse una parte della stanchezza del suo vecchio cuore:

— Il bambino — diceva allora Cornelia — cresceva con quella sua dolcissima facoltà di capire le cose più assurde, di amare ciò che ai più appariva persino ripugnante e senza senso, di giocare con chi era agli estremi limiti della vita: i vecchi che confondono presente e passato e gli infanti che ancora non parlano. A Nazareth lo consideravano tutti un po' pazzo, con gran dolore dei suoi genitori. "Lo scemo del nostro villaggio", dicevano alcuni sorridendo, per dar forma e parola a un disagio che somigliava invece a un rimprovero della loro normalità. Crescendo e diventando adolescente, la sua bellezza s'era fatta di una severa virilità. Sempre solo, con la madre, che era rimasta vedova del marito, veniva spesso preso di mira dalle ragazze che lo sognavano la notte. A Nazareth nessun uomo era bello come Jeshua. "Ma le donne non gli interessano" sussurravano fra di loro al pozzo, vedendolo passare col suo asino carico di legna per la bottega, con quello sguardo profondo e calmo che penetrava oltre la loro carne.

Ce n'era una, di nome Maria Maddalena, che possedeva una casupola all'estremità del villaggio. Lì nottetempo accoglieva gli uomini che di nascosto andavano a cercare un'ora di piacere per una piccola somma di denaro, più spesso invece per un compenso in natura, di galline o di formaggi o di una pezza di stoffa. Maria Maddalena aveva visto Jeshua ed era rimasta anche lei turbata da quella severità così dolce, dalla bellezza di quel giovane diverso dai pescatori e contadini che venivano a bussare di notte alla sua porta. Aveva udito le chiacchiere delle donne di Nazareth e si era astenuta dal commentare insieme a loro, che la odiavano, e gliele avevano riportate con maligna ostentazione come volessero provocarla a verificarle. Anche lei l'aveva sognato e sempre più spesso le era capitato di correre alla porta, durante la notte, sperando che chi aveva bussato fosse proprio quell'uomo. Una sera, al tramonto, fuori del villaggio, ai piedi della montagna, riconobbe il rumore inconfondibile dell'andatura di una bestia da soma all'ambio, fra i terebinti e gli ulivi molto folti: percepì immediatamente che era lui che menava quell'animale prima ancora di voltarsi e avere la conferma della sua speranza. Jeshua la guardava procedendo lentamente accanto al suo somaro carico di legna. C'era in quello sguardo già tutta la risposta a quello che lei non osava domandare ma anche un sorriso d'incoraggiamento a porgli quelle domande che nei sogni lei gli aveva rivolto: "Perché sei sempre solo? Perché non godi i piaceri della vita come gli altri uomini che vengono a bussare alla mia porta? Sono davvero tanto brutta per te? Verrai a trovarmi?" Non disse nulla Maria Maddalena, gli occhi parlavano per lei. Lui allora si fermò e il suo sguardo la sommerse definitivamente: la donna perdeva il controllo di sé, spogliandosi lentamente dei suoi abiti dai colori forti come il suo desiderio di piacere, gettandosi ai suoi piedi; ma già la mano di Jeshua la risollevava da terra e la carezzava aiutandola a rivestirsi:

— Verrò una notte, Maria Maddalena, tu attendimi, ti ho sempre amata. Ma tu non aprire più la porta ad altri che a me, ora va'... — le aveva sussurrato baciandola. E Maddalena da quel giorno non si concedette più a nessuno. Attendeva Jeshua procurandosi da vivere come vivandiera dei legionari ausiliari romani prima di unirsi più tardi agli altri seguaci di Jeshua quando questi iniziò a predicare per le strade della Giudea. Poco dopo quell'incontro nessuno lo vide più a Nazareth.

Jeshua era partito una notte lasciando Maria, sua madre, da una vecchia cugina. Maria aveva sempre saputo che il figlio non sarebbe rimasto a invecchiare nella bottega del padre; non poteva capire il disegno che aveva fatto di lei la madre di quell'essere ma soltanto accondiscendere al destino, dire il suo sì.

Passarono due anni. Di Jeshua giungevano notizie contraddittorie, chi lo diceva un bandito passato alla macchia per cacciare i romani dalla Palestina, chi un profeta venuto a preparare il regno di Dio, chi il figlio di Dio atteso dagli ebrei da qualche millennio, il Messia per il quale al Tempio di Gerusalemme era pronto da secoli il trono. Le voci di miracoli e prodigi si sommavano a quelle delle predicazioni di Jeshua fra il favore della povera gente e l'ostilità crescente dei sacerdoti e dei leviti. "Andrà a finire molto male se continua così, potrebbe anche pensare a noi due povere donne", commentava arcigna la cugina di Maria, preoccupata di vivere con la madre di un agitatore. "E pensare che Jeshua era lo scemo del paese", sussurrava poi a se stessa guardando Maria che cuciva a occhi bassi, "e qui viveva più con le bestie che con noi e non apriva bocca che per dire follie".

Mentre Cornelia Lucina raccontava, il passero aveva fatto tre giri nella stanza, come se cercasse la via, s'era posato ancora sulla porpora di Tiberio, infine aveva preso il volo per la finestra che l'imperatore teneva sempre aperta, estate e inverno. E mentre Tiberio lo salutava con la mano, ripensava allo strano bambino ebreo di Nazareth, quell'oscuro paese dell'Impero, che sapeva parlare agli animali.

IX

Al volo del passero fuori della sua stanza, si risvegliò in Tiberio la coscienza dell'innaturalezza del gran silenzio, a un'ora così avanzata del mattino come quella, nella sua casa. Con uno dei repentini mutamenti d'umore tipici della sua natura avvertì l'assurdità di quella paralisi delle sue abitudini: guardò Cornelia che stava assorta, l'estranea che in pochi giorni aveva invaso la sua esistenza più di Sejano e Trasillo. La memoria di Cornelio Gallo, come una furia vendicatrice, s'era appropriata della sua vita e disponeva a piacimento di lui a uno scopo sempre meno chiaro. Perché la figlia di quell'infelice non voleva che nulla fosse riscritto? Che rapporto poneva fra la parola di suo padre scritta e quella viva che faceva calare come vino bollente nella sua mente e come quella bevanda lo rapiva al suo dovere?

Intanto venissero avanti coloro che non aveva ammesso alla sua presenza, i ministri della sua reale dimensione, i garanti ch'egli era vivo e mortale, non un'ombra di quelle suscitate dalla poesia di Cornelio Gallo; chiamò Niso, il suo schiavo, dicendo a Cornelia che poteva ritirarsi, che presto l'avrebbe mandata a chiamare. Ma Niso non rispondeva. Lo chiamò ancora, indispettito e sorpreso. Come si permettevano di assentarsi? Chiamò ancora, questa volta con forza e veemenza, con il tono della voce capace nel giro di pochi attimi di evocare stuoli di schiene curve, voci belanti scuse. E in cuor suo Tiberio sentiva un sottile terrore, come se tutto il mondo di sudditi che a Capri garantivano la sua persona si fosse trasformato in una divinità che, protettiva fino a quel momento, da allora gli volgeva le spalle. Dov'erano andati i seicento romani che lo servivano a Capri? E la coorte di Giove, la sua fedele coorte? Si alzò di scatto per aprire la porta e chiamare ancora. Gli parve che i passi dalla sedia alla porta fossero interminabili, che non sarebbe mai riuscito a superare quella distanza, che forse oltre i battenti avrebbe vissuto lo stesso incubo che lo tormentava da alcuni giorni nel sonno: la visione di un orrido, dal monte di una sperduta città del Tauro, dove precipitava per sfuggire a un'orda di Sciti guidata da Sejano. Si afferrò allo stipite e sentì che resisteva: una mano, la mano del fedele Niso, premeva dall'altra parte, ma lui non poteva capire che la forza che si opponeva era la stessa che veniva a liberarlo dalla sua oppressione. Tiberio si sentiva già perduto quando la voce di Niso giungeva a rassicurarlo. La porta si apriva: il suo Niso era là, ecco le facce pallide dei suoi cortigiani spaventati, mai amate tanto come in quel momento, ecco la verità della sua giornata ristabilita sul castone delle ore come un'ametista persiana scivolata per terra dal suo anello. Tutto ritornava come doveva essere e Tiberio si ricomponeva alla vista imbarazzata di tanti occhi riacquistando la consueta maschera sul viso che per un attimo aveva ceduto alla tentazione di gridare la sua voglia di esistere. Pose presto fine alle ostentazioni teatrali di ansia e dolore dei suoi cortigiani con una frase lapidaria:

— Non agitatevi, non è ancora giunta la mia ora, sto benissimo.

E iniziò sul mezzogiorno le operazioni che era solito sbrigare il mattino mentre Cornelia Lucina si ritirava nelle sue stanze. Trasillo la guardava uscire dalla stanza trasognato. Possibile che fosse solo quella donna a determinare la vita di tutti loro? L'imperatore intanto richiamava finalmente il suo astrologo:

— Trasillo, rimani accanto a me durante le udienze della giornata, è un po' di tempo che mi trascuri... — celiava la voce roca. Subito dopo, mentre si portava nella sala del mosaico con le dodici fatiche di Ercole, dove riceveva ambasciatori e legati, dava ordine di chiamare Antonia, Caligola, Floro il bibliotecario, Ennio e Minucio i due medici greci, Aulo Celsio il comandante della sua guardia, i segretari, in una parola tutta la sua corte caprese. Che voleva mai dire tanto apparato? si domandava Trasillo, che novità voleva annunciare?

Per primi furono ricevuti gli ambasciatori del potente alleato re di Armenia. Mezzi morti dalla fatica d'un viaggio per mare durante il quale erano stati rapiti e rilasciati per un favoloso riscatto dai pirati, ebbero appena il tempo di porgere l'omaggio e i doni del loro sovrano che Tiberio li apostrofò:

— Ancora i pirati? Occorre proprio che mi decida come il grande Pompeo a stanarli dal nostro mare con una nuova guerra in piena regola. Quante navi avevano? E come si chiamavano i loro capi? — I legati armeni, tre anziani notabili che si toglievano spesso la parola l'un l'altro nell'ansia di rispondere, si persero in mille particolari sulla loro terribile avventura mostrando anche i segni delle corde ai polsi con le quali li avevano legati e lo strappo ai lobi degli orecchini preziosi che quelli s'erano subito presi. Ma Tiberio mostrava fastidio per le loro lamentazioni, né pareva soddisfatto dei particolari che pure avevano dato tanto precisi sulla ciurma di quei delinquenti.

— Insomma, nobili amici, come si chiamavano i capi? Forse Arrio e Bocco?... — e Tiberio soppesava le ultime sillabe, guardandosi attorno, come sospettasse di non poter procedere oltre su quel terreno di informazioni. Gli armeni non ricordavano, forse erano quelli i nomi dei loro capi, anzi a pensarci bene dovevano essere proprio quelli. E la loro certezza di quei nomi aumentava a mano a mano che notavano nell'espressione di Tiberio una sorta di soddisfazione. Tiberio però era troppo consumato inquisitore di sudditi pronti a rispondere quel che intuivano compiacere il grande interrogante per non notare la sfumatura di falsità anche questa volta. Spazientito se la prese con Trasillo che faceva segni agli armeni di replicare che erano certamente loro.

— Trasillo, quando mi consentirai di conoscere la verità?

E sporgendosi dal suo seggio, con indispettita ostinazione incalzava gli armeni:

— Se avete vissuto con loro, come dite, sette giorni interi e sette notti prima di essere liberati, avrete notato le abitudini, il carattere di quelli che vi custodivano, le manie, certe espressioni più tipiche... Credo che la capacità di osservare di un prigioniero sia più forte di quella di un uomo libero. Ditemi, non avete notato se per caso, come dire? sembravano meno rozzi questi vostri pirati, capaci di cantare strane canzoni, storie, leggende e favole della nostra lingua? — e gli occhi torvi di Tiberio dardeggiavano i suoi cortigiani attenti a cogliere qualche impudente come Trasillo che osasse ancora suggerire la risposta per il tiranno. Ma nella sala, da Antonia a Caligola, da Floro ad Aulo Celsio, dai medici alle ancelle di Antonia, tutti tacevano smarriti per quella nuova bizzarra curiosità dell'imperatore sui pirati. Chi di loro avrebbe mai potuto immaginare una risposta a una domanda che faceva dubitare delle condizioni mentali di Tiberio? Tanto più stupefacente per tutti calò nella sala di Ercole ammutolita la voce querula e senile del più anziano dei tre, il principe Vaballato:

— O sì, Cesare! Questa stranezza l'ho notata anch'io... Una notte m'ha tenuto compagnia, mentre me ne stavo nella mia prigione sottopoppa, il canto in latino di un timoniere, un canto molto bello e commovente che però io conoscevo solo in greco.

— Certo, ed era di Euforione, vero? — incalzava scosso da una risata irrefrenabile Tiberio.

— Sì, il canto di Euforione sulla morte di Esiodo, Cesare, la leggenda bellissima dei delfini che riportano il cadavere

del poeta ucciso a tradimento sulla spiaggia della Locride...
— precisava stupito Vaballato, guardando attonito Cesare.
Dunque era vero quel che si sussurrava da anni, in
Armenia, del tiranno di Roma, di quel tremendo figlio di
Livia che aveva fatto avvelenare Germanico: quel mostro
era un mago dedito all'occulto, capace di comandare
potenze demoniche per conoscere quel che a un uomo non
era concesso. Dalla sua isola dominava un impero senza
ricevere rapporti da Roma. Egli vedeva tutto dall'alto di
quella roccia grazie ai suoi magici poteri. Ma Vaballato era
un uomo raffinato e colto e non perdeva mai l'occasione di
manifestare la sua ironia, a dispetto delle facce sconvolte dei
suoi due compagni e delle espressioni poco divertite dei
dignitari presenti:
— Se devo essere sincero, Cesare, in latino il testo di
Euforione perde un po' della sua forza drammatica, diventa, come dire? un po' troppo lirico, un po' troppo elegiaco...
Ma saranno i pirati a deformarlo un poco; anzi sarà stato
quel pirata...
— No, Vaballato, temo sia stata una donna a dare a quel
testo di Euforione le velature che hai notato. Complimenti
dunque per il tuo orecchio fine, avessimo a Roma, nella
nostra biblioteca, intenditori così sottili! Ci farebbe piacere
che tu rimanessi con noi — e l'occhio svagato e il viso
sorridente di Tiberio alleggerivano una tensione che nella
sala s'era fatta davvero eccessiva.
Antonia sentiva che la femmina in questione, in quell'o-
scura storia, era Cornelia Lucina, il suo istinto non l'ingannava. Quei pirati e quella vicenda di traduzioni c'entravano
con lei, anche se era arduo capire in che modo. Pazzie
innocue, misteri che non riuscivano a turbarla. La sua
mente era troppo presa dalle trame messe in atto per la
successione di Tiberio affinché Gemello ne venisse escluso a
favore di Caligola, per perdersi a cercare di capire le nuove
inclinazioni di Tiberio al mistero che quella donna sapeva
evocare. Certo a Roma tutto questo si sarebbe risaputo; gli

97

ambasciatori di un regno alleato del popolo romano avevano trovato Cesare, in un delirio di onnipotenza, tutto dedito alle pratiche magiche della comunicazione del pensiero a distanza, capace di perdere le ore di udienza di una mattina per controllare i suoi nuovi poteri, annoiato di quelli politici che pure richiedevano sempre più la sua cura. Davvero tutto correva verso la naturale esigenza d'un ricambio al vertice dello stato, d'un rinnovamento che un giovane come Caligola poteva garantire. La popolarità di Tiberio non era risollevata da manifestazioni di eccentricità come quella.

L'imperatore volle trattenere alla sua tavola, dopo l'udienza, i tre armeni che avevano quasi dimenticato la lunga serie di lagnanze e di richieste economiche di cui il loro re li aveva incaricati. Erano troppo smarriti per quel che avevano udito e l'imperatore li aveva così soggiogati con la sua personalità da dimenticare la parte che dovevano recitare. Quasi tutto il tempo della loro udienza, dopo il dialogo rivelatore dei magici poteri di Cesare, continuò in una dotta dissertazione fra Tiberio e Vaballato sulle abilità metaforiche del linguaggio di Euforione e della scuola alessandrina, invano riprodotto dai migliori poeti del circolo di Messalla, i neoteroi, che avevano tentato di ricreare nell'esametro latino la grazia e la leggerezza dei figli di Callimaco. Soltanto a tavola finalmente si parlò di politica e Tiberio seppe manifestare una lucidità non inferiore alle sue mediniche capacità.

Ma il programma delle udienze doveva essere rispettato; premevano in anticamera dignitari che avevano atteso nell'isola e a Napoli vari giorni, gelosi delle attenzioni che Cesare aveva riservato ai rappresentanti armeni. Furono ammessi alla presenza di Tiberio nelle sue stanze, eccezionalmente, per consentire all'imperatore molto stanco di rimanere sdraiato nella penombra. E in quella penombra Tiberio ascoltò le novità dell'Asia, dell'Egitto e della

Giudea, di cui erano latori, fra gli altri legati, due ex compagni d'arme di suo figlio Druso.

Sembrava che i confini orientali dell'Impero non temessero da qualche tempo le minacce e le proteste dell'eterno nemico, i Parti. L'onta di Carre, con la decapitazione di Crasso, pesava ancora sul prestigio delle legioni romane. Tiberio sentiva di terminare il suo regno senza aver potuto vivere la grande giornata della rivincita che la sua famiglia aveva sognato per decenni, in una battaglia campale vittoriosa contro i Parti, anche se per via diplomatica Augusto aveva già riottenuto la restituzione delle insegne romane di Crasso. S'era dedicato con tutte le sue migliori energie a rinsaldare i confini della Germania, quando aveva da giovane servito Augusto nelle campagne di Pannonia. Là, in quelle terre fredde, non si combatteva nel mito della conquista di Alessandro Magno che gravava invece su quelle calde d'oriente e stregava ogni conquistatore fino a riassorbirlo nell'illusione di ripetere le gesta di quel condottiero, come era accaduto ad Antonio e a Germanico. Per un momento s'era creduto in grado di elevare alla sua forza e intelligenza strategica, nei successi davvero notevoli conseguiti, un monumento senza precedenti, scrivendo una pagina nuova. Ma Augusto, incapace di sopportare che questa sua iniziativa lo portasse troppo in alto, l'aveva saputo presto giubilare ricordandogli che se in occidente non doveva confrontarsi con l'ombra mitica di Alessandro, c'era però un altro grande che incombeva su di lui.

In ogni occasione di cogliere qualche frutto delle migliori energie nella sua esistenza s'era levata la figura di quel padre che non era suo padre. Il vero genitore, Tiberio Claudio Nerone, aveva abbandonato lui e suo fratello Druso quando avevano pochi anni alle mire di sua madre e di Augusto. Di lui poteva dire di non averlo mai visto, tanto presto Tiberio era entrato nella casa di Augusto. Qualcuno dei più anziani parenti sopravvissuto a quelle lontane vicende, come Antonia, gli aveva detto che invecchiando era diventata impressionante la sua somiglianza col vero padre. "Con un'ombra che nemmeno fra i morti potrei riconoscere", aveva pensato allora. E mentre ascoltava la voce monotona e nasale del legato di Siria che elencava la serie di opere pubbliche di cui c'era necessità a Palmira, Gerasa, Damasco e Dura Europos, per un attimo si domandava chi mai di quelle città, dove non era mai stato, l'avrebbe potuto riconoscere se vi si fosse recato in incognito. Al momento di rispondere col suo consenso alle iniziative richieste, già vagliate dal senato, di innalzare con un suo sì tutti quei ponti, quegli acquedotti, quelle porte e mura difensive, rispose con un annoiato "a Cesare piace". Il suo nome sarebbe stato varie volte scolpito su quei graniti, su quelle arenarie, su quei marmi. Più volte sarebbe apparso sulle medaglie commemorative di quei monumenti, sulle piastre degli schiavi che li innalzavano, sugli scudi che li avrebbero abbelliti. E nessuno di quegli artisti provinciali l'avrebbe mai visto, quel viso che scolpiva, né sarebbe stato convocato a Capri per rendere più verosimile la fantasia, più realistica la copia delle sue forme. Né a loro poteva succedere di riprodurre fedelmente come accadeva a lui il viso del suo vero genitore, anche se mai l'aveva conosciuto.

Immerso nelle fantasticherie e riflessioni che la vastità dei domini su cui veniva replicato il volto dell'imperatore romano suscitava, quasi non s'accorse che il legato di Siria aveva smesso di parlare e che Aulo Celsio annunciava l'inviato di Ponzio Pilato, il proconsole di Giudea. Là, ora ricordava, proprio al contrario, c'era stata recentemente una sommossa a causa del rifiuto degli ebrei di venerare l'immagine dell'imperatore che il proconsole aveva esposto a Gerusalemme su una ventina di scudi vicino al muro del Tempio. Era accaduto qualche tempo addietro e Tiberio aveva dovuto intervenire ingiungendogli di rimuovere gli scudi. Quella gente per una bizzarra superstizione considerava gran colpa riprodurre qualsiasi immagine umana e come rifiutava quella imperiale così non rappresentava mai quella della divinità. La sommossa era stata sedata dalla saggia decisione di Tiberio trasmessa al proconsole: era una stirpe, quella, che sulle proprie credenze religiose non ammetteva confronti con le fedi altrui, intollerante e fanatica, pronta a farsi massacrare com'era già successo dopo Pompeo.

Di recente — attaccava a riferire l'inviato di Ponzio Pilato — c'erano stati tumulti e agitazioni che avevano creato problemi al proconsole a causa di un giovane che non faceva nulla di male ma commetteva l'imprudenza di mettersi contro i capi religiosi per una visione diversa della loro antica fede. Un uomo pacifico e mite, che Pilato non avrebbe nemmeno voluto interrogare se non fosse rimasto infastidito e sorpreso come tutti da un episodio sconcertante.

A quel punto il legato di Giudea pareva domandare il permesso di proseguire, non riuscendo a scorgere nella penombra dell'alcova, dalla quale l'imperatore ascoltava riverso sui cuscini, un segno d'interesse del suo augusto interlocutore.

— Va' avanti, Cesare t'ascolta. Che mai combinava quel giovane ebreo? — giungeva invece l'incoraggiamento di Tiberio dal buio.

Il fatto era che, riprendeva a raccontare il legato con maggior spigliatezza, non appena quell'uomo entrò nel dedalo di straduzze della città santa, asini, pecore, cammelli, somari, cani, galline, piccioni, che venivano portati al mercato, al macello o se ne stavano nelle loro gabbie, parevano riconoscerlo; e sembravano fargli festa, con una strana ostilità ai nostri soldati, calciandoli, beccandoli, cercando in ogni modo di aggredire i nostri legionari. Lui li guardava con un sorriso e a ognuno pareva riservare un'espressione, una frase diversa, come se li ravvisasse. Più tardi, quando la cosa si fece davvero allarmante, visto che gli animali di tutta la città sembravano sentire la sua

101

presenza anche da molto lontano, e Pilato volle interrogarlo prima di tutto sull'insolito fenomeno di quell'ostilità ai romani, quell'uomo rispose che non da animali era abitata la città santa, ma da intelligenze racchiuse nella forma animale ancora per poco che lo amavano, perché lui ne aveva creato lo spirito vagante e lo volevano proteggere dal pericolo.

— Si chiamava forse Jeshua, quest'ebreo? — sibilò la voce di Tiberio. Ma questa volta insieme alla voce apparve il volto, un vecchio viso attonito e intenso, per nulla addormentato, attentissimo. L'ufficiale di Ponzio Pilato, molto giovane e timido, rimase per un attimo in silenzio; poi rispose che quello era appunto il suo nome. Tiberio ora voleva che raccontasse per filo e per segno, s'era seduto vicino a lui e rapidamente chiamava Furio perché trascrivesse quanto veniva riferito. Jeshua, riprendeva il soldato, non era amato solo dagli animali, aveva creato un gruppo di seguaci che l'avevano accompagnato per le strade della Palestina. I sacerdoti della religione ebraica lo accusavano di aver sobillato il popolo contro Roma, ma tutti sapevano che non era vero, a cominciare da Pilato. Aveva solo predicato un modo di credere nella divinità diverso da quello ufficiale; parlava dovunque di amore e manifestava il suo amore per chi soffre con la capacità di guarire i più sventurati: lebbrosi, prostitute, paralitici, ciechi, idropici, poveri mendicanti di cui quella regione, un tempo tanto potente e ricca, era piena. Nella sua follia si diceva Dio e nessuno dei romani sarebbe stato incline a soffermarsi su di lui, se non fosse stato per quell'accusa dei grandi sacerdoti che l'accusavano di essere contro l'imperatore Tiberio.

— Contro di me? Di questo proprio l'incolpavano? Si ribellava a me? — e le parole di Tiberio sembravano riverberare una sorta di allegra eccitazione come se quel filo fra lui e Jeshua inaugurasse finalmente l'incontro dissolvendo la noia e la formalità dell'udienza. Lo sbalordito Furio, mentre scriveva, si rendeva conto di non aver mai trascritto nella sua lunga carriera un simile interrogatorio del suo signore. Tiberio non lasciava quasi più parlare il giovane inviato a Capri da un Pilato sicuro di non dover inviare notizie tali da richiedere qualche più autorevole messaggero. E il poveretto, travolto da tanta curiosità, incapace d'intendere perché mai l'imperatore che regnava su un mosaico di usi e religioni tanto diverse e strane, tutte rispettate dall'indifferenza del potere, riservasse a quell'oscuro fanatico di Gerusalemme un'attenzione così particolare, s'impappinava, si confondeva, non era più sicuro di ricordare bene.

— Va' ora, vedo che sei stanco. Ritorna a Cesarea dal nostro proconsole con l'ordine di Cesare di venire a Capri al più presto.

Congedato l'inviato della Giudea, Tiberio ricevette sbrigativamente gli altri rinviando le decisioni più urgenti al senato. Aveva molte cose da dire quella sera a Cornelia Lucina, e l'attendeva con ansia.

X

Antonia e Caligola ritornavano a Roma, traversando il golfo di Napoli su una liburna della flotta di capo Miseno. La figlia di Marco Antonio si volgeva a guardare Capri, l'isola dal profilo di donna addormentata, la terra dove bellezza e potere si sfidavano ogni giorno da quando Tiberio vi aveva posto la sua sede. Scorgeva ancora a sinistra, sulla parte meno accessibile, le colonne e i portici della villa dove per alcuni mesi aveva vissuto accanto all'uomo che aveva sognato di poter popolare la morte di congiunti e di cortigiani come se temesse di patire anche oltre la vita la solitudine.

Volgendosi a guardare Caligola, assorto a osservare il movimento dei marinai per governare le vele, pensava che nemmeno la consuetudine con quel ragazzo aveva potuto confortare la sua vecchiaia, dopo l'iniziale commozione, quando era parso contemplarsi in uno specchio carezzando il nipote.

Le era stato grato Tiberio di avergli rivelato la congiura di Sejano; da quell'assassino di suo figlio Germanico ora non sarebbero più stati inferti altri colpi alla sua famiglia. Sebbene fosse Caligola il vero scopo di quel suo atto di coraggio e la necessità di assicurarne la successione eliminando Sejano, quel suo gesto la riportava a Roma come salvatrice dell'imperatore, benemerita della patria perché aveva stornato dall'urbe la minaccia di un tiranno più pericoloso ancora di Tiberio. Di quel suo prestigio ella aveva bisogno per preparare la successione regolare di

104

Caligola; quella cura sarebbe stata l'ultima della sua vita, poi finalmente avrebbe potuto uscire di scena. La stimolava di meno il sogno di regnare insieme a Caligola. Era tempo che la figlia di Antonio e di Ottavia si ricongiungesse ai suoi, a Druso, il marito che l'aveva lasciata così giovane vedova, a Germanico, il figlio che più avrebbe meritato il titolo di Cesare, ai cari nipoti e alle nuore che gli intrighi e i sicari di Tiberio avevano tolto di mezzo. Il suo sguardo era stanco di volgersi al futuro per sgomberarlo dalle nubi che si potevano addensare sulla sua famiglia.

Anche in quel momento, a ben considerare le cose, l'uomo che sarebbe andato al potere dopo il vecchio che si nascondeva su quell'isola azzurra nella foschia dell'orizzonte, avrebbe avuto davanti a sé problemi spaventosamente gravi, con la necessità più che mai viva di uno spirito vigile e disinteressato accanto. Tiberio lasciava certamente una buona situazione economica dello stato, questo lo sapeva; ma nessuna delle grandi riforme di cui avevano necessità Roma e l'Impero era stata intrapresa. Né nell'esercito, dove i pretoriani cominciavano a diventare una casta decisiva per ottenere il potere, né nell'amministrazione, intralciata da leggi antiquate e superate, né nei poteri del senato sempre più squilibrati dalla concorrenzialità perdente coll'imperatore. Ora il vecchio era là, sospeso fra terra e cielo, come un mitico Titano, attratto da ipotesi religiose e metafisiche indegne di un romano, sempre più affascinato dai costumi che in giovinezza aveva tanto disprezzato, i culti dell'oriente. Cornelia Lucina, questo era il nome che era riuscita ad apprendere dell'egiziana che celava origini latine, lo teneva in pugno, il vecchio tiranno, non c'era dubbio. Le notti che Tiberio passava ad ascoltarla — perché s'era saputo che la donna lo ammaliava con la parola — avevano inaugurato a Capri un'atmosfera così poco romana, da indurla ad affrettare la sua partenza, incapace di subire una situazione nella quale alle cose venivano preferite le ombre che proiettavano sulla fantasia e sulla paura. A Roma avrebbe potuto contare di più che a Capri; là non sapevano precisamente che stranezze avvenissero nell'isola e l'eco della sua influenza sull'imperatore sarebbe stato più avvertito e messo meglio a frutto.

Antonia veniva distratta dalle sue riflessioni da Caligola, il futuro di Roma e di quanto rimaneva della sua vita. Il ragazzo volgeva le spalle all'isola, come se si protendesse verso quel che l'attendeva: Pozzuoli, il porto dove sarebbero sbarcati, la costa, il viaggio a cavallo lungo la via Appia accanto alla vettura della nonna. Ma Caligola non aveva alcuna voglia di vedere Roma. Volgeva le spalle a Capri solo per non piangere all'immagine di quell'angolo di mondo dove Eumenide e Nicea avrebbero continuato ogni notte ad amarsi. Sentimenti troppo contrastanti si agitavano in lui dal giorno in cui s'era reso conto di desiderare la morte di colui che aveva incarnato i suoi fantasmi più segreti, dopo l'incontro nella stanza dagli affreschi disfatti di Ippodamia e il Centauro. Là un equilibrio s'era spezzato e Eumenide s'era trasformato in un dio infernale, in una forza oscura e possente che chiedeva di essere respinta e ricacciata dove si era manifestata. Ma Caligola non aveva l'energia sufficiente per ingaggiare una simile lotta. Soltanto una catastrofe nella quale il mondo fosse travolto da forze primordiali pareva garantire la vittoria sulla divinità impossessatasi della sua mente. Caligola non faceva che sognare maremoti che inghiottivano Capri, orde di pirati che sbarcavano sull'isola di Tiberio e vi uccidevano fino all'ultimo abitante. E nel sogno vedeva perire Eumenide e Nicea ogni volta mentre lo supplicavano di soccorrerli, di portarli con lui sulla sua nave che s'allontanava in fretta dalla desolazione di quella catastrofe. Anche ora che la nave si andava velocemente staccando da Capri, Caligola riviveva il sogno fatto tanto spesso e si concentrava disperatamente sul lavoro dei marinai che arrotolavano le gomene, svolgevano la vela maestra e quella di artimone, issavano il pennone: si costringeva a non voltarsi, a nutrire ancora di tutta la sua passione la sua febbre distruttiva per vederla operare quando alla fine sbarcando fosse obbligato a volgersi. Entrava feroce nelle sue vene il gran progetto di morte del suo regno, il sogno di rovina dell'Impero al quale avrebbe votato la sua giovanissima vita con tutte le sue energie. Solo il sollievo di non dover più sopportare il vecchio zio mitigava quell'addio a Capri. Finalmente si liberava dell'obbligo di fingere all'imperatore un affetto che non esisteva e che lo costringeva a passare parte della giornata vicino a lui, quando quella donna che l'intratteneva la notte lo lasciava governare. Eppure egli era sicuro che la mente tortuosa di Tiberio sapesse la verità e non s'illudesse più sul figlio di colui che aveva fatto uccidere. Una volta, mentre erano soli, s'era lasciato sfuggire una frase rivelatrice:

— Non aver fretta, Caligola, la tua simulazione non durerà poi tanto a lungo. Presto sarai libero di disfare tutto quello che ho fatto, ragazzo mio. E t'accorgerai di non poter procedere molto diversamente da me.

Un'altra volta era stato ancora più esplicito:

— Che peccato che tu sia così giovane e io così vecchio! Sarà breve la tua attesa, riuscirai a nascondermi tutto quello che trami nei tuoi vagabondaggi solitari in questa villa. Scommetto che per prima cosa la farai distruggere — Quella sera aveva tremato dalla paura che il riferimento ai vagabondaggi celasse un'allusione ai suoi incontri con Eumenide. Ora che l'isola prendeva sempre più i colori magici di una visione irreale, per un attimo l'odio si mutava in un sussulto d'amore inspiegabile, di struggente desiderio di ritornare per un istante solo accanto allo zio per poi poter correre a cercare Eumenide.

C'era nella mente di Caligola un'immagine soltanto che lo conciliava con l'idea del futuro, del ritorno a Roma: quella della sorella Drusilla, la ragazza di appena due anni maggiore di età, sua compagna inseparabile nei lunghi viaggi attraverso l'Impero al seguito dei genitori e nelle brevi soste a Roma, dove tutti erano abituati a vederli giocare sempre insieme. Aveva domandato di lei soltanto, partendo, alla nonna Antonia, dalla quale aveva appreso che Drusilla attendeva a Roma l'assenso formale di Tiberio al suo matrimonio con un anziano senatore ricchissimo, Quinto Attico. Giunto a Roma, dopo un viaggio senza incidenti, la prima cura di Caligola fu quella di cercare nella grande casa sul Palatino gli appartamenti di Drusilla.

La trovò, quella sorella così cara, così simile a lui, che si pettinava seduta di fronte a uno specchio dorato, preparandosi per una cerimonia di propiziazione a Bona Dea, come era in uso fra le giovani dell'aristocrazia a Roma, alla fine della primavera. Drusilla lo scorse nello specchio avvicinarsi come un'ombra furtiva. Non si volse. L'aveva sentito arrivare come nei loro giochi complicati e misteriosi da bambini: di soppiatto, accennando coll'indice sulla punta del naso a non parlare, avvolto in un mantello o in una coperta perché nessuno lo riconoscesse, contraffacendo la voce, studiandosi sempre di sorprenderla, di cogliere in lei la vera emozione del suo apparire, l'attimo di gioia autentica di vederlo e non il velo della finzione che cadeva su tutti i volti di coloro che si trovavano di fronte a Gaio Cesare, al figlio di Germanico. E anche questa volta, dopo anni di lontananza, non fu deluso. Gli occhi nerissimi di Drusilla, così mobili e vivaci pronti a motteggiare il mondo intero senza mai prendere sul serio nessuno, prima di posarsi sul fratello parevano insolitamente tristi e gravi, privi della loro smagliante vivacità. Tanto più gradito giunse a Caligola il loro lampo di allegria non appena si calarono su di lui.

Com'era bella Drusilla, s'era fatta una donna alta e affascinante, dalla figura conturbante. Le cinse le spalle con il braccio sinistro e si piegò a baciarle il collo con violenza, come volesse morderla. Drusilla scattò come se un brivido l'avesse inarcata, quindi si alzò. Nello specchio si profilarono entrambe le figure dei fratelli. Lei nella sua candida veste liturgica, lui nella tunica corta da adolescente, le gambe bianche e pelose, alte e sottili un po' troppo per la corporatura robusta. Nessuna parola era stata ancora detta. Gli occhi dell'uno e dell'altro vagavano ad esplorare le variazioni del tempo, i progressi della loro acerba giovinezza. Drusilla pensava alla figura di Quinto Attico, il vecchione maleodorante che presto avrebbe dovuto sovrapporsi alla giovane e snella figura di Caligola in quello specchio: contemplava i fianchi stretti, la vita esile in quella cintura d'avorio e argento, la forza che emanava da quel busto eretto eppure flessibile a ogni emozione. E nell'incommensurabile abisso che separava la loro coscienza, pur così felici l'uno della presenza dell'altro, Drusilla ignorava come Caligola si rammaricasse, guardandosi allo specchio, della propria esiguità fisica e mancanza di attrattive, come se ancora una volta egli sentisse invasa e vinta la sua figura da quella di Eumenide. Anche ai suoi occhi le sembianze della sorella parevano evocarne altre; ed erano quelle perfette del corpo nudo di Nicea, di cui sovrapponeva le curve dei seni e dei fianchi, le areole dei capezzoli, la macchia del sesso, l'ombelico tenero e sfuggente, alle forme neutre e mute della lana bianca di cui la sorella era vestita, secondo l'antico uso della cerimonia per Bona Dea. Nessuna parola veniva detta, ma le mani esprimevano tremando il desiderio degli occhi: un insopportabile calore come una vampa soffocante pareva averli presi e sospingeva le dita a liberare l'uno il corpo dell'altro da quegli abiti così poco capaci di trattenere insieme alle forme le fantasie. Senza proferire che pochi lamenti soffocati, come se Drusilla e Caligola avessero atteso l'ora da sempre, i due corpi nudi si fusero in uno solo, tesi a distruggere immagini di futuri ripugnanti mariti, di antiche copule mostruose. E giacquero amandosi a lungo sul pavimento immemori fratello e sorella, presi al laccio di un'attrazione incontenibile.

— Che cosa abbiamo fatto... — sussurrava atterrita

Drusilla, non appena fu libera di sciogliersi da Caligola —
tu... sei mio fratello... sei pazzo.

— Ero tuo fratello ma sarò anche l'imperatore, Drusilla,
nulla mi sarà proibito — sorrideva Caligola; e con la mano
le accarezzava il seno.

— Lasciami, mi fai il solletico, non riuscirò mai a
rivestirmi se fai così, Caligola!

— E vorrei che non ti rivestissi mai davvero! Dove devi
andare?

— A pregare Bona Dea... per il mio matrimonio, proprio
oggi è giunto da Capri l'assenso di Cesare alle mie
nozze...

— So già tutto, Drusilla, ma speravo di precedere
quell'ordine per distogliere Tiberio dal darlo. Tutto diventa
più difficile, ma non impossibile a chi gli succederà.

E i due fratelli, adesso che le parole erano venute a
dichiarare a lettere di fuoco la verità della loro inammissi-
bile unione, cercavano nello specchio di recuperare il
silenzio delle loro figure appaiate come un'ora prima,
quando non c'era stato alcun bisogno di parlare, come se
entrambi fossero stati subito coscienti che l'incantesimo
poteva essere spezzato dalle loro voci. Ma dal fondo della
spera dorata, a somiglianza di una porta spalancata sul-
l'Averno da un corteo di ombre, giungevano solo immagini
importune del padre, in uniforme al campo, poco prima di ricevere l'ovazione dei legionari, della madre, cinta d'un
diadema di coralli rosa, della nonna Livia Augusta, dei
fratelli Nerone e Druso: e tutti questi fantasmi avevano l'aria
di volgersi verso di loro, richiamati alla vita dallo sbalordi-
mento di quanto avevano visto nello specchio. Come se quel
vetro piombato avesse parlato più di mille spie nascoste
dietro le porte, la vergogna della loro colpa innominabile
faceva scintillare d'ira gli sguardi di tutti quei cari.

Erano due mostri, due nuovi esemplari di follia da
aggiungere a quelli della famiglia Giulio-Claudia. Caligola
volle rompere quell'incubo, afferrò Drusilla per la spalla
destra e con violenza la voltò:

— Quando ci rivedremo, Drusilla?

— Mi hai fatto male, Caligola! Non so proprio risponderti. Da domani tutte le mie giornate sono regolate da chi
prepara il mio matrimonio.

— Ma io tornerò presto, non credere di poterti liberare
facilmente di tuo fratello. Ho bisogno di te, Drusilla, sei
l'unica persona che mi conosce davvero e mi vuole bene per
quello che sono.

— Per quello che siamo, Caligola, perché noi due siamo
uguali — e Drusilla sfiorava con la destra i riccioli sulla
nuca del fratello, facendo le mosse di allontanarsi dallo
specchio per dirigersi alla porta.

— Ora lasciami, Caligola, è tardi e mi attende l'intero
corteo delle matrone per la processione al tempio della dea.
Ti farò avvertire io quando potrò, addio — e con un'abile
mossa Drusilla si divincolava leggera dalla stretta di
Caligola, assorto a guardare la porta quasi che nessuna
forma umana potesse davvero varcarla, impenetrabile come
lo specchio.

XI

A Capri Tiberio attendeva con impazienza di ricevere nelle sue stanze Cornelia Lucina. La donna non aveva ancora varcato la soglia che già il vecchio imperatore l'apostrofava:

— Ma non mi avevi detto che Jeshua si era dichiarato mio nemico! Forse la mente romana di tuo padre non riusciva ad immaginare che un santone dei tanti che si ergono contro i nostri dèi potesse levarsi contro Cesare.

— Mio padre non immaginava, ma "vedeva" solo quel che "è", fuori dell'apparenza di passato e futuro. Jeshua non fu mai contro Cesare, sono stati i suoi avversari ebrei a dipingerlo come tale, al fine di accusarlo di lesa maestà — rispondeva imperturbabile Cornelia, prendendo posto sulla sua sedia e versandosi da bere — in tuo nome quindi è stato ucciso un innocente che aveva accesso alle cose divine e tu figurerai come il suo assassino — continuava la donna, cogliendo un attimo di perplessità ed esitazione nell'espressione tesa di Tiberio.

— Ma come sapeva tuo padre che quell'uomo era divino? Perché siete tanto sicuri della verità delle sue convinzioni e chi vi ha dato la prova della sua potenza? — insisteva spazientito Tiberio. Ma già una parte dell'animo suo montava in furore contro coloro che avevano deciso in suo nome di celebrare un processo tanto singolare senza avvertirlo. Era nel suo carattere rimproverare ai proconsoli di non metterlo al corrente dei procedimenti giudiziari che lo riguardassero direttamente come quelli di lesa maestà.

— Cesare, non ho finito di raccontare. Il poema di mio padre è soltanto a metà, degnati di ascoltarmi ancora e non mi interrompere se puoi, finché non avrò terminato.

— Ti ascolto, ma bada di non eludere le mie domande.

— Jeshua non era venuto in questo mondo per sfidare la potenza di alcuno stato, tanto meno quella dell'imperatore romano. Alla casta sacerdotale ebraica che cercava di sondare il suo animo circa i rapporti che un giudeo doveva avere con te, egli aveva una volta raccomandato di pagare il tributo a Roma con queste parole: "Date a Cesare quel che è di Cesare, a Dio quel che è di Dio". Jeshua però aveva fra i più intimi compagni di fede — dodici uomini che lo seguivano dovunque, quasi tutti poveri pescatori o contadini ignoranti ma assolutamente persuasi della sua divinità — un nazionalista che non si piegava ad intendere la sua remissività a Roma e la sua indifferente rinuncia al potere. Un uomo di aspetto molto piacevole, più colto degli altri discepoli, dotato di una capacità di parlare in pubblico e di scrivere — conosceva anche il greco — che lo metteva sempre in contatto con l'autorità prima dei suoi compagni e spesso di Jeshua stesso. Costui, di nome Giuda Iscariota, sognava come molti del suo popolo, nella setta degli zeloti, di poter restaurare presto il regno di Gerusalemme e porre un nuovo re sul trono di Salomone. Jeshua doveva essere quel re, che Giuda non poteva concepire altrimenti che vincente. Nessuno dei compagni del Nazareno sapeva che Giuda di nascosto trascriveva le parole di Jeshua, nonostante l'esplicito divieto del maestro, che non voleva lasciare testimonianza scritta di quel che diceva nella sua lingua semplice e diretta, in aramaico, alle folle della Giudea. Giuda ogni notte faticava non poco a tradurre la spoglia profondità di Jeshua nel suo greco, come se i suoni di quella voce fuggissero dai caratteri impuri di quella lingua in cui non aveva mai parlato; provò allora in aramaico, ma ancor

113

più acuta ebbe la sensazione di non riuscire a tradurre la verità di quell'uomo in segni scritti. Così si rassegnò a stendere in greco il pensiero di Jeshua, accettando di forzare in quella lingua così elegante la nuda bellezza delle parole che aveva udito. Pareva che Jeshua sentisse che quanto sarebbe stato scritto avrebbe mutato il significato di quel che andava dicendo mentre parlava agli uccelli, guariva i malati, consolava i poveri, le prostitute e i derelitti del suo paese pensando a tutte le esistenze che sarebbero venute oltre il suo tempo e su tutta la terra. Era atterrito dalla possibilità che i comandamenti che egli dava di amarsi l'un l'altro come lui aveva amato ma soprattutto quello di amare il dio che era in ognuno, senza più negarsi adorandone uno esterno, potessero irrigidirsi e contrarsi in ordini e regole assolute come le leggi di uno stato e diventare i fondamenti di un nuovo potere basato sull'oppressione di molti da parte di pochi. "Così come sono — diceva lui — tutti i poteri della terra".

Ed era proprio quello che Giuda, alle sue spalle, stava cercando di attuare, raccogliendo scaglie delle predicazioni di Jeshua che potessero diventare, come dicono i greci, i vangeli, cioè la lettera perfetta della parola divina, la buona novella sulla cui autorità stabilire una potente gerarchia di sacerdoti. Attraverso la visione di Jeshua, così restia a servire un potere, e a subire la soggezione di qualcuno, mio padre aveva cantato nel suo poema un disegno di libertà di segno opposto a quello che aveva sempre logorato il mondo in duelli per un'effimera supremazia, Assiri contro Babilonesi, Egiziani contro Hittiti, Persiani contro Egiziani, Cartaginesi contro Etruschi, Romani contro Cartaginesi e domani, ancora chissà quale altro popolo fra i barbari contro di noi. C'era in quell'uomo divino la coscienza della sconfitta a cui era destinato comunque nel successivo alternarsi di forze ogni ordine politico vittorioso. Mio padre sapeva che nessuna opera di vera poesia poteva cantare la perennità di alcun ordine sociale; per questo rimproverava

Virgilio di aver asservito la poesia a un mondo che sarebbe morto insieme ai miti cantati dall'*Eneide*. Egli si rifiutava di scrivere in lode della pace romana di Augusto per la stessa ragione per cui Jeshua non voleva lasciare vangeli per possibili pontefici. Jeshua voleva morire insieme al fiato della voce necessaria a pronunciare le parole che facevano accorrere tutta la Giudea ai suoi piedi ad ascoltarlo. Non voleva sopravvivere ai suoi anni, mummificato nelle statue e nelle reliquie di una religione allineata accanto alle altre, né essere l'oggetto di una emulazione idolatrica che lo rendesse nei templi il doppio celeste di alcuna creatura terrena. Io, che sono la figlia di colui che ha anticipato la venuta di quel giusto di cui tu oggi hai avuto notizie anche dai tuoi legati, non ho voluto riscrivere nulla di quel che mio padre cantò per una ragione identica a quella che mosse Jeshua a non scrivere verbo.

— Le stesse ragioni di Socrate forse, che non volle lasciare alcuna opera scritta? — s'interpose, in una pausa di Cornelia, Tiberio attentissimo.

— Forse. Ma sei tu che mi dai la forza, come già ti ho detto, di sciogliere in parole quel che era in volume. Soltanto l'ascolto di un altro imperatore romano consente al poema di mio padre di sparire da tutte le pergamene e i papiri, compiendo l'equilibrio rotto dall'errato modo di Augusto d'intendere il poema. Il potere di una parola è nella coscienza di chi la ascolta molto più che nel papiro che la preserva. Jeshua voleva che le pagine fossero le anime in ascolto come ora è la tua mente... I secoli avrebbero distrutto un papiro, mai l'anima...

— Perché t'interrompi, Cornelia, è appena cominciata la notte, va' avanti! — ingiungeva Tiberio spazientito.

— Questa, Tiberio, è la più corta notte dell'anno... Ricordo ancora che da bambina, in Gallia, per tutta questa notte di giugno si accendevano fuochi lungo la valle dell'Isar. Lo si faceva per donare al sole la forza di non perdere nemmeno una parte della sua potenza mentre iniziavano ad accorciarsi le giornate. Abbiamo minor tempo delle altre e pare che tu lo avverta. Mio padre dunque dettò tutta la visione di quel che Jeshua avrebbe vissuto negli ultimi giorni prima di morire e in quello della morte, il giorno in cui il tempo si sarebbe fermato per qualche istante a contemplare compiaciuto se stesso. Ora sai perché qualche mese fa, proprio quando tu mi hai incontrata sulla scala della tua villa, ogni cosa parve fermarsi intorno a noi.

— Non era dunque una delle scosse di terremoto che il Vesuvio sospinge fino alle isole? Era invece il momento in cui a Gerusalemme lo mettevano a morte in mio nome? E tu dunque lo sapevi?

— È così. Ma potevo forse dirti che cosa stava accadendo? Era troppo presto, non mi avresti capito come del resto nessun altro mi crede e tutti ritengono che fosse effetto del vulcano. E forse nemmeno Pilato è ancora al corrente dell'esecuzione di Jeshua.

— Questa quindi sarebbe la prima delle tue risposte alla mia domanda sulle prove della potenza di quell'uomo divino... — diceva assorto, come parlasse a se stesso, il vecchio imperatore e subito però alzava gli occhi avido di quel che Cornelia doveva ancora raccontare.

— Molte altre ne diede in quegli ultimi giorni della sua esistenza sulla terra che Augusto, inorridito, dovette leggere nelle carte di Cornelio Gallo, quando gli furono consegnate dopo l'arresto di mio padre. La figlia di un capo ebraico fu resuscitata soltanto con due parole, "talita kum", che in aramaico significano "fanciulla, io te lo dico, svegliati". È in viaggio per mare verso Capri il notabile ebreo che vide la sua adorata bambina, morta da dodici ore, ritornare a giocare col suo cagnolino: era scritto che venisse da te. Si chiama Giairo ed è a capo di una missione della Giudea che ti chiederà udienza: potrai tu stesso interrogarlo. Jeshua mondò inoltre dieci lebbrosi di cui uno solo ritornò per ringraziarlo. Restituì la vista a molti ciechi che vivevano non lontano da Gerusalemme, appartati e come morti alla vita della gente. Ma nessuno di questi miracoli seppe sconcertare Augusto e spaventarlo quanto quel che Jeshua predisse del futuro leggendo negli occhi del suo traditore, quel Giuda Iscariota che ogni notte trascriveva le sue parole.

— Mio padre adottivo può essere stato spaventato solo da un'offesa che ne spezzasse l'orgoglio, che ne fiaccasse la superbia di essere un dio come il grande Cesare... — commentava Tiberio con una smorfia di disprezzo.

— Ed è proprio questo in un certo senso che avvenne. Perché quando giunse a Roma, dagli informatori segreti che da Alessandria inviavano rapporti nonostante il fedele Sesto fosse riuscito a intercettarne più d'uno, la notizia del lungo soggiorno in Giudea di Cornelio Gallo e del suo straordinario interesse per la fede degli ebrei, Augusto diede ordine a Sesto di tradurlo ad Alessandria nel più breve tempo possibile e di mandare direttamente a Roma le sue carte. Fu allora che Sesto, fingendosi mio padre, riuscì a guadagnare alcuni mesi di vita al suo amico facendosi inseguire per tutte le terre dell'Egitto, aiutato dal re mago Baldassarre che aveva previsto la sorte di mio padre. In quei lunghi mesi la sua visione arrivò a perfetta maturità e compiutezza, riuscendo anche a intuire i passi più importanti del vangelo di Giuda. E un giorno, come si secca una sorgente dopo un grande sconvolgimento della natura, così anche la visione di mio padre svanì mentre intanto gli ritornava a poco a poco la vista. Proprio allora giunsero i legati di Augusto ad arrestarlo e a consegnargli un misterioso càntaro d'argento sigillato, dono dell'imperatore al suo inquieto prefetto d'Egitto: quando mio padre l'aprì aveva già perduto insieme alla speranza di salvarsi il dono della veggenza e non poteva immaginare che quel vaso contenesse la testa di Sesto, dai lineamenti così simili in volto ai suoi.

— E così Cornelio Gallo poté persino vedersi morto

mentre ancora viveva, anche in questo anticipando il tempo che a nessuno è dato precedere...

— A lungo egli parlò con l'amico morto, contemplando quel bel volto che l'aveva tanto amato, sprofondato in un delirio di ricordi che appariva immemore di qualsiasi presenza: dicono i testimoni che l'abbia ringraziato di avergli consentito di terminare l'opera che avrebbe corretto il grande errore compiuto da Virgilio e sostituito alla vergogna della parola scritta, la gloria della parola che si dissolve nell'aria di una giornata attraverso la coscienza viva e palpitante di un ascoltatore mortale. Da quel momento si lasciò andare e parve non più partecipare alla vita, senza reagire né quando lo portarono ad Alessandria, né quando gli sottrassero i volumi del suo poema su Jeshua, né quando fu gettato in carcere, in attesa di ordini di Cesare — e Cornelia Lucina s'interrompeva per riprendere a narrare a voce più bassa, un tono che tradiva la sua crescente commozione per la tragedia finale del padre rivissuta ora di fronte a un Cesare diverso ma ugualmente tiranno del mondo.

— Dicevano gli amici di mio padre che Augusto stesse in compagnia di Livia, tua madre, quando ricevette il cofano con le carte inviate da Gerusalemme. Tu avevi quindici anni ed eri tutto preso dalla passione per Vipsania, allora già promessa a te. Eri in quelle stanze ma esistevi solo per quella ragazzina.

— E non fossi mai uscito da quel sogno, fossi rimasto sempre con lei... — sospirava il vecchio risvegliato all'antico odio dal riapparire dei due fantasmi che l'avevano rapito a Vipsania, per imprigionarlo nella porpora, Augusto e Livia.

— Augusto rimase a studiare le carte di Cornelio Gallo un giorno e due notti. Apprese dagli esametri perfetti di mio padre, assistito da colui cui erano stati dettati, Elvio, che i seguaci di Jeshua in continua espansione nell'Impero per qualche secolo sarebbero rimasti come il loro maestro aveva sognato, nella clandestinità, liberi dal potere, nascosti fra la gente, additati a pubblica ignominia dai governanti dello stato, spesso perseguitati e martiri. Poveri e ricchi, arsi da una fede nell'uomo che li affratellava al di là del censo e della nascita, uniti in un culto segreto che era la vera forza della loro inarrestabile crescita tramandandosi soltanto di bocca in bocca la parola vera e segreta del loro maestro. Essi avrebbero testimoniato con il loro silenzioso fervore della fatiscenza di Roma e della sua civiltà, basata sulla sopraffazione dei popoli e sulla guerra, sul principio del diritto del più forte e su un culto del corpo destinato a un'esaltazione solo fisica del piacere e della felicità. Ma dopo due o tre secoli, così come Giuda aveva tradito Jeshua, anche lo spirito del suo vangelo, ritrovato da qualche parte, avrebbe tradito i suoi fedeli sparsi ormai dappertutto. Un successore di Augusto ereditando un Impero meno saldo e più minacciato dai barbari, sarebbe riuscito apparentemente a salvare l'Impero dall'anarchia e dalla disgregazione snaturando la loro fede segreta, facendoseli alleati di governo, preposti alle varie provincie come nuovi proconsoli, traducendo i principi esoterici di quella fede, che nessuno aveva mai divulgato per iscritto, in libri sacri ufficiali, i vangeli, da rispettarsi come da noi a Roma le leggi scolpite sulle dodici tavole. Ma sarebbe stata una salvezza illusoria. Si sarebbero distrutti in realtà l'un l'altro, l'Impero e la nuova fede di Jeshua, partecipandosi le reciproche incompatibilità: perché la proiezione ultraterrena avrebbe logorato e spezzato infine la concezione romana dell'esistenza e l'organizzazione statale della religione avrebbe derubato questa della sua forza segreta. Una casta di nuovi sacerdoti si sarebbe appropriata del potere grazie alla parola scritta da Giuda. Augusto e Livia rimasero molto sorpresi dal tipo d'ispirazione che aveva consumato la vita di Cornelio Gallo, che sapevano essere tra i pochi grandi poeti del loro tempo insieme a Virgilio e Orazio. L'accento troppo autorevole e misterioso di quelle profezie incuteva paura perché aveva l'inconfondibile sapore di una visione ispirata da una sapienza che mostrava di conoscere il costume e la civiltà di Roma da un punto di vista superiore. L'occhio di colui che, tramite la mente di Cornelio Gallo, aveva parlato, pareva spaziare sui popoli e sulle loro faticose evoluzioni come se avesse da sempre tutto chiaro, oltre il passato e il presente, capace di vedere ciò che univa l'alto e il basso, ciò che è sopra e ciò che è sotto in un solo momento. C'era soltanto un termine di confronto con quella concezione della storia: ed era quello dell'*Eneide* di Virgilio, i cui dodici libri in quegli anni erano solo per metà ultimati e ogni mese trasmessi ad Augusto via via che Virgilio li componeva.

— E Virgilio ebbe notizia da Augusto del poema del grande amico in disgrazia?

— Lo rilessero insieme e il comportamento di Virgilio apparve nobile. Lodò il poema da cui pareva affascinato. Dicono anche che in privato abbia confessato di sperare di vivere fino a toccare gli eventi del poema. Ma ad Augusto non piacque l'atteggiamento di Virgilio da cui s'attendeva un alleato nella distruzione delle opere di Cornelio Gallo e del suo mito. Di certo si sa che quando qualche anno dopo il poeta mantovano morì a Brindisi, abbia implorato invano Augusto di lasciargli distruggere l'*Eneide* persuaso, di fronte alla morte, che Cornelio Gallo avesse avuto ragione nel condannare la poesia che celebra il potere e sopravvive a se stessa nella morta spoglia della parola scritta. Augusto rimase incerto una notte intera sulle carte del suo ex prefetto d'Egitto. Da una parte il suo programma politico censurava poeti che non collaborassero alla pacificazione augustea e alla mitizzazione della romanità; dall'altra un superstizioso terrore più forte della sua pur ferrea razionalità lo portava a credere che se quella profezia aveva un germe di verità era suo compito immediato distruggerla, anche se in tal modo adempieva la volontà stessa del suo autore e il gesto s'iscriveva nel primo compimento della profezia stessa. Livia a lungo cercò di stornarlo dalla decisione limitandosi ad eliminare fisicamente Cornelio Gallo. La tua terribile madre aveva intuito che l'atteggiamento nobile di Virgilio poteva nascondere invece la proterva e gelosa volontà di negare ed annullare lo spirito profetico di Cornelio lasciando sopravvivere il poema scritto. "Se lo elimini dalla memoria dell'umanità, vivrà nel modo in cui il suo autore voleva che vivesse: uccidilo lasciandolo vivo solo sulle carte. La scommessa di Cornelio non è più quella di un poeta ma di una potente divinità: se lo distruggerai, quel suo maledetto poema, come una segreta formula magica emanerà nella storia tutto il suo potere, si realizzerà ogni cosa... Non cadere nella trappola e non fidarti delle moine di Virgilio! —, insisteva Livia.

Non dev'essere stata una decisione facile, quella di tuo padre Augusto. Ma alla fine, pur travagliato da molti dubbi ed osteggiato da Livia e dall'ambigua nobiltà di Virgilio, seppe prenderla. E, all'alba di una lunga notte insonne, arse su un braciere sacro a Giove le pagine del poema e firmò contemporaneamente l'ordine di morte da trasmettere in Egitto per mio padre.

— A me dunque Augusto ha lasciato la possibilità di ignorare tutto questo e regnare, come si dice, "per la felicità del popolo romano"... Ma ho incontrato te, la memoria viva di quella visione di Cornelio Gallo, così viva e vera da ritrovarmela addosso come una condanna all'infamia di assassino di quell'ebreo per interposta persona. A chi devo credere ora, agli dei di Virgilio, come Augusto, o a quelli di Cornelio? Posso ritornare alla cecità dei miei giorni di un tempo, prima di trovarti? Posso continuare a vivere a Capri e non nell'Impero, lontano dal rumore della storia, nella quiete che anticipa il gran silenzio che un giorno sarà sulle rovine di Roma? Ah, Cornelia Lucina, non t'avessi mai incontrata, tu non fossi mai giunta qui da me e i pirati di Arrio e Bocco t'avessero condannata a rimanere con loro vagando sulle loro navi per divertirli con le tue mille storie... Ci sono a Roma cento teatri che t'avrebbero accolta per intrattenere i romani, proprio ieri ho firmato la richiesta degli edili di bandire un concorso per i programmi dei nuovi spettacoli di Roma. Nessuno t'avrebbe creduta dietro la maschera dall'attore tragico, sugli alti coturni. Avrebbero ascoltato come ascoltano Menandro, Euripide e Sofocle, con la stessa commozione che si dissolve non appena escono dal teatro e si buttano nelle strade polverose dell'urbe... Tu mi hai rubato Capri e la sua pace, il potere di tuo padre ha già iniziato ad agire da mesi come un sottile veleno. Ho già preso la mia vendetta su Augusto accogliendoti: come un maleficio il poema di Cornelio Gallo pare aver iniziato in me il compimento delle sue verità ed io intravvedo già i primi segni della distruzione di Roma che i fedeli di Jeshua compiranno, se un giorno scopriranno da qualche parte quel che tu chiami il vangelo di Giuda.

— Cesare, t'inganni se credi che i romani m'avrebbero ascoltato come Menandro ed Euripide. Io non ripetevo nessun testo imparato e provato cento volte ch'essi avrebbero potuto leggere e rileggere tornando nelle loro case a frugare nella biblioteca. Io creavo dall'oblio una poesia ch'era stata evocata e poi subito spenta come le parole del venditore di ceci all'angolo del teatro che non potrebbe mai ripetere identiche se qualcuno glielo chiedesse, come le formule magiche dei giochi dei bambini, come le dichiarazioni d'amore dei ragazzi che sono sempre le stesse oppure costano a chi le deve pronunciare un nuovo terribile sforzo....

Tiberio taceva dopo le ultime parole della donna. Desiderava rimanere solo; aveva necessità di mettere ordine fra i suoi pensieri prima di prendere decisioni che già si affacciavano nella sua mente in tumulto.

XII

Ester era una bambina ebrea di dieci anni abituata a
giocare nella piazza del suo villaggio in Galilea, a Gamala,
con tutte le altre che andavano a scuola da suo padre
Giairo, dottore della legge, a imparare la Torah. Nella
assolata e polverosa piazza di quel paese, vicino al lago di
Tiberiade, i giochi erano gli stessi da generazioni: a
nascondersi, a rincorrersi, a mamma e papà, alla scacchiera, a tirar di fionda. Ma il padre di Ester, che era l'uomo più
colto di Gamala, sapeva affascinare la sua bambina con un
gioco ancora più divertente, lanciando nell'aria bruna della
sera emisferi di cartapecora e stracci con un fuoco acceso
alla base che sollevava per aria quella specie di pallone
come fosse un uccello magico, non un'invenzione della sua
fervida mente. Perché Giairo era il più grande amico della
sua bambina ed Ester sentiva che le sue più care amiche,
Miriam, Salomè e Micòl, glielo invidiavano sognando di
avere un padre meraviglioso come il suo. Da quando però
Ester era ritornata dalla morte alla vita, guarita dal rabbi
Jeshua, nemmeno i magici palloni del padre, nemmeno i
suoi racconti più avventurosi, riuscivano a consolarla della
solitudine in cui le amiche la lasciavano ogni giorno
evitandola come una lebbrosa. Le guardava a lungo dalla
finestra della sua casa, ai bordi del paese e sentiva che
parlavano di lei additando la sua casa con una strana
eccitazione. E quando apriva la porta e faceva per correre
loro incontro con la sua bambola di pezza, subito vedeva la
piazzetta come d'incanto farsi deserta mentre gli usci si

richiudevano dietro i suoi compagni di giochi. Come occhi di una civetta le pareva che le finestre la spiassero di malanimo in un silenzio appena rotto dal cigolio dei carri che portavano l'acqua dolce dal lago, o dalle grida dei venditori di pesce che venivano dai villaggi più vicini con le loro sporte cariche di trote e di lucci, e si fermavano sotto la tenda al grande pozzo della piazza per una breve sosta. Una volta un pescatore le aveva domandato come mai se ne stesse tutta sola a giocare, se non aveva nessuno, oltre alla sua bambola, con cui parlare e la bambina aveva chinato la testa rimanendo a lungo in silenzio. Solo quando il pescatore, che intanto s'era dissetato, aveva fatto segno di volersi incamminare per la via di Gadara, Ester aveva rialzato il capo e gli aveva risposto gridando:

— Perché hanno paura tutti di me! — L'uomo s'era allora cacciato a ridere di gusto incamminandosi e avrebbe continuato a ridere ancora se una donna che voleva comperare del pesce non l'avesse fermato e non gli avesse raccontato qualcosa all'orecchio additando Ester. E la bambina fece in tempo, prima di ritirarsi a casa, a udire la solita domanda dei forestieri ai suoi compaesani:

— Come? È proprio lei?

Cercava suo padre allorché questo accadeva perché sua madre Rut non c'era più: era morta da molti anni e la sorella della madre, Anna, veniva di rado a trovarla a causa dell'età avanzata. Ogni volta Giairo cercava di distrarla con qualche nuovo giocattolo, con qualche nuova storiella, ma Ester non sapeva ormai più che farsene di quelle ingegnose trovate: che gusto c'era a godersele da sola, senza poter correre a mostrarle o a raccontarle a Miriam, a Salomè, a Micòl? Così un giorno Giairo dovette rassegnarsi a spiegarle il perché di quella strana cattiveria dei bambini:

— Ester, nessuno è cattivo con te nel nostro villaggio, nessuno ti vuol male, sappilo.

— E allora perché non vogliono più giocare con me e mi guardano tutti così male? Perché, padre, perché? Che cosa ho fatto? Anche oggi un pescatore guardandomi s'è messo a domandare se ero proprio io quella bambina. Ma quale bambina sono io, papà? — e il viso incorniciato dalle trecce nerissime di Ester, di un pallore che ancora ricordava la grave malattia, pareva scosso da singhiozzi trattenuti che immergevano Giairo nella più sconfortante tristezza. Quella sua unica creatura, che sua moglie Rut gli aveva lasciato morendo, aveva un destino più grande della capacità di capire di qualsiasi bambino e di moltissimi adulti. Forse gli era stata data da Dio come un segno di predilezione ma non sempre si sentiva all'altezza del compito di padre; di essere cioè colui che doveva conciliarla con una vita d'eccezione che per ora pareva garantita solo dalla solitudine. E a quell'età veniva troppo presto la solitudine. Come si poteva spiegare ad Ester quale straordinario segno di amore era il fatto che s'era presentato come una disgrazia e che Ester pareva aver dimenticato? Si poteva dire a una creatura di dieci anni, cresciuta nelle vie e nella piazza di un paesetto della Galilea, che il Signore Iddio era passato dal suo paese e s'era degnato di sostare davanti al suo letto dove giaceva morta da dodici ore e l'aveva richiamata alla vita con due sole parole, come se si trattasse di riscuoterla da un sonno troppo lungo, dando poi subito ordine di porgerle da mangiare? Come dimenticare quella scena? Rivedeva ancora il vassoio di giunco con quel cibo povero, pesce, frutta, semi di orzo, quel grave debito con la natura che di nuovo veniva contratto nutrendo il caro corpo della sua bambina di ciò che avrebbe solo allontanato di qualche tempo, fosse pure di una vita di settanta anni, come quella di suo padre Anania, la morte... Subito Ester s'era messa a cercare la sua bambola, coi primi incerti passettini sui piedi ancora rigidi e lui s'era gettato ad abbracciarla e baciarla inondandola di lacrime, il cuore in tumulto e la mente sul punto d'impazzire per quel prodigio che non aveva uguali e la cui fama s'era sparsa subito in ogni angolo del paese. S'era gettato poi ai piedi di Jeshua ancora piangendo di gioia e di

125

gratitudine, prosternandosi nella polvere. E il bel viso bruno di quell'essere che non pareva mai poter posare da nessuna parte, privo di patria e di casa, già spariva in fondo alla strada, agitando il braccio in segno di lieto saluto, circondato da una moltitudine che lo seguiva dovunque dimentica di ogni fatica. Non aveva più potuto parlargli, era scomparso come un sogno. Eppure era stato in sua compagnia tutta la notte precedente, quando era andato a cercarlo e l'aveva trovato sul lago di Tiberiade che arringava da una barca una grande folla mentre guizzavano i pesci alla superficie in mille scaglie d'argento, come corressero ad ascoltarlo. Jeshua l'aveva subito accolto precedendo la sua domanda:

— Tua figlia guarirà, non preoccuparti, abbi fede, andremo presto da lei — ed aveva continuato a parlare e a rispondere a chi l'interrogava fino all'alba. Fin tanto che erano venuti a dirgli piangendo che Ester era già morta e non c'era più nulla da fare.

— Tua figlia dorme, non è morta, abbi fede, Giairo! E ora andiamo da lei a liberarla dal suo sogno — E Giairo s'era avviato con lui, come un sonnambulo, senza riuscire più a parlare, sentendo la sua presenza dietro di sé, mentre gli faceva strada verso il villaggio, come un'ombra protettrice. Le vedeva le facce dei suoi compaesani, all'ingresso del villaggio, che lo compativano e parevano invitarlo a rassegnarsi di fronte alla morte. Poi, sulla porta di casa, assiepata di donne in pianto, la voce di Jeshua che faceva tacere i flauti funebri, che intimava di non piangere e risvegliava Ester dai morti. Solo un'oscura frase aveva fatto in tempo a udire rivoltagli da quell'uomo, prima che scomparisse:

— Bada che Ester soffrirà, i morti non si risvegliano volentieri; Ester vorrà ritornare dov'era, tu assecondala, accompagnala, sono io che la mando a colui che vuole un segno d'amore da me... — Che significava ch'egli dovesse accompagnarla dove lei era stata? E chi era mai colui che attendeva una testimonianza da Jeshua? E ancora ricordava l'eco misteriosa di quella voce mentre tutti gli animali del villaggio richiamati dallo stesso istinto che li convocava ovunque Jeshua passasse, si assiepavano intorno alla casa di Giairo, come volessero fargli festa. E Nim, il cagnolino che Ester aveva subito cercato, non appena era ritornata in sé, prima ancora di mangiare, che rompeva la catena e abbaiando festoso le correva incontro. Nemmeno Nim era rimasto a Ester per farle compagnia perché era sparito quel giorno dietro a Jeshua e alla sua turba.

— Devi capire, Ester, che la gente è ancora stupefatta che tu sia guarita così in fretta, il rabbi che t'ha sanata è un uomo straordinario e tutti ti vedono ora come un angelo, non più solo come una bambina, capisci? — si sforzava di spiegare Giairo alla figlia.

— Allora col tempo dimenticheranno, torneranno a giocare con me, Miriam, Salomè e Micòl e smetterò di essere un angelo?

— Certo, cara, col tempo tutto passerà — com'era intelligente la sua Ester, aveva già capito per quale fessura l'oblio sarebbe giunto a chiudere quella ferita inferta al normale corso delle cose. Qualche volta mentre faceva lezione ai bambini di Gamala, che subito se ne tornavano a casa, finita la scuola, senza fermarsi con Ester, confrontava il viso di sua figlia con quello delle sue coetanee come se volesse spiare che tracce aveva lasciato quella sua discesa fra i morti. Ma il visetto smunto e pallido, dagli enormi occhi neri e pensosi, pareva chiuso come un segreto, quello della sua Ester di sempre. Col passare dei mesi giunse la notizia che Jeshua era entrato gloriosamente a Gerusalemme, ma molto tempo dopo come tante notizie del mondo che giungevano tardi. Invece il sogno pareva avere il potere di unire quel villaggio dimenticato della Galilea al centro dell'Impero.

Era da parecchie notti che Ester nel sonno si lamentava e parlava confusamente con una voce e in una lingua che non parevano nemmeno le sue. Giairo una notte sentì che s'era svegliata gettando un grido:

— Che c'è, Ester? Sono qua io, il tuo papà, raccontami che cosa ti succede.

— Che paura, papà... È sempre lo stesso sogno... sempre lo stesso signore che mi aspetta, da quando sono stata male...

— Ma quando l'hai fatto per la prima volta?

— Quando m'apparve il rabbi che si portò dietro Nim e tutti i cani del villaggio — rispose grave e composta Ester, seduta sul letto. Giairo sentì un brivido corrergli nelle vene: sua figlia stava ricordando il paese dal quale nessuno ritorna, il lungo sogno di dodici ore ch'era stata la sua morte prima del richiamo di Jeshua.

— Eravamo entrambi in un'isola in mezzo al mare... Un'isola come quella della regina di Saba che tu mi hai descritto, piena di fiori e con due alte montagne. Ma la regina è invece un vecchio re vestito di rosso e un ramo di foglie d'oro intorno ai capelli bianchi. È così gentile con noi, mi chiama verso di sé col mio nome, mi vuole sulle sue ginocchia e mi offre l'uva e le ciliegie del suo giardino. Vicino a lui sta una donna molto triste che mi guarda senza mai dire nulla e il suo viso è molto bello... Ogni volta il sogno svanisce non appena il re comincia a chiedermi se sono io la figlia di Giairo, proprio io quella che deve venire... O papà, andiamo da quel povero vecchio, andiamo nella sua isola, mi fa tanta pena, vorrei che il sogno non finisse mai, insieme a te... — ed Ester si stropicciava gli occhi adagiandosi sul letto di nuovo; era ben strano che appunto quel che l'impauriva l'attraesse tanto. "Ester vorrà ritornare dov'era, ma tu assecondala e accompagnala, sono io che la mando a colui che vuole un segno da me": Giairo udiva ancora le parole di Jeshua all'orecchio mentre Ester socchiudeva nuovamente gli occhi per dormire. S'adempieva quel che Jeshua aveva detto dei risorti come la sua bambina. Eccola la risposta alla sua domanda taciuta sempre per non turbare Ester, già così infelice di sentirsi diversa dagli altri bambini, "dov'eri? che cosa c'è, figlia mia, in quel sonno?" Ora Ester squarciava il velo del mistero e gli raccontava dov'era stata. Ma era tutto così oscuro, che isola era mai quella? E chi era il vecchio re dalla corona d'alloro? Pareva un racconto ispirato in parte alle storie della Bibbia raccontate varie volte, più che un luogo della terra.

Ma la chiave del sogno che pareva non abbandonare più la figlia venne offerta, la mattina del giorno dopo, da un'ambasceria del Sinedrio di Gerusalemme. Rabbi Giairo, il sacerdote del villaggio di Gamala, era stato prescelto dal sorteggio fra settanta maestri per un'ambasceria d'onore all'imperatore romano Tiberio nella sua isola di Capri. Egli doveva recare l'omaggio dei sacerdoti, il dono d'una corona d'oro e la supplica a impedire la trascrizione della Bibbia nella lingua latina.

"Ecco dov'era Ester e vuole ritornare; e dove desidera Jeshua che l'accompagni" e nello sgomento della scoperta egli pareva non riuscire a trovare le parole per ringraziare dell'alto onore che il Sinedrio, per volontà del Signore, gli faceva. Quel giorno Ester fu di nuovo felice; l'eccezionale movimento in Gamala di uomini, cammelli e soldati per l'arrivo dell'ambasceria alla casa di Giairo, fece dimenticare l'altra grande giornata dell'arrivo di Jeshua e della sua miracolosa guarigione di Ester, e la bambina si ritrovò vicine Miriam, Salomè e Micòl come un tempo. Tuttavia le tre amiche trovarono Ester felice di rivederle ma distratta, incapace di giocare a nascondersi con loro con la stessa vivacità di una volta. Ester aveva sentito tutto quel che avevano confabulato col padre i dignitari di Gerusalemme e aveva capito che presto sarebbe ritornata nell'isola da cui l'avevano costretta ad allontanarsi risvegliandola. Ed era così eccitata dall'idea di mettersi in viaggio oltre le montagne che circondavano il suo paese, da saper inventare anche le parole per incoraggiare suo padre, atterrito invece all'idea di dover perorare una causa del suo popolo davanti a Tiberio imperatore. Ester già conosceva il vecchio del sogno:

— Vedrai, papà, è un vecchio tanto triste e buono, assomiglia molto al nonno Anania, quando restava seduto ore e ore davanti alla porta di casa a guardare la gente che passava, solo. È così quel re, un solitario in attesa di qualcuno che vada a trovarlo, gli parli, mangi e cammini con lui. Non preoccuparti, egli già mi conosce e sarà felice di vedermi insieme a te — E lo strano delirio di saggezza e follia pareva a Giairo il naturale esito di quel grande momento in cui il Signore aveva posato lo sguardo sulla sua casa. Come si poteva spiegare a una bambina che era terribile toccare l'argomento della diversità e superiorità del popolo eletto da Dio davanti a colui che voleva i suoi popoli tutti uguali, chiedendo che la Bibbia rimanesse estranea alla lingua di Roma? Che il popolo ebreo riteneva che la Bibbia dovesse sottrarsi a chi la studiava senza riviverla, a chi capiva solo la lettera e non sentiva lambirgli la carne il fuoco vivo della Parola, come quello del roveto di Mosè che bruciava ma non consumava il legno nascosto, nelle storie che narrava? E perché mai quel compito così difficile a lui, Giairo, fra tanti più dotti sacerdoti figli di Israele? Quando si poneva la domanda subito cercava con gli occhi Ester: era in quell'essere risorto dai morti la risposta. Era quella bambina la garanzia che il Signore gli dava una prova straordinaria solo perché eccezionale era stata la grazia elargitagli. Dal giorno della venuta dei sacerdoti del Sinedrio, mentre fervevano i preparativi della partenza, la bambina non si lamentò più nel sonno come se l'imminenza del ritorno del sogno sul piedestallo della realtà avesse l'effetto di riposare la fanciulla di Gamala attesa a Capri per portare a Tiberio un nuovo segno di Jeshua nella supplica a non riprodurre sulle carte la Bibbia.

Fu a un'alba già fiaccata da un sole rovente che, agli inizi

130

dell'estate, mosse da Gamala il seguito di cammelli e somari che portava a Cesarea per imbarcarsi il dottore della Legge Giairo e i servitori che il Sinedrio gli aveva concesso come scorta con i doni e le lettere per l'imperatore romano. Ester guardò a lungo la sua casa prima di tirare il chiavistello della porta. Il letto dov'era stata malata e aveva sognato il luogo dove ora si stava dirigendo. Il letto sfatto del padre, quello impolverato del nonno Anania. Quello, riposto in un angolino, della bambola di pezza che sua zia Anna le aveva portato da Tiberiade l'ultima volta che era venuta a trovarla, più di un anno prima. La cuccia deserta di Nim. La madia vuota di pane che cigolava ogni volta che l'apriva per prendere qualcosa da mangiare. Il tavolo che s'intravvedeva nell'altra stanza dove venivano i bambini a studiare. Le pareva di doversi ben imprimere in mente quel che era nella sua casa nel momento in cui l'abbandonava come per poter avere stampati nella memoria gli oggetti che avrebbe potuto sempre sognare, se le fossero mancati, in quella lontana isola in mezzo al mare. Perché Ester ignorava di essere stata fra i morti, come ogni ombra quando ritorna prigioniera della sua carne. Era ritornata appunto perché aveva dimenticato ma poi la nostalgia l'aveva subito presa, com'era accaduto a Lazzaro di Betania il grande amico di Jeshua; e ora, incerta fra due sogni — quello della morte e quello della vita, l'imperatore romano nella sua isola e la terra benedetta dai piedi di Jeshua — viveva lo smarrimento di chi ha assaggiato un frutto dolcissimo ma drogato. Anche Giairo si soffermò a lungo a guardare la casa, ma da fuori, non da dentro, appena prima di salire sopra il cammello. A lungo contemplò le finestre sprangate domandandosi quando le avrebbe riaperte. Il sogno di Ester richiamava tutti i protagonisti di quella sua breve avventura nella morte: lui, la bambina, la fede del suo popolo, tutto appariva risucchiato dalla figura di Jeshua, come se sulle vele della liburna in viaggio fino all'imperatore romano, nella sua inaccessibile isola, soffiasse lo spirito di quell'uomo.

131

XIII

In una delle estreme provincie settentrionali dell'Impero,
il Norico, nei quartieri invernali della IX legione Hispana,
sull'Ister, alcuni tribuni militari si davano segretamente
convegno negli alloggiamenti del collega più anziano Quinto Bruto. Era una serena notte d'estate. La natura anche
lassù, in quella fredda e montuosa regione, pareva concedersi il tepore di un sole quasi mediterraneo. I legionari
romani dormivano un sonno popolato di sogni delle loro
contrade, le regioni del Benaco, del Lario, della Daunia,
dell'Etruria, le calde terre della Messapia, della Lucania,
della Sicilia, animate dalla presenza dei loro cari, quelle
mogli, quei fratelli e quei figli che i più di loro non vedevano
da quasi dieci anni. La leva delle truppe di terra era lunga,
in certe parti dell'Impero, anche sedici e più anni; la marina
li rapiva alle loro terre per un periodo ancora maggiore. Gli
ultimi tempi, passati in una calma inconsueta in quella
regione di frontiera, avevano fatto apparire ancora più
assurdo un sacrificio tanto penoso. Era dalla lontana
giovinezza di Tiberio che i Pannoni se ne stavano buoni e il
loro re versava ogni anno il tributo a Cesare, traversando su
un cavallo bianco il grande fiume per un incontro sulla
sponda romana con il proconsole del Norico che sempre più
perdeva le sembianze di un atto di soggezione. La noia era il
peggiore nemico dell'ordine militare. Lo sapevano bene i
duci, i consolari Valerio Messalla e Marco Fabrizio, cui non
sfuggivano i segni del malcontento crescente. Ma la noia
faceva il suo velenoso effetto anche tra i comandanti

convertendosi in ambizione frustrata. Presso la IX legione
Hispana erano in servizio i più bei nomi dell'aristocrazia
senatoria, quella classe che la mano spietata di Sejano
aveva crudamente diradato in dieci anni di potere all'ombra
dell'imperatore. Ognuno di loro in quegli anni aveva pianto
chi un padre, chi un fratello, chi un cugino, passato per le
armi in uno dei processi imbastiti da Sejano per rovinarli e
derubarli delle loro sostanze. Covavano un sordo risentimento contro la sorte che li aveva posti a vegetare sotto un
imperatore vecchio e misantropo che s'era ritirato da Roma
in un'isola. Ricordavano le imprese dei genitori, molti dei
quali avevano combattuto quando Tiberio era giovane sotto
le sue insegne ed avevano partecipato del valore e dell'intelligenza strategica di quel principe cogliendo nelle vittorie
contro i Pannoni e gli Avari le occasioni di gloria invece loro
mancate. Pareva a tutti che non avesse senso continuare ad
attendere che la natura seccasse quel ramo già morto della
dinastia per porre sul trono il giovane e fiorente Caligola, il
figlio del grande Germanico. Occorreva aiutare la fortuna,
quel che sempre un romano era pronto a tentare. Si sapeva
che la calma dei barbari era una simulazione: gli esploratori
in contatto con Quinto Bruto avevano portato dalle regioni
più interne notizie allarmanti di concentramenti di truppe
nel centro della Germania, presso la selva di Teutoburgo,
dove ancora il fresco ricordo delle vittorie di Arminio e della
sconfitta di Varo riusciva a superare le divisioni interne e a
risuscitare la speranza di unirsi per cacciare i romani per
sempre al di là delle Alpi. Qualcuno aveva pensato di fare
avvertire da Valerio Messalla e Marco Fabrizio il senato e il
grande solitario di Capri ma era stato subito sferzato
dall'ironia di Quinto Bruto, il più deciso ad assumersi la
responsabilità di quel silenzio:

— E perché avvertiresti Tiberio? Per vederlo correre qui
con la seggetta e il pitale a controllare coi suoi medici e il suo
astrologo l'effetto dell'aria di Vindobona e del Norico sul
suo mal della pietra? — E così nessuno aveva avvertito i due

133

duci supremi ritenendo di quella notizia quanto bastava a tramutare l'insoddisfazione in progetti concreti di ribellione, concentrandosi ormai tutte le speranze sulla rapida assunzione di Caligola al trono, eliminato Tiberio, sia che lo si uccidesse sia che lo si tenesse prigioniero nella sua stessa isola. Da Roma qualcuno molto in alto assicurava che Antonia, la potente principessa giulia che odiava Tiberio per la morte di Germanico, si era definitivamente convertita al partito di Caligola dopo un lungo soggiorno a Capri: la tema di una spartizione del potere del nipote col figlio di Druso minore, Tiberio Gemello, nipote di Tiberio, l'aveva definitivamente persuasa a passare all'azione.

Questo era il genere di considerazioni che quella notte Quinto Bruto andava ancora una volta prospettando ai più decisi dei tribuni militari convocati nei suoi alloggiamenti vicino alla porta di Marte Ultore dell'accampamento. Egli poi non trascurava di ricordare che il malcontento della truppa si sarebbe pericolosamente potuto ritorcere contro di loro, se non avessero saputo abilmente e al momento giusto indirizzarlo nel senso più costruttivo per le loro speranze. Ricordassero l'esempio terribile di quelle legioni di Pompeo che, deluse dal rispetto dell'autorità senatoria del grande condottiero, avevano finito per fare il gioco di Cesare quando Pompeo non aveva saputo cogliere l'occasione per impadronirsi del potere. In una pausa del suo discorso sempre più concitato, mentre i congiurati si passavano l'un l'altro un boccale di idromele, Quinto Bruto si colse a scrutare quei dieci uomini come se ne volesse soppesare il coraggio e la capacità di afferrare il destino. Eccoli, i suoi amici di quasi dieci anni di vita militare, al servizio di Roma eppure lontano, così lontano da lei che a volte egli s'accorgeva di non saper più descrivere la via del Campidoglio, il tempio di Vesta, i giardini di Sallustio, la basilica di Cesare. C'era Antonio Scauro, ancora sconvolto per la morte della sua promessa, la figlia di Sejano Junilla ch'egli aveva saputo essere stata violata dal boia prima di essere strangolata;

l'amore gli si era convertito in un odio così violento per Tiberio, il responsabile di quella tragedia, da farne un sicuro alleato in quell'impresa. C'era Giulio Grecino, dal grande corpo vigoroso, che era incapace di inazione e pareva chiedere solo una causa qualsiasi per dare una giustificazione al suo bisogno di combattere un nemico, da sempre inetto a capire le sottili questioni di politica dei suoi amici cui aveva delegato una parte della sua non profonda intelligenza. C'era Petilio Ceriale, il cui padre, compagno d'armi di Germanico, l'aveva portato fin da bambino con sé nelle campagne d'Asia del valoroso figlio di Druso, facendolo crescere come compagno di mensa e di giochi di Caligola e dei suoi fratelli. C'erano due fratelli, Marco e Lucio Lollio, fedeli ufficiali della guardia personale di Agrippina, la vedova di Germanico, che avevano ancora negli occhi la scena straziante dell'arresto della loro signora per ordine di Tiberio che la relegava in uno scoglio del Tirreno. Erano stati minacciati di morte più volte quando s'erano offerti di seguire Agrippina nell'esilio da cui non era mai più ritornata. L'avrebbero seguito senza alcuna incertezza. Elio Lepido, Sesto Veranio, Aulo Prisco poi, carichi di debiti com'erano le loro famiglie equestri a Roma e privi di alcuna garanzia che non fosse la forza delle loro braccia e la ricerca disperata di occasioni per migliorare il loro precario futuro, non chiedevano altro che un cambiamento rivoluzionario e violento che li portasse di nuovo ai primi posti fra i cavalieri, quelli che un tempo erano stati dei loro avi. Di Scribonio, il marito di sua sorella Lucilla, egli disponeva come della propria anima.

L'unico che poteva ancora esitare, sotto il velo della sua lealtà, era il giovanissimo Lucio Libone. Sebbene figlio di un fedelissimo contubernale suo, pareva poco adatto alla guerra e alla sua violenta realtà, svagato spesso dietro la selvaggina dei boschi, capace di isolarsi a lungo per nuotare come un delfino nell'Ister, nudo appena poteva rimanere solo, come se soltanto vicino alla natura egli si trovasse nel proprio elemento, non nelle schiere dei soldati al comando della sua coorte. Il boccale di idromele aveva ormai già fatto tutto il giro, ritornando nelle sue mani. Quello era dunque il momento di stabilire un patto di ferro che solo la morte poteva rompere. E Quinto Bruto parlò come la cruda gravità di quell'ora richiedeva:

— Giurate fedeltà al nuovo imperatore Caligola, il figlio di Germanico, nelle mie mani! Uccideremo Tiberio. Non appena da Roma mi verrà il segnale che attendo per muovere la legione Hispana da questi alloggiamenti, ci uniremo alle truppe di Aquileia e di Tergeste. I consolari Valerio Messalla e Marco Fabrizio io stesso li ucciderò se non accetteranno di passare dalla nostra parte!

I dieci tribuni si guardavano tesi e pallidi più di quanto potesse essere giustificato dalla fatica di una veglia così prolungata. Era chiaro che non ci si poteva più tirare indietro e che sarebbero finite quelle giornate interminabili a non far nulla, attendendo le ultime novità da Roma. Sarebbero stati loro a decretare le novità dell'urbe e dappertutto sarebbe corsa la fama delle loro imprese. Erano in gioco la vita e l'onore. Il senato li avrebbe dichiarati nemici della patria, non c'era da farsi alcuna illusione. Ma non avevano forse sempre atteso un'occasione come quella? Se la morte fosse venuta in battaglia sarebbe stato compiuto il sogno di cadere nella costruzione del loro destino, prima di vederlo infranto, se venivano sconfitti e strangolati nel Tullianum come traditori, oppure se irrancidivano negli anni della nuova oppressione di un regime tornato a pesare sulla loro libertà nella vecchiaia di Caligola come in quella di Tiberio. Solo Lucio Libone, il giovanissimo cacciatore e nuotatore che adorava il Sole e la luce pura delle stelle, non avrebbe mai voluto che quel momento giungesse. Quinto Bruto aveva intuito ancora una volta la verità, da vecchio conoscitore di soldati. E Lucio Libone non seppe mentire. Adorava la vita e il calore di quella nuova estate, non voleva mettere a repentaglio la sua esistenza: amava follemente una barbara in assoluto segreto, la bella Bedicca, ed aveva il terrore della morte, quel buio dove sprofondano le forme più gentili e care come gli orrori più mostruosi, i dolcissimi daini e gli scoiattoli che vedeva mangiare sulla mano delicata di Bedicca, come il crudele Sejano e il suo infaticabile boia che tagliava e tagliava le teste di Roma, le giovani e le canute. Lui non poteva ancora scendere in quel buio; suo fratello Minucio era morto a quattordici anni e la madre sulla tomba, nell'isola di Corsica, aveva fatto scrivere un epitaffio ispirato a un poeta greco: "Non gravare troppo, o terra, su di lui: quando Minucio era vivo, il suo piede fu leggero con te". Lui doveva amare la sua bellissima Bedicca e vivere anche per Minucio il suo grande amore.

Così prese la parola per dire che non se la sentiva di far parte della congiura ma giurava di mantenere il segreto fino alla morte.

Era pallido e tremava, quasi pentito di quel che aveva detto scrutando i compagni muti che guardavano fisso fisso Quinto Bruto. E ancora lo guardavano quando il gladio di Quinto Bruto, con una mossa fulminea ed imprevedibile, lo colpì in pieno petto al cuore. Cadde ai piedi di Marco e Lucio Lollio, fulminato senza emettere un lamento. Nessuno fiatò: quel disgraziato aveva davvero mantenuto il suo giuramento.

— Che questo sangue cementi il nostro patto e lo renda invulnerabile — sussurrò Quinto Bruto pulendo la spada — portatelo nella mia tenda dov'è il chirurgo, uno dei nostri che garantirà la morte di questo pavido come un suicidio. Del resto tutti sapevamo al campo che non era un vero soldato Lucio Libone.

Eppure qualcuno notò che il labbro di Quinto Bruto aveva un tremito appena percettibile, come se volesse forzare un'emozione che non era proprio quella espressa dalle sue parole. Il copione era eroico, anzi tragico. Tarquini e Cesari erano stati eliminati da gente che portava il nome di Bruto. Ma quell'infelice, che il destino aveva posto per un disgraziato privilegio di nascita negli alti gradi dell'esercito, non era un tiranno ma solo un giovane che non se la sentiva di fare l'eroe. Così appariva a Scribonio, il cognato di Quinto Bruto, mentre con l'aiuto di Marco Lollio s'issava sulle spalle il povero cadavere per recarlo nella tenda del chirurgo. Che inizio di malaugurio aveva la loro impresa. I dieci tribuni militari erano diventati nove; chi sarebbe stato il prossimo morto di loro? Lucio era caduto prima di combattere, nessuno poteva ancora dire se egli era stato il più sfortunato. Occorre aspettare la fine di un'impresa per poterlo arguire.

Con questi pensieri i nove si separarono giurando fedeltà al nuovo imperatore Caligola. Avrebbero atteso da Quinto gli ordini seguendo gli sviluppi di quanto si andava tessendo fra Roma e le legioni in fermento come la IX Hispana di Vindobona sull'Ister.

In quegli stessi giorni a Roma Antonia non perdeva tempo. Sapeva di poter contare ormai su cinque delle più forti legioni del nord, oltre la IX Hispana dove Quinto Bruto le garantiva una fedeltà fino all'ultimo respiro.

Antonia era amica di un mimo famoso, di cui Tiberio Gemello andava pazzo, Mneste. Era, quell'indiavolata creatura, capace di prestare le sue forme a cento personaggi del mito e della piazza, il tramite segreto fra l'ambiente di Gemello e quello di Antonia. La doppiezza della sua natura si prestava a quel gioco di spia aiutato dal demone ambiguo della sua arte. Ogni sera sul tavolo di Antonia era un dettagliato rapporto — se Mneste non s'incontrava con la nobildonna — di quel che a cena, a pranzo, alle terme, in camera da letto, il giovane Gemello aveva confabulato coi suoi precettori. Perché il ragazzo aveva un'indole estremamente malinconica e pareva che solo Mneste riuscisse a farlo sorridere. I cortigiani di Gemello erano stati costretti a pagarlo una somma enorme di sesterzi per poterlo avere tutto il giorno accanto al figlio di Druso minore; c'erano state proteste nei teatri maggiori di Roma dove il mimo era popolarissimo da vent'anni. Gemello amava soprattutto le parti in cui gli dei dell'Olimpo venivano rappresentati quando erano presi dalle stesse passioni degli uomini: Giove innamorato di Alcmena, Ercole che fila la lana della regina di Lidia in vesti femminili, Giunone che congiura con Atena ai danni di Paride indispettita per il giudizio del figlio di Priamo a favore di Venere:

— Ma prolunga, Mneste, ti prego, l'incertezza di Paride nel giudizio! Sei stato troppo veloce, questa volta; ieri avevi roteato gli occhi come una palla, col corpo tutto teso come un arco cidonio. Che c'è oggi che ti distragga tanto, mio caro Mneste? — rimproverava un pomeriggio il quindicenne figlio di Druso al mimo, durante una delle scene preferite. Aveva colto nel segno la distrazione di Mneste ma non capiva che era dovuta allo sforzo di ascoltare quel che aveva da raccontare al giovane principe, delle novità di Capri, il decurione Virginio Rufo appena giunto dall'isola. Era entrato nella stanza proprio mentre Mneste-Paride rivolgeva la sua prima lunga occhiata a Giunone; un momento di grande tensione psicologica che al mimo riusciva di solito benissimo. Dopo quella tenera, ammiccante, ambigua, lunghissima occhiata alle grazie della sposa di Giove, le due successive a Atena e a Venere modulate su quella potevano essere più brevi e sensuali in un crescendo di movimenti allusivi della punta della lingua mobile come una serpe fra le labbra e delle mani avide che carezzavano l'aria. Ma l'ingresso del decurione aveva sincopato lo sguardo rivolto all'immaginaria Giunone, trasformandolo e avvilendolo in un'occhiata quasi di scherno: due schiavi addetti alle mense non avevano saputo trattenere il riso.

Avvezzo ai sussurri dei suggeritori in teatro, Mneste aveva subito percepito:

" ... egli continua ad ascoltare ogni notte la figlia del poeta... giungono ambasciatori da Oriente... riceverà una delegazione di ebrei... ma riesce a lavorare di giorno dopo le veglie... forse una maga, sì, lo sospetta anche Trasillo... non ha contatti con Caligola, no, ma lo fa spiare... sotto tortura ha cantato uno schiavo... lo incontrava la notte a Capri... Trasillo e i medici non rilevano peggioramenti... sarà cosa lunga..."

Ce n'era abbastanza per una bella conversazione con Antonia il giorno dopo; ma che fatica continuare a corteggiare tre dee dell'Olimpo e spiare un erede dell'Impero romano troppo giovane. Avesse avuto una voce più alta, quel Virginio Rufo, come sempre non avrebbe deluso i suoi illustri spettatori, ma con quell'esile filo!

XIV

A Capri era giunta la nave che recava Giairo e la figlia
Ester. La snella liburna si cullava nelle acque tranquille del
piccolo porto, l'unica insenatura naturale che permettesse
un approdo, rivolta verso il golfo partenopeo. L'equipaggio
attendeva pigramente che da villa Jovis giungesse l'ordine
di lasciar salire l'ambasceria del popolo ebraico; ma nel
linguaggio ufficiale essa non figurava che come visita
d'omaggio dei sacerdoti di quella lontana provincia orientale divisa fra Erode Antipa, Archelao e Filippo figli di
Erode, negandosi al suo popolo vinto la possibilità di una
rappresentanza diversa da quella proconsolare romana. I
tre litigiosi e avidi figli di Erode il Grande governavano
come etnarchi, privi del titolo di re che né Augusto né
Tiberio avevano loro riconosciuto dopo che era morto il
primogenito di Erode, Antipatro.

Ester non si staccava dalla mano del padre mentre dal
ponte, ingombro di uomini e masserizie, guardava in alto la
ripida costa di quell'isola verde che aveva sognato nella sua
breve morte. Durante la lunga traversata, in vista di molte
altre isole, non s'era mai ingannata scambiandole per la
meta, come se il sogno del vecchio imperatore — da Giairo
ora sapeva chi era nella realtà il vecchio dalla corona d'oro
— la guidasse nella luce accecante del sole come l'aveva
condotta nelle tenebre. Una mattina aveva pregato suo
padre di lasciarle vedere e toccare la corona che recavano in
dono a nome di tutto il popolo d'Israele, quel misterioso
gioiello chiuso in una scatola di ebano e argento nella loro

cabina sottocoperta. Giairo aveva esitato prima di contentarla poi, verso il tramonto, s'era piegato intenerito da una domanda di Ester:

— Se la corona è troppo pesante potremo toglierne qualche foglia? Dev'essere molto stanco l'imperatore... — A quell'osservazione così disarmante di Ester aveva assentito che certo la corona dell'Impero romano doveva essere molto gravosa per un vecchio e aveva finalmente aperto lo scrigno. Avvolta in una preziosa seta azzurra era apparsa quella forma rotonda come una delle ciambelle di zenzero e mandorle di Gamala che a Ester piacevano più di ogni ghiottoneria. Giairo aveva fatto il gesto di svolgere la stoffa ma la mano sottile di Ester con una impaziente scioltezza di movimenti l'aveva preceduto: ad una ad una apparivano le foglie di un oro antico e purissimo, sottilmente incise nelle loro nervature e nei gambi, con le piccole sfere del frutto. Un orafo di Palmira, la ricca città della Siria, aveva lavorato al gioiello, trecento anni prima per il capo di Alessandro il Grande, avuto il privilegio di misurare di persona la corona al re macedone di passaggio dalla città in marcia verso l'India. Giairo guardava con una sorta di terrore quel cerchio d'oro che dava il potere di vita e di morte su tutti gli uomini che si affacciavano al vasto mare che ora sciaborda-va ai fianchi della nave. E ancora non riusciva a capire perché mai proprio a lui, il semplice rabbi di Gamala, doveva essere capitato in sorte di recare la corona di Alessandro a Tiberio. Ester sorrideva quasi riconoscesse il monile e lo trovasse divertente come uno dei giocattoli fantastici e rari che suo padre sapeva sempre inventare: con entrambe le mani lo sollevava e lo guardava con immenso interesse. Nel sogno aveva esattamente dodici foglie e sei frutti rotondi come le ciliegie; provò a contare, sì erano dodici foglie e sei frutti, proprio come nella sua visione. Si poteva togliere qualche foglia? Si doveva? Soppesò la corona, era leggera eppure... D'un tratto le parve quasi pungente, come se fra le foglie fossero spuntate delle spine e quel bell'ornamento di un vecchio sovrano diventasse lo sconcio copricapo di un pazzo. A Gamala facevano corone di sterpi e di spine per Mattatia, lo scemo del paese, quando volevano divertirsi alle sue spalle dopo averlo fatto bere tanto vino senz'acqua: era uno spettacolo crudele che Ester non aveva mai dimenticato. La bambina ebbe un brivido e quasi stava per lasciar cadere la corona se Giairo non fosse stato lesto a raccoglierla. Fu sollecito a fasciarla nuovamente nella seta e ad uscire all'aperto con Ester: pareva impallidita all'improvviso come se un'ombra l'avesse richiamata alla sua antica malattia. Le trecce nere apparivano ancora troppo lunghe e pesanti intorno al visetto cereo, il passo di nuovo incerto. Era stato in quel preciso momento che dall'albero della liburna un marinaio aveva avvistato la scura vetta del Solaro, il monte più alto di Capri.

Ora che erano arrivati e che da un giorno attendevano di sbarcare, Ester si mostrava assolutamente tranquilla, felice soltanto di essere rientrata nel suo sogno. Pareva già conoscere molti segreti dell'isola. Quando infatti verso sera comparve sul ponte della nave un uomo alto e vestito di nero che conosceva un poco la loro lingua, con una curiosa verga d'oro biforcuta fra le mani, Giairo s'accorse che Ester lo guardava sorridendo e gli rivolgeva la parola senza alcun imbarazzo:

— Sì, siamo proprio noi quelli che tu cerchi, Giairo e Ester. — A Trasillo la presentazione della piccola ebrea parve la chiave che apriva le ultime porte: la petulante mocciosa doveva essere l'oggetto dell'attesa invano dissimulata da Tiberio. Da giorni l'imperatore aveva avvertito di lasciare alla sua personale cura l'indagine su ogni nuova ambasceria, di non sottoporre ad interrogatorio nessuno che venisse da oriente a rendergli omaggio ma di portarlo direttamente da lui. Le dieci persone inviate dal Sinedrio gerosolimitano, nel giro d'un'ora, furono caricate a bordo di muli e somari per la salita al monte della villa. Ma la

143

curiosità di capire che razza di interessamento potesse nutrire Tiberio per quei due insignificanti ebrei non smetteva un istante di tormentare Trasillo. Giairo però, immediatamente consapevole della sua responsabilità di capo di quell'ambasceria, seppe tenere un contegno così austero e riservato da scoraggiare le abili e tortuose osservazioni dell'astrologo. Un odio tipico della sua fede per ogni tentativo di divinazione dei gentili lo portava a una spontanea ostilità nei confronti di quel romano di cui aveva subito capito il ruolo di astrologo dai simboli celesti dello zodiaco che recava come ciondoli della collana sul petto. A mano a mano che il corteo di muli e somari saliva, appariva agli occhi del padre e della figlia uno dei panorami più belli di quel vasto mare che avevano attraversato da Cesarea facendo scalo a Creta e a Siracusa soltanto. Giairo non perdeva di vista un momento la bambina che teneva davanti a sé sulla stessa sua sella. Volgeva il visetto mobile come il capo d'un uccellino di qua e di là, additando al padre un corimbo di fiori azzurri che non aveva mai visto a Gamala, i pretoriani nelle lucide loriche che brillavano al sole fermi nelle loro garitte, scelti fra i più prestanti romani per la guardia personale dell'imperatore. C'erano anche a Capri i bambini, e anche nell'isola che aveva sognato giocavano dove i grandi non occupavano con i loro rumorosi negozi gli spazi; a lungo si girò a guardare, mentre la cavalcatura già svoltava per seguire la curva del viottolo, il gruppo intento a saltellare su un pavimento di piastrelle che le ricordava il gioco della scacchiera a Gamala. Era proprio quel gioco? La conferma le venne dal padre che ne indovinava spesso i pensieri e conosceva la lingua dei romani:

— Sì, Ester, quei bambini si divertono a saltare sulle provincie dell'Impero come fai tu con i tuoi amici, nella piazza di Gamala, sui nomi della Galilea. Forse uno di quei nomi è il nostro paese...

Com'era lontana la loro casa. Per la prima volta Ester ne avvertì un'acuta nostalgia. Il mondo com'era grande eppure misteriosamente piccolo se pure qui i bambini si divertivano in un breve spazio a figurarlo intero. Da una delle case, piuttosto rare in quell'erta, ecco apparire una bambina per mano a un ragazzo, forse il fratello maggiore: con la mano libera stringeva al seno una bambola dai capelli rossi come quella che le aveva donato la zia Anna. Ester guardò subito verso la sacca appesa al fianco del cavallo dove l'aveva riposta: spuntava la macchia rossa dei capelli. S'incrociarono gli sguardi delle due bambine per un attimo l'una invidiando l'altra: com'era bella la cavalcatura che recava quella principessa dall'imperatore... com'era dolce essere a casa propria e andarsene col fratello a cercare le amiche...

Giairo ora si ripeteva per l'ennesima volta il discorso in latino più e più volte trascritto durante la navigazione; l'aveva corretto ormai in così numerosi passi da averlo mutato totalmente. La sua mente riteneva come modelli i luoghi della Bibbia dove profeti e sacerdoti si rivolgevano ai re d'Israele ma sentiva che occorrevano molte varianti: non era, quella imperiale, una potestà che avesse in comune coll'oratore alcunché all'infuori del vincolo di sovranità. Non era lui, Giairo, Samuele di fronte a Saul. A Cesarea era stato raggiunto da due suoi antichi compagni di studi della scuola del Tempio ministri del gran sacerdote Caifa venutisi a congratulare per l'altissimo onore. Erano stati entrambi a Roma al seguito di Erode Antipa e conoscevano la mentalità dei loro conquistatori: l'avevano messo a parte dello strano carattere di Tiberio, delle voci sui suoi terribili vizi e sulle sue crudeltà, dei misfatti che si diceva venissero commessi in suo nome anche tra i suoi familiari con la stessa ferocia che Erode il Grande aveva dimostrato con i propri. Il risultato era stato solo quello di spaventarlo e di farlo sentire più impreparato di quando era partito da Gamala. Ma mentre ricordava queste scaglie dei loro discorsi, salendo il monte, ormai quasi giunto al cospetto di colui che nella fantasia popolare della Palestina s'era trasformato in un mostro più orrendo di Behemot, cingendo Ester col braccio sinistro sentì ancora un'onda di protezione calda e rassicurante venirgli da quel corpicino. Era una figlia che proteggeva il padre su quella cavalcatura, non il padre la figlia. Lei, la bambina risalita dalla morte per invito del Signore, per recare al padrone del mondo un messaggio, aveva la forza che occorreva per superare le prove del padre, per vincere la sua ignoranza, la sua inesperienza, la sua semplicità. Agli occhi del Dio di Giairo tutto ciò che aveva valore e significato presso gli uomini veniva sovvertito: i bimbi avevano la potenza che mancava agli uomini e questi li chiamavano in sogno e nella veglia come Tiberio aveva chiamato Ester nel mondo dei morti e le aveva domandato aiuto. Due volte invitata a ritornare alla luce del sole, da colui che la rendeva odiosa ai vivi e da colui che l'aveva creata per i vivi, Ester non aveva potuto rifiutarsi ed era ritornata. Tutto aveva un fine in quella vicenda straordinaria e anche lui, Giairo, aveva uno scopo in quel disegno. Smise pertanto di ripetersi ancora a memoria il discorso per l'imperatore cingendo più forte Ester che gli strinse la mano. Si voltò a guardare verso il mare dalla parte di Pompei. Il cielo appariva di un azzurro terso meno carico di quello di Gamala. La leggerezza pareva la nota dominante di quel golfo nei colori che offriva alla vista, così variegati rispetto a quelli della sua Galilea: tre o quattro tonalità di celeste, di azzurro, di turchino nelle striature del mare dov'era visibile il gioco delle correnti, molteplici gradazioni di verde sfumate per le foschie di calore sui monti fino alla grave macchia scura del Vesuvio, il vulcano che mostrava alla sommità un bianco pennacchio di fumo. E dappertutto le macchie biancastre delle case sembravano sparse come pecore sui prati a quella distanza. Mai aveva visto Giairo tante case, Pompei era davvero una grande città avviata a un futuro di espansione; come Napoli appariva sfuggire alla capacità dell'occhio di abbracciarne tutto il perimetro in quella luce accecante.

146

— Papà, perché quel monte ha quella nuvola sulla cima?
— Ester domandava notizie del vulcano. E non fu facile
spiegarle che ci sono monti che fumano come bracieri e
riversano fuoco dalla cima.

Ma ecco che ormai il corteo appare in vista del corpo di
guardia imperiale. Quella piccola folla di soldati, schiavi e
funzionari segna che l'ingresso della villa di Tiberio, sulla
sommità del monte, è ormai raggiunto. Il luogo impervio
appare di un'inaccessibile bellezza, simile alla vetta del
Tabor in Galilea. Ora l'occhio può scorrere dalla parte di
Pompei come da quella della Sardegna con altrettanta
libertà. Non c'è più nessuno sopra di loro, solo il cielo. È
davvero un luogo di dominio e di potenza, la naturale sede
di chi è abituato a guardare sempre e comunque dall'alto.
Da quel momento tutto avviene con una velocità di riti e
procedure che paiono immergere Giairo in un sogno: prima
il breve colloquio di Trasillo col capo dei legionari romani,
poi il saluto dei centurioni, quindi l'arrivo dal giardino di
due cortigiani dalle fatue ed ambigue parlate che sfoderano
una dozzina di lingue prima di giungere ad esprimersi nella
lingua di Abramo. Quindi l'ingresso nel giardino tenendo
per mano la figlia, la vista di una coppia di pavoni azzurri
che colpiscono Ester a tal punto da arrestare per qualche
istante i due cortigiani chinati a spiegarle che sono animali
sacri e vengono dall'Egitto, da un verziere sacro al padre
degli dei, Zeus Ammone. Poi l'apparizione di due donne,
una dal viso seminascosto da una specie di velo trasparente,
l'altra occupata a parlarle fitto fitto all'orecchio additando i
nuovi venuti. La donna velata sorride a Ester come se la
riconoscesse. Ester sa chi è. L'ha vista in sogno accanto al
vecchio imperatore, non ne conosce il nome di Cornelia
Lucina ma sa che è lei. Ecco comparire il candido portico a
colonne ioniche della villa. Sulla porta, vicino a un grande
braciere, sta un uomo dal capo coperto, un sacerdote
romano evidentemente, che brucia grani d'incenso e sussur-

ra preghiere rivolto alla statua marmorea di un uomo dal capo incoronato.

— Papà, guarda! è quello l'imperatore? Ha la stessa corona che gli portiamo noi, ma non gli somiglia. — Infatti non è Tiberio, pensa Giairo, dev'essere Giulio Cesare.

Ester pare eccitata, contenta, per nulla intimidita. Ora la penombra è profonda, all'interno le stanze della villa immergono i visitatori in un'atmosfera raccolta e silenziosa. Le voci dei cortigiani sono basse, i servi paiono scivolare tra le pareti come ombre, non molto dissimili dalle figure dipinte negli affreschi. La luce sembra diminuire a mano a mano che, guidati da Trasillo, i membri dell'ambasceria giudea penetrano sempre più nel cuore della casa. Occorre abituare la vista; Ester, come se fosse già stata in quelle camere, con la vista di un gatto procede speditamente come se fosse lei ancora una volta a guidare i passi incerti del padre. Arrivati, dopo un dedalo di stanze di fronte a una piccola porta, appena visibile nel fondo di quella penombra ormai fattasi buio, Ester si ferma e dice a voce alta:

— Siamo arrivati, padre — Tutti s'arrestano. Trasillo si domanda, volgendosi a guardare stizzito la mocciosa ebrea, come faccia a sapere.

Giairo ora è certo che oltre la piccola porta, così insignificante, così banale, così simile a tante varcate nella sua vita a Gamala, a Gerusalemme, ad Alessandria d'Egitto, sta Cesare. Apre con dita tremanti la grande borsa di cuoio a tracolla e prende l'astuccio d'ebano e argento che contiene la corona dalle foglie d'oro, che fu di Alessandro Magno.

Qualcuno del corteo bussa. Passano lunghi minuti di attesa. Giairo guarda lo scrigno della corona e l'uscio chiuso: fra breve, pensa, entrambi dovranno aprirsi.

Finalmente una mano invisibile spalanca i due battenti e un'onda di luce piove addosso ai visitatori ebrei che varcano la soglia. È una luce così accecante rispetto alla penombra della villa che per qualche momento nessuno riesce a tenere gli occhi aperti, a fissare i contorni delle cose.

Quando Giairo riuscirà a riaprirli si renderà conto che in mezzo alla vasta sala, tutta circondata da un portico spalancato su giardini di oleandri, sta su una sedia d'avorio Tiberio e che sua figlia Ester è seduta sulle sue ginocchia. Non lontana da Tiberio e da Ester ecco di nuovo la dama velata incontrata nei giardini prospicienti la villa. Tutti i dieci componenti dell'ambasceria si prosternano secondo il costume orientale davanti a Cesare. Anche Giairo si china fino a toccare con la fronte il pavimento. Nessuno parla per qualche minuto, s'ode soltanto una voce roca e senile che chiede in latino se il viaggio è stato faticoso, se tutto è andato bene, se si sente stanca e abbia voglia di mangiare ciliegie e bere del succo di limoni. È ad Ester che Tiberio rivolge quelle semplici e affettuose domande, incurante degli astanti. Giairo ode la voce di sua figlia che risponde in aramaico che sta bene, che non ha fame ma sete e che vuole subito però dargli il dono che gli hanno portato da Gamala. Tiberio chiede alla donna velata se è quella la lingua di Jeshua. Ora Giairo rialza il capo, come punto da un insetto e spia. Vede la donna rispondere gravemente col capo di sì, Tiberio accarezzare Ester continuando le sue domande in latino cui Ester puntualmente risponde nel dialetto della sua terra tradotto da Cornelia.

Ora Giairo china nuovamente la fronte ma non per adorare l'imperatore. Ha il volto rigato di lacrime travolto da quello che ha visto e che supera il sogno di Ester. Egli adora la potenza del suo Dio che l'ha voluto testimone di un prodigio così grande, egli sente di nuovo la voce di Jeshua evocata dalla stessa domanda di Tiberio: "Ester vorrà ritornare dov'era, tu assecondala, accompagnala, sono io che la mando a colui che vuole un segno d'amore da me". Finalmente Tiberio si degna di rivolgersi a lui:

— Ester mi fa capire che avete un dono per me, non dobbiamo farle attendere troppo il piacere di offrirlo. Vuoi porgerglielo tu, che devi essere suo padre?

E Giairo si alza salendo i gradini verso Tiberio per porgere a Ester, sempre accoccolata sulle sue ginocchia, la scatola d'ebano. Ester l'apre mentre Giairo ridiscende. Tiberio sorride e si lascia persino andare ad un'esclamazione di meraviglia che ha qualcosa d'infantile. Com'è simile al nonno Anania, pensa Ester, ricordando l'espressione dell'avo quando gli porgeva la ciambella allo zenzero e mandorle per la sua festa. Ora stanno tutti in piedi nella sala invitati a rialzarsi da Tiberio con un rapido cenno della mano, amplificato da Trasillo. E tutti possono vedere la scena della bambina ebrea Ester, appena arrivata dopo un lungo viaggio per mare dal suo villaggio di Giudea, che pone sul capo canuto dell'imperatore romano la corona di foglie d'oro che il suo popolo ha inviato in dono a Cesare.

— Ti punge? Vuoi che togliamo qualche foglia? — domanda premurosa Ester. E aggiunge: — Spine non ce ne sono, sai... — E Tiberio ride e se la stringe commosso al petto. Mentre i cortigiani di Tiberio intrattengono i suoi dieci compagni, in disparte Giairo osserva la donna che si è svelata e mostra un viso dolcissimo volgendo gli occhi più volte dalla bambina a lui. E gli sembra che la donna sorridendo lo incoraggi a parlare, anche se è assurdo perché non c'è nessuna ragione che lui le parli. Quasi senza avvedersene Giairo sale ancora i gradini fino ad arrivarle vicino.

XV

— Descrivimelo almeno un poco, l'avrai pur visto, Drusilla, nel tuo letto...

— Non tormentarmi, Caligola! Quell'uomo è una statua di pietra per me, lo vedo soltanto a certi pranzi ufficiali, nelle cerimonie pubbliche, i giorni anniversari delle nascite, qualche volta a teatro, se prendiamo posto nella tribuna di Cesare.

Caligola affliggeva la sua Drusilla con le consuete domande sul vecchio senatore che la sorella aveva appena sposato. Erano passati solo pochi mesi da quando s'erano rivisti dopo anni di separazione e contemplandosi in uno specchio avevano ceduto alla proibita attrazione e s'erano amati. Ora sembrava che tutte le distruttive energie del figlio di Germanico fossero assorbite da questa nuova avventura, il cui carattere illecito dava un insperato sapore di desiderio alla prospettiva di diventare imperatore, non foss'altro per la possibilità di sfidare il costume e la legge. Ma, consapevole della delicatezza di quella fase di trapasso ancora non definita del potere imperiale, con un Tiberio ben vivo e vegeto a Capri, e un rivale sostenuto da un valido testamento legale come il cugino Gemello, Caligola celava quanto poteva i suoi convegni amorosi. Era stata la nonna Antonia ad esortarlo a non rovinare la sottile tela di rapporti che stava tessendo con chi anche nelle legioni pareva sempre più deciso a togliere di scena il vecchio misantropo di Capri:

— Tu ignori che in certe legioni del Norico sei già stato

151

acclamato imperatore e si è giurato nel tuo nome attendendo il segnale della rivolta — aveva sibilato una notte scoprendolo di ritorno dalla casa di Drusilla — non guastarmi l'opera ancor prima di iniziarla, Caligola, che nessuno sappia di te e di tua sorella, dimenticala se vorrai avere il potere!

— Mai, nonna, non potrò mai dimenticarla...

— E allora devi comandare a te stesso, se vorrai un giorno comandare i romani, di impedire a qualsiasi essere vivente di sapere di te e di tua sorella. Le turpitudini che non si vengono a conoscere non esistono — aveva aggiunto con foga Antonia, cominciando a sottrarre a Caligola con questa clausola il primo movente della sua passione, lo scandalo. Ma lui capiva che la nonna aveva ragione. Suo cugino avrebbe avuto il favore di tutto il senato, soprattutto nella sua ala più conservatrice, se si fosse propalata la diceria di quel legame incestuoso dell'erede. E col potere Caligola sapeva che avrebbe perduto anche la vita, com'era successo al povero Agrippa Postumo, quando Tiberio aveva ereditato l'Impero da solo.

Il giorno dopo l'irriducibile figlia di Marco Antonio aveva voluto parlare con la nipote e s'era recata a casa di Quinto Attico per rimanere a quattr'occhi con lei.

— Drusilla, so di te e di Caligola. Ti chiedo soltanto di salvarlo se davvero gli vuoi bene!

— Perché mai? Che pericolo corre? — rispose turbata la giovane senza smettere di sistemare digitali e mimose in un'anfora di alabastro di Volterra.

— Se si diffonde la voce perderà non solo il trono ma anche l'aria che respira e tu questi bei fiori andrai a portarli sulla sua urna. Gli uomini di Tiberio Gemello non aspettano altro che poter dimostrare questa nuova mostruosità nel sangue di mio figlio Germanico per vincere la loro partita.

Era fin troppo vero quel che Antonia asseriva. Drusilla da giorni rifletteva sulle conseguenze politiche della loro follia e da sola era giunta alle stesse considerazioni nonostante cercasse in mille modi di confutarle.

— Ma quale espediente potrei escogitare, nonna? Dimmelo e lo adotterò.

— Drusilla, vattene il più lontano possibile da Roma col pretesto d'una malattia e torna solo dopo che avrai messo al mondo un figlio... lo nasconderò io stessa... — sussurrò Antonia. E in quella frase sbuccinata come una maledizione s'illuminò a Drusilla l'immagine di tutto il male che quella vecchia aveva saputo opporre alla somma di mali ch'era stata la sua lunga vita; e le pareva che un fetore nauseabondo venisse da quella bocca che non s'era mai stancata di porre riparo alle devastazioni del potere con altri orrori, suggerendo a tanti ch'erano già nell'Averno atroci rimedi come quello. Le vennero le lacrime agli occhi al pensiero di Caligola, solo, in balìa di quella strega, abbandonato nelle stanze del palazzo sul Palatino, in attesa che qualche spada di congiurato s'affilasse bene per affondare nelle sue carni.

— Ma Caligola mi seguirà, non mi lascerà andare.

— No, lo terrò fermo io, se tu i primi tempi lo blandirai con qualche lettera, con la promessa di far presto ritorno dal luogo dove ti starai curando... — e Antonia pensava che se fosse stato necessario sarebbe ricorsa anche a chiamare a corte lo schiavo greco che sapeva aver affascinato Caligola a Capri. Avrebbe usato anche quell'arma provvisoria pur di distogliere subito Caligola da Drusilla. Poi avrebbe saputo come sbarazzarsi anche dello schiavo: era molto facile.

Ancora a quel tremendo colloquio con Antonia ritornava il pensiero di Drusilla fra le braccia di Caligola, dopo che aveva domandato di descrivergli Quinto Attico, il vecchio marito.

— Non ne posso più, Drusilla, di stare lontano da te e di considerare, quando tu sei lontana, che se tu fossi morente io non lo saprei, continuerei ignaro a fare le cose stupide che inghiottono la mia giornata sempre — Caligola s'era riverso sul fianco con la faccia affondata sui cuscini in uno dei frequenti attacchi di malinconia che glielo rendevano così caro e le ricordavano le mille paure che da bambino aveva patito quando era lei a fargli coraggio al buio, di notte, se il temporale li destava nel sonno. Reclinato com'era con la bella testa bionda all'ingiù ora suo fratello le pareva così fragile e femminile, la lunga schiena sottile appena arcuata, la linea morbida dei fianchi e dei pallidi glutei appena rilevata sul bianco delle lenzuola. Dalla voliera nella stanza veniva il singhiozzo delle sue giovani tortore. Accanto, nella sua gabbia, la gazza protestava col suo sproloquiare invadente sovrapposto al più timido verso delle tortore: presto avrebbe dovuto liberarla. Nell'acquario i pesci viola e dorati, che le erano stati portati in dono dall'Arabia, volteggiavano rifacendo la stessa strada che avevano percorsa infinite volte insieme in quel loro mare simulato fra coralli e rocce in miniatura. I suoi animali prediletti erano lì con lei, arresi alla sua necessità di amarli e viziarli. Se tutto avesse potuto fermarsi come in quell'ora del meriggio e la santità della noia di quell'ora avesse potuto porre i sigilli su tutte le forme! Dallo specchio d'oro nel quale s'erano contemplati il giorno in cui Caligola era tornato, vedeva le loro forme distese sfiorarsi. Erano quasi le stesse ma lo specchio non ingannava la diversità dei loro destini. Dalla cesta accanto alla finestra della stanza vicina giungevano i miagolii dei micini che la sua gatta aveva partorito da una settimana. Mai dal loro amore avrebbe potuto nascere altra vita come da quella gatta. Sua nonna, che aveva intuito il suo forte ruolo materno nei confronti di Caligola, le aveva consigliato di andarsene e di fare un figlio per allontanare da sé definitivamente il mostruoso fratello. Ma da quale uomo lei poteva desiderare un figlio? Già aveva udito i primi progetti di matrimonio ufficiale per il futuro Cesare: si parlava di Giulia Claudilla, di una grande famiglia senatoria, una sua coetanea educata dagli stessi maestri. Non l'avrebbe sopportato, piuttosto morta che vedere quella

154

creatura smorfiosa, la più vanitosa e inutile femmina di Roma, sposa consacrata del suo Caligola. Suo fratello era pazzo ma una luce splendeva nella sua follia, quel suo amore ripiegato su se stesso, sulla propria immagine infantile, sulla memoria di quel che era stata l'età felice, l'innocenza: lei. Nessuno avrebbe potuto spegnere la luce che lo tratteneva dal precipitare nelle tenebre. Antonia non poteva sapere che senza Drusilla il suo potere sarebbe durato ben poco; la follia che doveva venirgli dal sangue di Giulia, la figlia di Augusto, l'avrebbe travolto fornendo armi e nemici ancora più temibili del povero Gemello per eliminarlo. Caligola avrebbe potuto reggere l'Impero solo fin tanto che la sua ombra, il suo doppio, avesse potuto accogliere nel proprio grembo tutta la sua infelicità.

Quella notte, che avevano trascorsa insieme, lui le aveva descritto i fantasmi più neri della sua mente; su tutti dominava l'eroica figura del loro padre che colla spada lo minacciava. Ma uno l'aveva particolarmente atterrita perché vi ravvedeva l'allusione più forte alla sua folle necessità di scindersi in due: era il fantasma dei Dioscuri, i figli di Elena avuti da Tindaro e da Giove, i due gemelli che a Roma avevano un tempio vicino alla Curia, uno dei più venerati della città.

— Quel tempio, Drusilla, diverrà il vestibolo del mio palazzo quando sarò imperatore.

— E perché mai?

— I romani devono sapere che nella mia casa il fratello terreno, Castore, regna insieme a quello divino, Polluce, come noi due — Drusilla l'aveva ascoltato senza commentare, senza opporre la necessità di non propalare invece quel legame evitando un grave errore. Ma il mito diceva che i gemelli, per non dividersi mai, a causa della loro diversa natura s'erano piegati all'offerta di Zeus di stare un giorno all'Erebo e uno sull'Olimpo. Forse di là veniva la forza di sciogliere l'enigma del loro destino, da quel mito dove l'amore sopravvive alla morte, anzi se ne nutre.

"Vattene il più lontano possibile col pretesto d'una malattia e ritorna solo dopo che avrai messo al mondo un figlio..." aveva detto la nonna Antonia; certo era un consiglio prezioso ma da non seguire nel modo in cui la vecchia avrebbe voluto, c'erano altre maniere d'intenderlo e di giovarsene, se si aveva coraggio di guardare oltre la vita, là dove gli dei prima di diventare immortali avevano lanciato lo sguardo. Perché l'Olimpo altro non era che un luogo della memoria sacro a tutti gli sventurati che s'erano alternati a soffrire sulla terra prima di essere divinizzati dalla fama guadagnata forse nello stesso modo in cui lei si accingeva a meritarsela: a prezzo della vita, spesso, e per amore. Queste idee le aveva inculcato il suo più amato maestro, il discepolo di Evemero Teodoreto il tessalico. Sì, la sorella di Caligola, la sorella più amata della storia di Roma, se ne sarebbe andata lontano con un pretesto, ma prima avrebbe preparato al suo viaggio verso il paese dal quale nessuno fa ritorno l'essere che amava, l'avrebbe abituato al suo amore fattosi protezione invisibile ed attesa. E il figlio, l'orfano che l'avrebbe sempre amata felice di raggiungerla quando la spada dei congiurati non avesse sbagliato bersaglio, sarebbe stato il suo amante-fratello.

La mattina seguente, dileguatosi il fratello alle prime luci dell'alba, Drusilla sapeva già come agire. Dato ordine di preparare una scorta per la sua carrozza uscì di casa, sull'Esquilino, che il sole era già molto alto e la città ferveva della grande animazione di una tranquilla giornata di lavoro. Pur calate le cortine a Drusilla giungeva il vasto e accattivante rumore della vita: le grida dei banditori, gli inviti dei venditori, le imprecazioni di quanti arretravano davanti al suo convoglio preceduto da due schiavi che intimavano di fare largo alla figlia di Germanico Claudia Drusilla. Dai banchi di un mercato un uomo, con allusione maliziosa, invitava le donne ad assaggiare le pere spadone del suo orto; altrove offrivano il vino di Frascati che faceva dimenticare tutti i mali di Roma; da un'altra parte una donna decantava il suo pesce appena pescato, rubato alla mensa di Cesare. Si udivano nacchere, cembali, flauti e trombe, scalpitìo di cavalli, rotolare di bighe. Com'era viva e tumultuosa la sua Roma. Non ricordava nella sua infanzia né Antiochia, né Damasco, né Alessandria d'Egitto, dov'era stata coi suoi genitori insieme a Caligola, così piene d'animazione. Così dolce era respirare l'aria condivisa da tanti esseri incalzati da progetti, desideri, brame da soddisfare; che rimaneva dell'esistenza senza la voglia di viverla, lasciandosi illudere dai suoi bisogni? Ora che lei iniziava a pensare di liberarsene, dietro quelle cortine abbassate, per un attimo se la sentiva tutta cadere addosso la valanga dei desideri e dei piaceri che l'avevano catturata per gli anni della sua breve vita senza farsi mai apprezzare quanto in quel momento. Diede ordine di raggiungere per prima cosa il Foro dov'era il tempio dei Dioscuri che avevano salvato Roma nella battaglia contro Tarquinio il Superbo del lago Regillo. S'era portata dietro il libro di Catullo degli amori di Lesbia, quelle brevi poesie che a lungo le avevano fatto compagnia negli ultimi mesi. Cercava di concentrarsi e rileggere il dramma della passione di Valerio Catullo per Lesbia, "colei che fiaccava le reni di tutti i romani". Lei sapeva quale tentativo disperato volesse celare quella passione mostruosa di Lesbia per tanti uomini. Dal corno opposto della sua rinuncia per amore veniva quell'unica possibilità di annegare nei sensi la protesta contro la morte che le donne belle, troppo innamorate della propria bellezza come lei, potevano gridare osservando nello specchio la carne, che doveva appassire. Ma le scosse sempre più frequenti della carrozza impedivano di scandire gli esametri di Catullo deviando i pensieri ancora una volta verso il viso di Caligola, il volto gemello. Il cocchiere Furio l'avvertiva che si era giunti al tempio di Castore e Polluce. Discese rapida, avvolta nel peplo fino agli occhi per non farsi riconoscere, intimando agli schiavi di attendere con il veicolo un po' discosto dal tempio. Salì i gradini, entrò nel pronao, spinse la porta di bronzo. Nella semioscurità le apparvero le statue d'oro dei gemelli divini. S'inginocchiò a domandare a quelle forme del destino di adempiere davvero tutta la loro forza tragica e vittoriosa, di proteggere l'amore che stava per inoltrarsi oltre la vita, di guardare in veste di invisibili tutori i due fratelli romani che rinnovavano la passione dei figli di Elena:

"Pietà di noi, o dèi, che già una volta avete salvato me e Caligola in mare dalla tempesta". Ricordava infatti i magici fuochi apparsi sulle sartie, mentre infuriavano i venti sulla nave in rotta verso l'Italia dalla Siria, ad annunciare che la tempesta era finita, a mostrare le stelle nel cielo che si apriva, a dire che la vita era salva; quei fuochi che da sempre ai naviganti denunciavano la benefica presenza divina dei due gemelli.

Uscì dal tempio asciugandosi le guance bagnate di lacrime, salì rapida in carrozza dando a Furio l'indirizzo di Labeone, il medico di fiducia che abitava sul Tevere, a qualche miglio da Roma, verso il mare. L'avrebbe certamente accontentata, lo sapeva follemente preso da lei, fino al punto di tremare e sudare appena la sfiorava per le visite cui periodicamente si sottoponeva nel terrore di ereditare il male di petto della madre. Era l'uomo più brutto di Roma, il sessantenne Labeone, come amabilmente era solito affermare scherzando egli stesso: grasso e rotondo, piuttosto basso, con le lunghe orecchie che i pochi capelli a corona sul capo tentavano invano di celare e i grossi piedoni artritici che parevano inciampare dappertutto, incapaci di calzare sandali, sempre nudi. Ma gli occhi sembravano trapassare molti muri e carpire il segreto del corpo e dell'anima. Ed erano così belli ed intelligenti da parer appartenere a un altro Labeone, quello che si favoleggiava avesse amanti fra le più belle matrone della sua scelta clientela. Negli ultimi anni il medico, che veniva dalla Libia e aveva mantenuto uno snobismo provinciale nella sua brama di elevarsi fino ai più alti vertici della scala sociale, s'era quasi ritirato dalla professione limitandosi ormai a curare solo la famiglia di Tiberio rimasta a Roma. Ma Drusilla, che l'aveva sempre avuto in simpatia soprattutto per il comune amore degli animali — suo era il dono della gazza e dei pesci — e che si compiaceva della sua senile passione, stuzzicandolo e provocandolo a parlare della moglie ideale che ancora non si decideva a cercare, sapeva ch'egli s'era ritirato presto dalla professione per dedicarsi alla sua ricerca dei veleni più utili a procurare i tipi di morte che occorressero a chi voleva andarsene decidendo lo stile e i tempi del trapasso come l'estrema libertà dell'intelligenza. Antonia, che conosceva bene la sua strana passione per i veleni, non l'amava e appena se lo vedeva attorno convocato da Drusilla, comandava di menarlo lontano, nell'ala più appartata del palazzo dove la nipote potesse intrattenerlo senza infliggerle la sofferenza della sua presenza. Nell'ultimo incontro Drusilla aveva saputo che, caduto il re dell'Adiabane, il medico di quella corte, che era un libico suo concittadino, gli aveva offerto per una cifra di favore tutta la collezione di veleni di quel sovrano che durante la sua lunga vita s'era più dedicato a quella raccolta che al governo del proprio paese. Spesso aveva somministrato i suoi campioni più rari e preziosi personalmente ai prigionieri di stato e ai delinquenti — che amava definire "martiri della scienza" — per osservarne e studiarne implacabilmente gli effetti e il decorso. I suoi quaderni d'osservazione, mostrati a Drusilla in un momento della loro conversazione, erano un vero trattato di medicina e di farmacia ed egli aveva la fortuna di possederli insieme ai veleni studiati. Si ricordava che, fra quelli di cui le aveva parlato quella volta Labeone, ce n'era uno ch'era stato usato per liquidare il rivale del re, ostaggio a Roma del senato che lo tratteneva coll'intento di sostituirlo al momento opportuno sul trono dell'Adiabene al rescienziato che oscillava nelle alleanze fra Roma e i Parti. Quel veleno era una farina che si ricavava da un tubero sulle montagne più alte del mondo, in India, e si poteva cospargere come una polverina impalpabile su tutte le pietanze senza che se ne avvertisse il sapore: agiva intossicando l'organismo con l'estrema lentezza desiderata da chi voleva che la morte giungesse come una malattia che non s'annunciasse subito grave, scivolando pian piano fra le abitudini di un uomo sano come una specie d'impercettibile febbre mimetizzandosi sapientemente nella sua salute. Così il giovane principe dell'Adiabene, che attendeva a Roma l'occasione di ritornare in patria come nuovo re, era stato lentamente fatto morire da chi segretamente gli somministrava la polvere per ordine del re, in circa due anni. E nessuno s'era mai allarmato per la sua periodica debolezza, nemmeno fra i suoi familiari, attribuendola essi non a una malattia ma a un passeggero affaticamento che col tempo di certo sarebbe scomparso. Quando era stato trovato morto, una mattina nel suo letto, nessuno aveva collegato quella repentina scomparsa all'estenuazione che ogni tanto faceva scherzare gli amici inclini a collegarla alle sue fatiche amorose.

— Due o tre anni mi basteranno — si diceva Drusilla mentre la vettura giungeva alla villa sul Tevere di Labeone — il tempo di far morire Tiberio, far succedere Caligola e abituarlo gradualmente alla mia lontananza, se i Dioscuri mi aiuteranno...

Labeone mostrò subito la sua felicità di vedere la figlia di Germanico, col copioso sudore del volto e del collo e la mano tremante sui papiri dove stava ricopiando alcune ricette. Si ritirò con Drusilla nella stanza più tranquilla della casa, lo studio, dove sapeva che la sua adorata principessa amava guardare gli animali ch'egli teneva in gabbia.

— Scommetto che Claudia Drusilla questa volta vuole sapere da me se è in grado di mettere al mondo dei figli, magari due bei gemelli! Io saprei come aiutarti, la vecchiezza del marito non è un problema... — disse Labeone con un largo sorriso non appena furono soli nello studio. Drusilla

160

abbassò gli occhi senza rispondere. Per un istante sentì vacillare la sua eroica fermezza. Dei figli... Sua madre li aveva avuti. Anche sua nonna. Chissà che emozione doveva provare una donna portando una vita in grembo? Rivide a casa sua, nella sua camera la cesta di Iole, la gatta, coi micini da cui non s'allontanava mai. Eppure figlioletti erano stati anche lei e Caligola per diventare due mostri. No. Nascere figli non esenta dal diventare uomini come tutti gli abitanti della terra: come questo sudicio libertino che mi spoglia con gli occhi. Pure la fiera determinazione di Drusilla, venuta a chiedere la morte a chi invece contro ogni aspettativa le offriva la vita, subiva una specie di indugio. Prese tempo, la smarrita figlia di Germanico, prima di rivelare il motivo della sua visita eludendo l'offerta di Labeone. Si piegò a guardare le gabbie coi topolini roditori, i tassi, gli istrici, i maialini selvatici, tutti i nuovi animali giunti dalla Sardegna. Lasciava che il pensiero corresse su quelle forme animali che vivevano le prime giornate di cattività, conciliandosi a poco a poco nuovamente con la propria innaturale richiesta guardando quegli esseri costretti a una vita contro natura.

— Labeone, ti ricordi quel veleno così discreto che viene dall'India, che fu usato per far lentamente morire il pretendente dell'Adiabene? — Drusilla s'era alzata di scatto davanti alle ultime gabbie, quelle dei serpenti.

— Forse... — rispose mutando tono il medico.

— Me ne occorre una quantità sufficiente a far sparire qualcuno nello stesso modo, in due anni o poco più. Ma tu non pormi domande. Dammelo e basta, se mi sei amico.

— Drusilla, non occorre che tu mi raccomandi nulla. Eccoti quello che mi hai chiesto — e Labeone si spostava per raggiungere uno stipo di legno chiaro allungando le mani verso una grande scatola verde che consegnava a Drusilla.

— Ce n'è dentro quanto basta per una cura di due anni e mezzo. Bada però che se si tratta d'una donna, il tossico che

161

la renderà sterile compierà il suo maleficio in un tempo minore, forse due anni.

Drusilla prese con un gesto fulmineo la scatola verde sorridendo a Labeone per ringraziarlo; ma quegli occhi bellissimi del libico, che parevano non temere muri né segreti, la fissavano come mai l'avevano guardata, con un'espressione così accorata e commossa da rubarle una seconda volta un poco della determinazione eroica che l'aveva condotta fin lì. Gli tese la mano perché la baciasse e la liberasse dal suo sguardo. E il medico di Libia chinò il viso sudato per baciare la mano della sua adorata principessa.

XVI

Quando Tiberio aveva ascoltato il desiderio del popolo ebreo, per bocca di Giairo, che la Bibbia non venisse trascritta in una lingua diversa da quella in cui il suo Dio l'aveva ispirata nella parola viva dei suoi profeti, s'era voltato a guardare Cornelia Lucina con un'ombra di compiacimento. Giairo rimase confuso più da quello sguardo d'intesa che dal timore d'incespicare in qualche errore del suo latino. Ester, che Tiberio aveva voluto presente in quei giorni a ogni udienza, se ne stava seduta su una piccola panca vicina al vecchio imperatore e non pareva nemmeno più una bambina, ma un idolo, tanto era immobile, intenta a non perdere una sola battuta di quello che avevano da dirsi suo padre e l'imperatore romano. Chissà perché le tornavano in mente le sue tre amiche più care, Miriam, Salomè e Micòl, con le loro bambole e il vestito cucito dalla madre di Miriam, che sapeva tagliare le stoffe come nessun'altra donna del paese. Le avrebbero mai creduto quando fosse ritornata a Gamala a raccontare che lei era stata sulle ginocchia di Tiberio come su quelle del nonno Anania? Erano passati alcuni giorni dall'arrivo a villa Jovis. A lungo Tiberio aveva voluto ascoltare Ester narrare del suo sogno; e ancora non c'era stato bisogno di interpreti, la bambina ebrea aveva dato al sogno il sigillo della verità additando quel che era nella stanza dietro le tende, nel giardino oltre il portico, descrivendo gli affreschi, aprendo sicura la cassetta dov'era lo scorpione di giada che Tiberio nella visione aveva appeso alla collana.

Per un'istintiva cautela nei confronti di quel piccolo essere toccato da esperienze così straordinarie, Tiberio non aveva voluto in presenza di Ester parlare di colui che l'aveva risvegliata dai morti. Cornelia Lucina aveva approvato quella reticenza durante la prima udienza e gli aveva raccomandato di non parlare ancora di Jeshua, almeno per qualche giorno, davanti alla bambina. Ma parlando in latino con Giairo le domande di Tiberio erano state tante, tutte ugualmente mosse da una curiosità piena di timori e simpatia, come se Tiberio, con le sue indagini su Jeshua, stesse raccogliendo le prove che gli occorrevano a dimostrare qualcosa che già aveva in mente. E fu dall'imperatore che Giairo apprese con costernazione della morte di Jeshua.

Giairo non capiva il potere che aveva sul vecchio imperatore la donna che gli stava vicino. Percepiva l'ostilità della corte verso di lei, soprattutto dell'astrologo Trasillo. Ricordava le descrizioni della corte imperiale fatte dai suoi due amici di Gerusalemme ministri del gran sacerdote, quell'atmosfera cupa d'intrighi e complotti, ma non riusciva a trovare nel campionario di varia umanità che i due gli avevano dipinto, tutto ugualmente corrotto per un figlio d'Israele, una figura corrispondente a quella bella donna. Chi era mai quell'affascinante consigliera di Tiberio? Pure d'istinto continuava a sentire in lei ardere una forza benefica quasi amorosa: quell'essere aveva per un attimo tradito un palpito di gioia quando aveva udito la sua richiesta a Tiberio di non trascrivere in latino la Bibbia. E lo sguardo corso fra i due, così compiaciuto, non gli era parso di scoraggiamento.

A Giairo era riservata a villa Jovis una stanza, non lontana da quelle dei suoi compagni ebrei, a strapiombo sul mare. Accanto alla finestra che s'apriva su un balcone a guardare quel mare da cui erano venuti e sul quale Giairo sognava di fare presto ritorno alla sua Gamala, stavano i letti del padre e della figlia. Una sera d'estate molto calda, con le cicale che cantavano senza accennare a smorzare il loro fervore nonostante il crepuscolo ormai inoltrato, Giairo raccontava ad Ester, per divertirla e insegnarle le Scritture, la storia che più l'ossessionava da quando cercava di capire chi fosse veramente Cornelia Lucina, quella donna che cominciava a turbarlo: la storia di colei che aveva lo stesso nome di sua figlia, Ester, la silenziosa protettrice degli ebrei regina d'Assiria. Pareva a Giairo, mentre narrava, d'intendere perché l'avesse scelta: Ester di Assuero era forse la stessa benefica forza che ardeva accanto a Tiberio negli occhi bellissimi di Cornelia Lucina. Entrambi trattennero il fiato quando bussò alla porta una mano leggera ed apparve l'alta figura bianca della donna.

— Come sei bella... — le diceva Ester, abituata a vedere nelle coincidenze più inaspettate un nesso naturale. E la guardava come se Cornelia le evocasse, da qualche lontana regione della memoria, una figura alta e dolce che aveva appena intravista e presto rimossa: quella della madre Rut. Cornelia rimase silenziosa a sorridere carezzando la bambina, timorosa di violare un'intimità fra padre e figlia che quell'esclamazione non pareva per nulla alterare. Che cosa mai si stavano raccontando accanto alla finestra, mentre dal monte giungevano i primi canti dei grilli ancora confusi a quelli delle cicale? Gli occhi sgranati di Ester parevano averla scambiata per uno dei fantasmi evocati dalla storia che Giairo le stava spiegando, come se la sua apparizione fosse proprio il coronamento della favola. Ma negli occhi della bambina man mano che il suo sguardo si fissava su di lei, Cornelia avvertiva anche un'ombra di tenerezza, come se un'immagine più familiare eppure lontana si fosse sovrapposta a quel fantasma. Giairo sentì di dover rompere l'imbarazzante silenzio offrendo alla visitatrice un sedile. Cornelia sedette e subito si rivolse a Giairo:

— Cercherò di aiutarvi a ottenere quello che avete chiesto, anche se non sarà facile a una donna. Anch'io, in un certo senso, ho domandato all'imperatore la grazia che avete implorato voi a nome del vostro popolo. — E Cornelia si mise a esporre brevemente la vicenda del padre e del suo poema su Jeshua distrutto per ordine di Augusto.

— Tiberio dunque sapeva di noi come noi sapevamo di lui? — domandò con un soffio di voce Giairo, guardando con apprensione Ester, ignara di quel che le concerneva nelle parole di Cornelia che non parlava aramaico con suo padre ma latino.

— Io stessa gli avevo recitato la parte che si riferiva a voi ed egli vi attendeva con ansia — poi Cornelia si volse a Ester sempre carezzandola e prendendole una mano nella sua le disse nella lingua che la bambina conosceva:

— Sei sicura, Ester, d'aver ricordato proprio tutto quel che vedesti in sogno? Dunque c'eravamo io e l'imperatore nella stanza che dava sul giardino, i limoni, gli aranci, gli oleandri, gli oggetti che hai toccato ad uno ad uno... e poi? Nessun altro? Nessuna parola ricordi di aver udito in sogno? Detta da te o da noi, non importa... — e gli occhi neri della donna fissavano Ester come volessero aiutarla a rammentare tutto quello che aveva vissuto. Ester che avrebbe fatto qualsiasi tentativo per compiacere quella donna così dolce, per rimanere in sua compagnia, socchiudeva gli occhi in un visibile sforzo di memoria. Ma nulla tornava nella sua mente da quell'ora che non si vive due volte, oltre quel che già aveva testimoniato di ricordare nella stanza di Tiberio.

Cornelia Lucina allora le strinse forte la mano e lentamente ma risolutamente formulò le parole di quel giorno:

— Talita kum!

Giairo la guardò spaventato, alzandosi da sedere come volesse allontanarla dalla sua Ester.

Ma la bambina s'era già distesa a letto sul bordo del quale prima era seduta, come se cercasse di addormentarsi facendo il corso inverso a quello evocato dalle parole di Cornelia. E già pareva dormire serena, reclinata sul fianco sinistro, come sempre quando il sonno la sorprendeva.

Cornelia sottovoce continuava a rassicurare Giairo perché non rompesse il sonno della figlia; ma Giairo non pareva più preoccupato come se ancora sentisse di dover mettere se stesso al servizio di un disegno superiore alla sua capacità d'intendere.

— Giairo — diceva intanto Cornelia Lucina — non solo Ester dev'essere risvegliata dal comando di Jeshua ma tutti coloro che lei ha sognato vivere come morti. L'imperatore romano ed io che vivo di memoria... Jeshua raccomanda a Tiberio di sforzarsi di uscire dalla rinuncia alla vita non solo con l'aiuto della memoria... Io ho già iniziato l'opera: manca ancora però qualcun altro che non è la memoria e che solo la nostra Ester potrebbe rivelare chi sia, una presenza trascurata forse, qualcuno che non sono io... — e la frase tormentata di Cornelia illuminava di una luce smarrita il suo volto, mentre la voce si smorzava fino a un sussurro indistinto, come se la figlia del grande poeta perdesse la grazia della parola e si arrendesse all'evidenza di non saper nominare forme della vita estranee alla sua esperienza.

Una sola presenza mancava nella vita di Ester sin da quando era nata: la mamma. Ed era la madre Rut che Ester nella morte era ritornata a chiamare, evocata dalla bella voce di Cornelia e dalle parole che erano state pronunciate da Jeshua. Perché le nude parole di Jeshua non potevano da sole compiere nulla: esse pure morivano se non erano nuovamente riscaldate dal fiato di una bocca viva, in un corpo palpitante tentato di riappropriarsene per ripercorrere il fragile ponte sospeso fra sonno e veglia. Ma una sola presenza difettava anche nella vita di Cornelia, da sempre, la donna che s'era fatta evocazione e parola ma non aveva mai partorito il segno scritto che rimane, un figlio. E come Dio pareva aver bisogno degli uomini e della loro mortalità per avverare se stesso, mandando talora un figlio nel mondo, così Cornelia sentì tutta la sua solitudine sciogliersi in una vampa d'amore allorché vide Ester alzarsi da letto, sempre con gli occhi chiusi, e lentamente avvicinarsi a lei, per stringerla forte al collo sussurrandole nella sua lingua "Mamma, finalmente ti sei svegliata, ma dov'eri che non ti trovavo mai?"

Cornelia, vinta da una commozione più forte di qualsiasi emozione avesse mai provato, l'abbracciava singhiozzando. Ester non pareva sciogliersi dall'abbraccio quasi non volesse risvegliarsi da quel sonno che aveva aperto nella morte la via del ritorno a colei che le aveva dato la vita. Fu la mano leggera di Giairo a toccarle la spalla per liberare quella madre e quella figlia che si erano scelte, ricordando anch'egli commosso, appena in grado di trattenere le lacrime, la sua Rut. Quanto tempo era passato da quando Rut l'aveva contemplata l'ultima volta mentre gli raccomandava morendo la loro bambina appena nata, la figlia che sarebbe cresciuta senza di lei... Quando aprì gli occhi Ester non pareva delusa di quel che il risveglio le mostrava. Come avesse la forza di lanciare nuovamente un ponte d'amore fra le meraviglie del sonno e le pietre della realtà, continuava a tenere il braccio allacciato alle spalle di Cornelia, solo un poco più lento per lasciarle volgere il capo e parlare. Guardando suo padre le sfavillavano gli occhi d'una strana felicità come se chiamasse anche lui a festeggiare quella nuova vittoria sulla solitudine che entrambe le donne celebravano. Un gran silenzio regnava nella stanza ormai vinto soltanto dal canto dei grilli che giungeva dalla finestra aperta sul mare. Ma anche il mare faceva udire la sua voce nei flutti che si frangevano contro la riva con un ritmo crescente. Forse era in arrivo una tempesta dal largo e già erano sulla costa dell'isola i primi venti agitati. Ognuno udiva nell'orchestra marina l'eco di altre presenze come se le acque avessero una memoria diversa parlando a Cornelia, a Giairo, a Ester. Cornelia ripensava alla sua vita d'esilio a Pandataria come a un'irreparabile perdita per la prima volta. Giairo al lungo viaggio per mare, in vista delle isole greche, delle coste libiche ed egiziane, fino alle

168

montagne del Libano vicino alla sua Gamala, quelle montagne che erano state le ultime forme a svanire alla sua vista quando era partito e che ora sperava di varcare con una nuova compagna di viaggio, quella donna. Ester superava quel mare d'un balzo, come nel gioco della scacchiera, insieme a Cornelia per mostrare finalmente a Miriam, Salomè e Micòl, la mamma, il dono più grande del padre, più bello di tutti i racconti della Bibbia, più dei giochi magici che sapeva inventare. Cornelia s'accorgeva di essere stata risvegliata da Jeshua a quella vita che aveva tradito per vendicare suo padre, presa al laccio della memoria. La mano e il braccino di Ester sulle spalle le parevano bruciare sulla pelle, come se al loro contatto un dolore fisico avvertisse il corpo che s'era negato alla maternità.

D'improvviso le tornò alla mente Tiberio, l'uomo che Ester aveva sognato come già morto perché privo d'amore; fra poco avrebbe dovuto incontrarlo, e sentì annebbiarle il cervello un'ombra d'odio. Jeshua aveva salvato soltanto lei di coloro che Ester aveva sognato: Tiberio era definitivamente perduto, non sapeva più amare. Le ripugnava in quel momento dover tornare ad evocare fantasmi e parole, anticipare nomi ed eventi, frugare nel tempo che scorre alla ricerca del filo che collega l'imperatore nel suo corpo plurisettantenne ai fatti e ai misfatti compiuti in suo nome. Dolcissima venne a fugare i suoi pensieri la vocina di Ester:

— Tu, mamma, verrai con noi a vivere a Gamala, a casa nostra: è un paese più bello di quest'isola. La notte dormirai e non racconterai più all'imperatore di Roma le favole per farlo addormentare.

— Oppure potrà raccontarle a te, Ester, per addormentarti... — aggiungeva sorridendo Giairo; e rivolto a Cornelia, intimidito — io ormai credo di averle riassunto quasi tutta la Bibbia dopo la storia di Ester e Assuero che è così simile alla tua, Cornelia...

— Anch'io ho ormai finito di narrare a Tiberio la vita di Jeshua, dopo la vostra apparizione a Capri... — sorrideva stringendo la mano di Giairo Cornelia che vedeva lentamente aprirsi una breccia nel sogno di Ester, un varco che le additava Jeshua per fuggire dalla memoria del padre, per calarsi finalmente nella realtà e dimenticare il computo dei giorni a Gamala, cuocendo il pane nel forno, lavando i panni alle vasche con le altre madri, tessendo la lana degli abiti di Giairo e di Ester per l'inverno, cucinando l'agnello e i pesci del lago di Tiberiade. E in fondo a quel sogno che le sorrideva dal viso di Ester, la quale ora amava più il suo paese che l'isola dell'imperatore, vedeva spuntare la grande e segreta avventura della morte sigillata dal mistero di un sogno che quella volta non si poteva raccontare. Suo padre avrebbe potuto riposare in pace, nella sua tomba egiziana, vendicato dalla sua lunga fedeltà che aveva dimostrato a Tiberio la radice della storia sprofondare nel succo fertile e immortale della poesia. Ora qualsiasi decisione fosse stata presa da Tiberio contro quelle adottate da Augusto, sarebbe stata irrilevante per lei di fronte alla figlia di Giairo che, resuscitata dai morti, veniva a liberarla dalla memoria, a farle vivere una nuova esistenza tutelata dalla rinunzia a usurpare l'onniscienza di un dio. Guariva così nella sua vita la tentazione di onnipotenza del padre.

Dal mare il vento soffiava sempre più violento, ormai la tempesta era giunta ad investire in pieno l'isola e sulla cima del monte, dov'era la casa di Cesare, si scagliava con un impeto privo di ostacoli. Cornelia sentiva che era giunto il momento di recarsi da Tiberio: ma non nutriva più ombra di odio. Sapeva già che cosa dirgli. S'alzò ed Ester la lasciò ricomporre le pieghe gualcite del peplo per poi seguirla fino alla porta:

— A domani, mamma, buona notte.

— A domani, Ester... — e lo sguardo di Cornelia incontrò alla luce della lucerna quello appassionato di Giairo che le dichiarava il suo amore.

Uscita dalla stanza Cornelia s'avviava al convegno con Tiberio sulle ali d'una strana leggerezza. Le pareva di non essere più stanca come quando era entrata in quella camera; scivolava lungo le pareti della villa imbattendosi in pochi servitori a quell'ora tarda. Guardava in alto le turbate cime degli alberi, nei giardini interni della villa, che spuntavano sconvolte dal libeccio sopra i tetti. Le pareva che il vento fosse venuto ad affrancare anche loro dalla prigionia delle perfette geometrie, dai disegni in cui i giardinieri cercavano di restringere le loro forze. Pensava ai pirati che lottavano contro le onde infuriate dal vento, nascosti in qualche angolo del mare, liberi come lei avrebbe voluto essere. I suoi occhi scivolavano sugli affreschi delle pareti ispirati ai miti erotici di Elefantide: le pareva di aver vissuto come quelle figure bloccate, finché il tempo non le avesse cancellate, nella immobilità dei loro gesti. D'improvviso il vento la investì, sollevandole il lembo del peplo fino ad avvolgere il capo: se ne sbarazzò, barcollando, con la destra e le apparve la grande terrazza aperta verso Pompei e Napoli da cui la raffica era arrivata. Se non fosse stata così lesta a liberarsi il volto continuando a camminare sarebbe caduta nel baratro. Era quella la terrazza dalla quale le malelingue di Roma sussurravano che Tiberio precipitasse i messaggeri di cattive nuove.

Era un panorama maestoso quello che s'intravedeva nell'oscurità, appena attenuata dalla falce della luna: il mare mugghiava sconvolto, apparivano le macchie chiare dei flutti che si frangevano sulle creste delle onde, le masse scure delle nuvole si confondevano con quelle dei monti. Il mondo di lassù appariva diverso, irriconoscibile, nuovo, non più quello su cui s'era depositata la cipria leggera delle abitudini. Cornelia si voltò e si diresse con sicurezza verso la stanza dove era attesa da Tiberio.

Lo trovò semiaddormentato sulla sua sedia d'avorio. Quando aprì gli occhi il vecchio imperatore la fissò a lungo come se per un momento stentasse a riconoscerla. Anche

171

quel ritardo era inconsueto, Cornelia aveva la premura di farsi sempre già trovare al suo posto, in quel luogo.

— Dunque concederemo agli ebrei quanto mi chiedono, impediremo finché vivrò la versione latina dei loro libri sacri. Daremo un dispiacere a molti dotti senatori, un motivo di più per non deludere Giairo e la sua prodigiosa figlia — disse l'imperatore prendendo per primo la parola. E Tiberio si attendeva un commento da Cornelia Lucina, un apprezzamento che invece non veniva dalle sue labbra.

— Ma la tua opera non è completa, Cesare, Jeshua ti domanda ben altro — replicava finalmente Cornelia, dopo un lungo silenzio.

— Che dovrei fare, Cornelia, per risvegliarmi dal regno dei morti in cui vivo nel sogno di una bambina ebrea? Dimmelo tu se lo sai? Può forse aiutarmi Ester? Chi lo può se è morto colui che l'ha inviata fino a me? — Tiberio afferrava la corona d'oro degli ebrei poggiata vicino e la volgeva dispettosamente fra le mani.

— C'è una cosa che dovresti cercare dappertutto per impedire che il male, questo incubo in cui tu vivi come suo assassino, si riproduca.

— Il vangelo del suo amico Giuda, il traditore? Ma se è scritto, come tu dici, che uno degli eredi di Augusto lo ritroverà e ne farà la base del suo potere, può la mia volontà impedirlo? Siamo prigionieri di un sogno, Cornelia Lucina, non possiamo uscirne per nessuna porta, tu stregata dalla poesia di tuo padre, io dal vangelo di Giuda.

Cornelia sorrideva, nella penombra, di quella amara osservazione di Tiberio. Rivedeva la figlia di Giairo e sua ch'era venuta a cercarla e ora la portava con sé nella casa in fondo al paese di Gamala. I sogni, come sanno i greci, sono inviati dalla divinità attraverso due porte: quelli veri, dalla porta di corno, come quello da cui Jeshua aveva risvegliato lei; quelli falsi, dalla porta d'avorio, come quello da cui né Jeshua, né Ester potevano più risvegliare Tiberio e l'Impero. Ma non volle obiettare nulla a Tiberio, né metterlo subito a parte della sua volontà di andarsene sciolto il voto di fedeltà a suo padre. Aveva pena del vecchio avvinto allo scoglio della sua isola come alla colonna di un martirio ma anche paura della sua crudeltà pronta a balzare come una belva dalla coscienza della sua infelicità. Ora aveva da proteggere due vite oltre la propria, quelle di Ester e di Giairo, e non le poteva più interessare che Tiberio credesse un manoscritto nascosto in Giudea la cosa che doveva cercare, invece dell'amore sepolto dentro di lui.

XVII

A Vindobona la IX legione Hispana, nella quale Quinto Bruto aveva qualche tempo prima ottenuto di far giurare fedeltà a Caligola a nove tribuni militari delle coorti, stava per mobilitare alla volta d'una regione più settentrionale. Le notizie di pericolosi preparativi di guerra dei Germani concentrati vicino alla selva di Teutoburgo, dapprima tenute segrete ai comandanti della legione dai congiurati, erano poi trapelate. S'era quindi deciso, in ossequio anche agli ordini di Roma giunti in quei giorni, di trasferire le forze da quel punto del Norico tranquillo e difeso, alla zona della Germania più turbolenta. Persisteva in molti veterani la sensazione che gli estremi anni di Tiberio, dopo la morte di Germanico, apparissero trasmettere anche alla compagine dell'Impero la sua debolezza: ad oriente tutta la politica di Tiberio nei confronti dei Parti si stava risolvendo in un fallimento, salendo al potere proprio quell'Artabano III che era il più sicuro nemico del popolo romano dopo essere riuscito a togliere di mezzo Vonone, l'antico alleato di Roma. A occidente la piaga aperta da Arminio ai tempi di Augusto, nella selva di Teutoburgo, invocava un nuovo condottiero che, come Cesare aveva per sempre legato a Roma la Gallia, così sapesse domare la Germania.

Una sera, alle mense, Quinto Bruto aveva udito i comandanti della legione Valerio Messalla e Marco Fabrizio consolarsi dell'incertezza della situazione militare rievocando la sconfitta dei Marcomanni e la prigionia del loro re Maroboduo, tradotto a Ravenna da molti anni:

— Dicono che Maroboduo sia ridotto a chiedere la pietà di Tiberio; vive in una casa dal tetto sfondato, non gli è rimasto che qualche vecchio servitore — raccontava compiaciuto Valerio Messalla agli astanti.

— I figli l'hanno abbandonato per correre ad arruolarsi sotto le nostre aquile — aggiungeva Marco Fabrizio — e pensare che quest'uomo ci ha fatto tremare per tanti anni...

— Da Capri è arrivato ordine di recargli soccorso; un medico di Claudia Drusilla s'è mosso da Roma per curarlo — aveva ancora precisato Messalla. E Quinto Bruto aveva poi per tutta la sera ascoltato, prima di ritirarsi, una conversazione su quel tono, fatta di ricordi e di compiacimenti di passate vittorie, di nemici ch'erano ormai vivi solo nella memoria.

Ardeva di rabbia al momento di prendere congedo. Da giorni non riceveva messaggi da Antonia né dalle legioni di Aquileia e Tergeste dov'erano gli altri sostenitori di Caligola. Pareva che la notte del giuramento di fedeltà a Caligola avesse malignamente influito sulla trama che stava tessendo con un sensibile rallentamento della macchina della congiura. Suo cognato Scribonio non gli aveva perdonato facilmente l'omicidio di Lucio Libone, l'Ippolito che non aveva voluto mutare il suo culto di Artemide in quello di Atena, dea della guerra; l'aveva aiutato con la complicità del chirurgo a celare l'autore di quella morte ma da quel giorno pareva interessarsi molto tiepidamente dei messaggi da Roma e da Aquileia. Quei due capi della legione che vivevano al passato, esaltandosi allo spettacolo delle miserie d'un vinto nemico di ieri, parevano a Quinto Bruto lo stemma dell'esercito, il simbolo più efficace delle aquile a rappresentare il vuoto in cui sprofondava la tensione di conquista. Non era sfuggita l'espressione delusa e risentita di Quinto Bruto ad Antonio Scauro, l'anima assetata di vendetta contro Tiberio per la morte della figlia di Sejano Junilla, la sua amatissima promessa: e l'aveva seguito

175

mentre si ritirava sotto la volta stellata d'una serena notte di luglio verso il suo alloggio.

— Bruto! Sei così infuriato che nemmeno ti accorgi che ti sto seguendo? Non è segno di mente pronta a respingere le insidie del nemico... — gli aveva detto Scauro prendendolo amichevolmente per un braccio.

— Le insidie del nemico, Scauro, non vengono da fuori ma dall'interno del nostro esercito — gli aveva risposto burbero Quinto Bruto scostando il gomito — non posso sopportare che chi dovrebbe studiare come preparare le forze in vista della mobilitazione, chiacchieri del passato come se fosse alla mensa di Tiberio, a Capri, fra le mollezze di quel vecchio pazzo.

— Fai male a prendertela così, non giova a nulla. Quel che serve è avere amici fidati come me. Hai ricevuto messaggi?

— Ne avessi avuti non starei a perdere tempo qui in lamentazioni su Messalla e Fabrizio e ti avrei già avvertito insieme agli altri — rispose più calmo Bruto.

— Bruto, non c'è solo la guerra a cui pensare per un uomo. Forse non ti sei accorto di come la noia al campo non sia eludibile solo in uno scontro col nemico. Sai che la maggior parte di noi ha una donna là, fuori della palizzata dell'accampamento?

Scauro parlava non per Bruto ma per sé, incapace di dimenticare gli occhi di Junilla, la vera ragione del furore che lo faceva congiurato contro Cesare. Ma a quel tipo di ragionamenti l'anima di Quinto Bruto opponeva sempre un silenzio assoluto. Sapeva bene che l'esercito si andava qua e là inquinando anche per quella debolezza ormai da qualche anno. Troppo lunghe e in luoghi sempre più remoti erano le campagne degli ultimi quarant'anni per poter impedire che in molte frontiere orientali e settentrionali dell'Impero i legionari tendessero a trattenere presso il campo le donne con cui si univano fra i barbari domati e i popoli confederati. Era noto che in qualche caso in Pannonia persino

Germanico aveva chiuso un occhio su un costume che mai i Romani avevano tollerato dilagasse fra loro stigmatizzandolo nelle schiere dei Parti e degli Sciti. A Quinto Bruto pareva che attraverso la donna penetrasse nelle file dei soldati un miasma che li legava alla terra come una radice, rubandoli alla guerra, rendendoli pigri e restii a mutare facilmente zona d'operazioni. Si sapeva che, nella Tracia, una legione, dopo quattro anni di ferma, aveva lasciato vicino al campo un vero e proprio paese abitato dalle donne e dai piccoli figli dei soldati; i quali, più padri e mariti che militi, avevano fatto di tutto per impedire la partenza da quelle loro nuove famiglie, arrivando in una coorte a una vera ribellione domata nel sangue con la più severa decimazione. L'Impero era diventato troppo grande e pareva che i barbari dominati nelle quattro parti del mondo avessero trovato quel modo di dominare a loro volta i padroni, condizionandoli alla loro terra attraverso le loro donne. Per questo Quinto Bruto vedeva con favore la mobilitazione della IX legione Hispana anche se sospendeva i suoi progetti tesi a mobilitare verso Roma, alla conquista del potere per un imperatore che sapesse restituire i soldati alla loro natura guerriera e senza fissa dimora.

Con orrore un giorno aveva dovuto constatare che proprio la sua coorte s'era coltivata, subito dietro la palizzata degli accampamenti, un campicello di verdure fra le quali spiccava il farro, il più comune alimento del soldato romano. Come una furia era passato sopra i solchi regolari, strappando con le sue mani tutto quel che poteva aiutandosi con la spada a compiere il corso contrario alla lama dell'aratro sarchiando i semi:

— A casa, a Roma, nelle vostre terre queste cose si fanno! Non qui! Donne, donne che filano la lana e cuociono il pane diverrete, maledetti fannulloni! — aveva urlato come un ossesso davanti ai poveri militi della coorte accorsi a vedere.

La sera i comandanti avevano ascoltato il suo rapporto in silenzio, lodando con moderazione quel che aveva fatto ma guardandosi dal punire i soldati che s'erano improvvisati contadini, come invece Quinto Bruto aveva sperato. La notte, dalla sua branda, li aveva uditi, i maledetti, che passando sussurravano insulti con voce contraffatta. Ma i suoi amici, i nove che avevano convenuto di agire insieme, gli avevano espresso tutta la loro solidarietà e riferito che nei loro reparti il suo gesto era stato apprezzato da molti.

E ora perché Scauro, il leale tribuno che aveva sempre manifestato grande coraggio in tante campagne, gli faceva quell'inopportuna domanda e quella confessione non richiesta? Forse oltre la palizzata anche lui amoreggiava con una di quelle bionde dalla pelle di latte che mai il sole riusciva ad abbronzare? Possibile che avesse dimenticato Junilla?

— Ma tu, Scauro, vorresti anche tu mettere famiglia in questa landa? — domandò a bruciapelo Bruto. Ma si pentì subito della domanda osservando l'espressione sofferta e risentita di Scauro:

— Io no, non c'è più nessuna terra in cui lo possa. Proprio come te, Bruto, ma a me è impedito fare famiglia perché ho vissùto fino in fondo il sogno di averla: tu invece perché quel sogno non l'hai mai nemmeno intravisto.

— Scauro, è meglio che ci separiamo per oggi. Non vorrei che entrambi dovessimo pentirci di quello che affermiamo — Bruto tratteneva a stento il furore, aveva bisogno dell'aiuto di Antonio Scauro: il suo progetto veniva prima di ogni cosa, anche delle questioni personali. Possibile che i più nobili ufficiali della legione come Scauro dimenticassero che nulla rende così degna la vita di essere vissuta quanto l'emozione di caricare a cavallo le file serrate avversarie dove incontrerai un altro te stesso finalmente oppostosi con tutta la violenza che il nemico quotidiano, l'uomo della strada nei giorni di pace, dissimula per poterti colpire alle spalle? Quando la legge che tutti in questo mondo possiede, quella del più forte, splendeva alla luce del sole come in battaglia nel duello con chi nemmeno conosci ma ha diritto di ucciderti? I vecchi e le donne potevano pregare perché quel divino momento di offerta della propria vita non venisse mai, deboli com'erano; ma gli uomini? Potevano dirsi tali quelli che, invece di usare le armi, simulavano i vecchi e le donne vincendo con le parole e i raggiri, con la menzogna di un viso atteggiato a fingere per compensare la forza che non avevano? Anche per lui sarebbe giunta l'età in cui il braccio non avrebbe più sorretto la spada: aveva speranza di morire prima, sapeva di desiderare spesso la morte in battaglia da quando aveva compiuto i quarantacinque anni. Ma se gli dèi non gli avessero concesso la grazia di morire ancora valido, non sarebbe andato a Roma ad aumentare il numero dei veterani fannulloni che girellavano per il Foro alla ricerca di pettegolezzi e scandali sull'esercito, sul senato e sulla famiglia di Cesare per poter ingannare la noia. Nella sua Corsica c'era un podere incolto e vastissimo appartenuto da sempre alla sua gente fiera, ora, dopo la morte dei fratelli maggiori, praticamente abbandonato. Lì si sarebbe ritirato in solitudine a lavorare la terra aspettando la morte. Allora sì che sarebbe andato a cercare nella natura un letto, un cibo, una compagna dei suoi ricordi; non come quel Lucio Libone, il debole e infido che aveva eliminato. Quell'imbelle correva nel folto dei boschi come se volesse nascondersi nelle pieghe del manto della mamma, incapace di crescere e di capire che gli uomini sono diversi dagli alberi, trattenuti dalle radici, ma simili invece agli uccelli, capaci di gustare la loro orfanezza, mutando sempre casa.

Quinto Bruto non poteva sapere che alcuni mesi prima di morire, in uno dei suoi frequenti vagabondaggi nei boschi sopra le rive dell'Ister, Lucio Libone aveva amato una giovane donna della tribù dei Cherusci, una fanciulla dai capelli rossi come la fiamma. L'aveva raggiunta cacciando nudo a cavallo una cerva che l'aveva inoltrato per miglia e miglia fino a un luogo così lontano da fargli temere di non sapere più ritornare. S'era fermato, in quel momento di panico, perdendo la preda ma imbattendosi nella donna che correva pure a cavallo, vestita solo d'un arco a tracolla. E per un attimo s'era domandato se non fosse quella creatura la cerva snella e regale che stava inseguendo, mutato aspetto come tanti esseri umani nella poesia di Omero. Dalle cime delle montagne, sui cui fianchi cominciava a calare l'ombra della sera, si vedeva splendere il sole con gli stessi toni di rosso aranciato di quei capelli che scendevano fino alla cavalcatura. E già il suono cupo e lamentoso del corno richiamava in folla sotto quegli alberi, i feroci Cherusci, alla cui comunità la fanciulla doveva certamente appartenere, una stirpe appena domata da qualche anno tutta dedita alla caccia, restia a mutare l'atavico nomadismo in un'attività economica stanziale. Solo l'attrazione irresistibile per quella splendida creatura compensava in Lucio Libone il terrore che quel suono di corno in avvicinamento gli faceva correre nel sangue. Stava immobile a contemplare la perfetta nudità della cacciatrice che lo guardava con la stessa fissità, mentre il cavallo nero scalpitava e nitriva innervosito dal richiamo dei corni. A un tratto gli occhi verdi della ragazza lasciarono i suoi volgendosi attorno allarmati per la situazione di evidente pericolo: con la mano e il braccio levati a indicare il folto degli alberi la donna faceva segno imperiosamente di seguirlo. Lucio Libone non esitò a obbedirle iniziando una risalita ripida e difficoltosa in una stretta gola del monte che si ergeva a destra. Sentiva i rami più bassi degli abeti graffiargli il volto e le gambe, man mano che la vegetazione s'infittiva ma udiva anche il suono dei corni diminuire d'intensità con grande sollievo. Era chiaro che s'erano mossi dalla valle appena in tempo per non farsi prendere dai guerrieri. Cherusci che l'avevano scorto solo. La donna finalmente arrestava il cavallo nero in una piccola radura. Scendeva lentamente. Sempre fissandolo negli occhi gli si avvicinava. Egli pure discendeva dalla sua cavalcatura e s'accorgeva di

quanto sovrastasse la giovane minuta di statura contrariamente alle donne della sua stirpe. Il suo corpo, delicato
eppure vigoroso, appariva tutto cosparso di leggere efelidi
bionde, in questo simile invece alle sue compagne. Ma
erano gli occhi la forza di quella femminilità che gli offriva
protezione dalla sua gente, sottraendolo a una morte sicura.
Occhi verdi e liquidi che parevano accendersi sempre di
più, man mano che le ombre della sera calavano. Quando
non fu più in grado di distinguerli, Lucio Libone attirò la
donna a sé sull'erba e giacque nell'oscurità con lei.
    Da quel primo incontro, rientrato all'alba del giorno
seguente all'accampamento senza incidenti, ne seguirono
altri protetti da una fortuna che sembrava rendere invisibili
i due sia ai Cherusci che ai Romani. Bedicca era futura
sacerdotessa di un culto alla dea che i Cherusci adoravano
come madre di tutte le divinità, la Luna, e godeva, finché
non era consacrata, di libertà concesse solo a lei e alle sue
compagne d'iniziazione, tutte raccolte nelle grotte della
montagna in cui lei aveva sottratto Lucio Libone ai
guerrieri. Pur conoscendo entrambi i rischi terribili che
correvano, i due giovani amanti s'abbandonavano alla loro
passione senza alcuna tema del futuro. Giunti a intendersi
nella lingua l'uno dell'altro, Bedicca raccontava che era
figlia di uno dei capi e che, quando sarebbe stata davvero
sacerdotessa, sarebbe stata rinchiusa per sempre nelle
grotte sacre della montagna, sorvegliata dalle guardie. Lui,
che cominciava a temere che la congiura contro Tiberio
nella quale era stato trascinato avesse presto attuazione, le
raccontava quel che al campo aveva tramato il terribile
Quinto Bruto col quale aveva già avuto più di uno scontro
durante le esercitazioni. Bedicca, animata da una strana
curiosità protettiva, aveva insistentemente domandato di
descriverle bene quel guerriero romano che non amava il
suo Lucio, fino a volersi spingere una volta ai limiti estremi
del campo per vederlo da lontano insieme a lui. Un'ombra
di paura era passata sul suo viso quando Lucio glielo aveva

additato mentre dava ordini nel suo stile arrogante e duro ai soldati che scavavano fortificazioni intorno all'accampamento: pareva la statua del dio della guerra che veniva venerata nella selva dai suoi fratelli, quel dio spietato che ogni anno richiedeva il sacrificio umano di uno dei giovani Cherusci atti alle armi estratto a sorte. Era ormai imminente la festa del solstizio d'estate, quella della notte in cui le future sacerdotesse della Luna celebravano il rito che le faceva cadere in preda dell'erba magica che si coglieva intorno al lago sacro alla Luna, quando Bedicca attese invano per la prima volta Lucio Libone.

Tre giorni e tre notti passò la donna disperata in attesa ai margini della foresta esponendosi a un pericolo mortale. Poi impietrita si ritirò sul monte, certa che Lucio non sarebbe mai più ritornato. E Bedicca non aveva dubbi sulla sua morte violenta, troppi particolari di tensione col capo della congiura aveva appreso dalla voce tesa e febbrile del suo Lucio quegli ultimi giorni, quando era maturata finalmente la decisione unanime di fuggire per sottrarsi ai Cherusci e ai Romani. Riuscì a sopravvivere votandosi alle divinità della vendetta, figlie della Luna. Non ebbe pace finché non seppe, tramite un fratello che aveva frequenti rapporti con i centurioni della ix legione Hispana e parlava la lingua di Lucio, che la coorte di Quinto Bruto, la decima, usciva dal campo precedendo le altre iniziando la mobilitazione generale proprio la vigilia del solstizio. Dallo stesso fratello aveva avuto la terribile certezza che Lucio era morto in circostanze non chiare. I trecento soldati di quel tremendo dio della guerra avrebbero trascorso la prima notte di sosta nella valle sotto alle grotte sacre alla Luna e alle sue invasate sacerdotesse. Lei sapeva, da quando tre anni addietro aveva visto il furore della notte di iniziazione delle fanciulle nate prima di lei, quanto era mobile e volatile l'estro delle compagne in quei momenti di visione di un altro mondo nel mondo, di ombre e fantasmi che la potenza delle erbe evocava in quelle vergini affinché acquistassero la lunare facoltà di varcare i regni della pazzia, per riportare ai Cherusci il dono della veggenza. Parlò alle più autorevoli e fidate del loro invincibile, atavico odio dei Romani: la notte una scolta di queste tra le più feroci avrebbe dormito lì, sulle pendici della montagna sacra. Fossero pronte a seguire la loro anima, la visione che lei avrebbe evocato davanti a tutte.

Giunta la notte del solstizio Quinto Bruto, dopo la marcia compiuta con la consueta precisione a un passo più celere di quello delle altre unità della legione, aveva dato ordine ai soldati di fermarsi, a un tramonto che pareva non potersi mai spegnere incendiando di tutte le tonalità del rosso la valle.

— Che bella questa sera, vero Bruto? Il sole pare non volersi mai ritirare, guarda le montagne... Che terra magnifica! Questa grandiosità in Italia non l'ho mai vista — meditava a voce bassa il cognato Scribonio.

— Trovi interessante questa desolazione? Ma dove non c'è presenza dell'uomo non riesco a commuovermi, caro Scribonio. Pensiamo piuttosto agli ordini per domattina — aveva risposto l'infaticabile Bruto. Ed era stato il primo, come sempre, ad allestire i quartieri d'alloggio per la notte e l'ultimo a ritirarsi, alla luce di latte della Luna. Era un chiaro di Luna così luminoso da rendere superflui fuochi e lanterne. Davvero la presenza umana, così gradita a Bruto, pareva avvertire se stessa come un'intrusa quella notte fra le Alpi del Norico che circondavano la valle dell'Ister. Bruto aveva fatto un estremo giro di perlustrazione del campo improvvisato, fermandosi a controllare che le sentinelle procedessero con regolarità ad alternarsi per i loro turni di guardia. S'era fermato poi, solo, su un masso non lontano da loro, a finire l'ultimo sorso di idromele, quella bevanda che soltanto i barbari potevano aver il coraggio di affermare che era la preferita degli dèi. Sentiva lentamente scendere nelle vene la stanchezza. Era quel momento in cui il sonno si preannuncia a tutti gli uomini nella sua più antica somiglianza di premio dopo una lunga fatica. Ad imitazione di quel sonno Quinto Bruto immaginava calare sui suoi occhi il velo della morte, dopo l'operosa giornata della sua vita, le rare volte che il suo pensiero si tratteneva sulla fine. Gli occhi glauchi ormai leggermente velati erravano per un ultimo sguardo alle alte guglie delle dolomiti, là dove gli alberi cedevano alla supremazia della roccia. Più in alto era la Luna, signora delle selve e degli amanti: sembrava una pietra d'argento come se dalle rocce delle montagne a lei fosse una continuità appena variata dall'intensità del colore. Regnasse lassù con il suo corteo di animali a lei sacri, di amanti a lei devoti, la Diana che si venerava con il nome di Trivia, a Roma, nell'astro lunare. Lui amava il Sole, ed era felice di potersi addormentare ora per rivederlo splendere nella sua indubitabile signoria l'indomani mattina.

Finì di bere e lentamente s'avviò a dormire accanto a Scribonio che già russava riverso sul fianco. Doveva ricordarsi domani mattina di dirgli una cosa, forse era meglio dirgliela ora? Ma era così stanco e Scribonio, avviluppato nel suo mantello, pareva troppo beato in quel suo sonno. Sarebbe stato un peccato svegliarlo unicamente per dirgli che era contento di aver un amico come lui, che la sua esistenza lo faceva sentire meno solo. Lui non era mai riuscito a dirle a nessuno quelle parole un po' stupide. Forse era meglio così, che Scribonio non le udisse. E Quinto Bruto si coricò addormentandosi subito.

Quando il giorno seguente giunse verso sera all'accampamento della IX legione Hispana la notizia della strage compiuta dalle folli sacerdotesse dei Cherusci, volatilizzatesi nella notte insieme al segreto del furore che le aveva rese atroci ministre della vendetta di Bedicca, per alcune ore i due comandanti Valerio Messalla e Marco Fabrizio non seppero che verità credere e che decisione prendere. Era inverosimile che delle donne, per quanto armate, per quanto invasate e dello stesso numero, fossero riuscite a uccidere trecento legionari romani senza lasciarne nemmeno uno vivo. Ed erano i legionari della coorte di Quinto Bruto, il duce più valoroso della più addestrata coorte della legione! Gli esploratori sorvolavano sull'orrore che avevano visto, avari di particolari, trattenuti da un superstizioso terrore: erano consanguinei dei Cherusci e riconoscevano la potenza della Luna. La notte Valerio Messalla decise di accorrere di persona con cinque coorti di fanti e un'ala di cavalieri: a marce forzate giunse all'alba in vista del campo devastato di Quinto Bruto.

Sparsi per un gran tratto, ben oltre la foresta e il sentiero, dappertutto sui prati e le rive del fiume, sulle rocce e persino sui rami più bassi degli alberi, erano visibili braccia, mani, dita, gambe, ossa, piedi, viscere, orecchie, teste di quei poveri corpi scerpiti a brano a brano, resi in gran parte irriconoscibili da una furia che non poteva essere d'uomo.

Su due picche, al centro del campo, infilate nel terreno ostentavano la loro superiorità anche nella morte le teste prive di occhi dei due ufficiali più anziani, i due cognati Quinto Bruto e Marco Scribonio. Ma la lingua di Bruto appariva sconciamente vilipesa da qualcuno che s'era divertito a trafiggergliela con lunghi spilloni. Sotto alla picca, per terra, stavano le mani e i genitali, orrendo trofeo delle sacerdotesse della Luna.

XVIII

Non fu nei primi tempi difficile a Drusilla simulare con Caligola una febbre simile a quelle dalla madre patite tutta la vita. Riuscivano persino a scherzarci insieme, da quando aveva notato Caligola che quell'arsione sembrava attendere il tramonto per calare nel corpo bello e delicato di sua sorella.

— È la tua ora, Drusilla, è ormai sera, come mai non ti distendi? — mormorava Caligola accarezzandola quando, con sollievo sempre più raro però, s'accorgeva al crepuscolo che le guance di Drusilla non s'erano arrossate.

— Per abituarsi all'ombra occorre esercitarsi alla penombra e queste tregue sono utili... Finiremo per prendere confidenza con la mia febbricola tutti e due, non è vero Caligola? — e Drusilla lo attirava dolcemente a sé nascondendo il viso nel suo petto perché non era mai certa di non tradire qualche emozione della nuova avventura iniziata nello studio di Labeone. Lui, abituato al tono soffuso di brillanti paradossi e ironia della sua raffinata sorella, non faceva caso a quelle malinconie. Del resto Drusilla non era mai stata una fanciulla di fortissima fibra; come lui, d'altra parte, che rammentava lunghi periodi dell'infanzia, a Roma e ad Antiochia, passati con lei in interminabili giornate di malattia, custoditi dalle donne di Agrippina, a giocare nei letti invidiando i fratelli che correvano a cavallo e poi venivano a raccontare le loro prodezze. "Sono i più delicati dei miei figli, li ho avuti in momenti terribili della mia vita", aveva detto più volte la madre agli amici venuti a congratularsi dopo uno dei nove parti, mostrando i due bambini che guardavano la culla del neonato.

La facilità con cui Caligola cadeva nell'inganno non sempre però le faceva piacere. Egli aveva bisogno, nella sua natura di eterno bambino, di sentirla forte come una roccia; ma lei non era di pietra. E talora piangeva da sola in silenzio per paura di quel che aveva intrapreso e che era già piuttosto inoltrato. La polvere del re dell'Adiabene era davvero efficace, non v'era dubbio, Labeone l'aveva servita ottimamente. Lei aveva cominciato a sentirlo, quello strano sfinimento che si poteva conciliare con la vita, come un capriccio del suo corpo, una notte che s'era ritirata da uno dei pranzi ufficiali col marito Quinto Attico molto tardi. Da due settimane aveva fatto uso della polvere nelle bevande e nei cibi consumati da sola: ma nulla era accaduto, nessun sintomo era venuto ancora ad accertarla che la cura faceva il suo effetto, che poteva essere sicura d'aver trovato il rimedio per quell'impossibile amore. Poi ad un tratto, mentre scendeva dalla portantina, sulla soglia, davanti ad Attalo, il servo che accorreva ad aprire il portone e a trattenere i molossi, aveva sentito il primo artiglio della vertigine, barcollando leggermente. Non tanto leggermente però che il marito non lo notasse, sostenendola col braccio e domandandole che cosa avesse. Gli aveva risposto che era semplicemente molto stanca; ma estranea a se stessa, come se un'altra Drusilla parlasse, non lei. Non s'era trattato che di qualche minuto ma aveva fiutato in quella vertigine il terrore inconfondibile della morte.

Quando il giorno dopo aveva visto Caligola sgusciare dal solito corridoio nascosto dell'ala della sua casa dove viveva isolata, aveva fissato per un lungo istante il fratello, prima di baciarlo, domandandosi se era giusto quello che lei faceva per quell'uomo contro se stessa. E. mentre lui la prendeva, s'era dissolta l'esitazione imprevista in un consenso pieno e sicuro al suo destino: sarà lui mio figlio, si diceva ancora una volta, mentre lo accarezzava sulla nuca arrovesciata come soleva quando riposavano dopo essersi amati. Occorreva molta forza per un eroismo così diverso da quello virile in battaglia eppure altrettanto difficile, ma lei lo possedeva. La guerra silenziosa di Drusilla, la figlia di Germanico, contro la volontà di vivere era dunque iniziata così, con una sconfitta e una rivincita.

Da Antonia, che non poteva certo immaginare la strategia terribile della nipote per salvare a Caligola il potere imperiale, venivano intanto reiterati rimproveri e ammonimenti ad entrambi nel costante timore che il legame incestuoso divenisse di pubblico dominio. La figlia di Marco Antonio e di Ottavia aveva notato una maggiore cautela dei due nipoti dopo i primi tempi ma la sua esperienza della corte non la lasciava mai del tutto tranquilla. Tiberio Gemello aveva una strana intelligenza di vecchio bambino: pareva timido ed innocente come un passerotto eppure aveva dei tratti di consumata saggezza che disorientavano. Non era detto che non capisse anche senza essere informato da nessuno, così acuto sapeva essere il suo intuito. Di recente aveva assistito lei stessa a una scena che avrebbe disorientato chiunque. Il figlio di Druso minore se ne stava sui bordi di una peschiera a giocare con una trireme in miniatura che l'artigiano greco addetto ai suoi giochi gli aveva costruito proprio quel giorno. Aveva visto lei con i suoi occhi il quindicenne Gemello battere le mani di gioia come qualsiasi fanciullo romano di otto anni, quando era entrato Democrate, l'artigiano, con la bella nave fra le braccia. Argo si chiamava, ma non se n'era reso subito conto il nipote che non aveva letto il nome greco sulla poppa dove l'acqua arrivava a lambire i caratteri e a coprirli. D'improvviso Gemello, dopo aver giocato a lungo simulando i comandi dell'equipaggio, gli assalti dei pirati, il sibilo del vento che sconvolgeva quel finto mare, inzuppandosi tutto d'acqua, doveva aver decifrato il nome mitico della nave di Giasone. Allora gocciolante s'era voltato lentamente verso Democrate, che ancora gongolava di soddisfazione

188

per quell'accoglienza del principe al suo nuovo giocattolo, e l'aveva violentemente apostrofato:

— Come t'è venuto in mente di mettere nome Argo a un giocattolo per me? — e già deponeva il modello della trireme su un cuscino.

— Ti pare che io possa divertirmi col simbolo dell'intelligenza che vince la natura? Ti pare ch'io possa giocare con la prima nave che piega la più antica paura, quella del mare? — Democrate e gli altri cortigiani ma nemmeno lei stessa avevano saputo che cosa ribattere.

— Credete ch'io non capisca che mi si vuole bambino a vita? Ma dai giochi traspare ugualmente la verità che si cerca di non farmi pensare e vedere — Poi, dopo aver raggiunto la finestra voltando le spalle a tutti gli sbalorditi astanti, aveva sussurrato le parole più gravi, quelle che più l'avevano turbata:

— Argo... la nave di Giasone che portò a Medea la fine della sua innocenza... i figli di Medea morirono inconsapevoli per la mano della madre almeno... ma io non ho più madre e i miei parenti sono dei mostri — e Antonia ricordava il suicidio di Livilla, la madre di Gemello, toltasi la vita quando Apicata, la moglie di Sejano, prima di morire aveva dato a Tiberio le prove della complicità di Livilla nell'avvelenamento del marito Druso minore. Subito Rubellio, il precettore che non abbandonava un momento il suo pupillo, uno dei più pericolosi nemici di Caligola, aveva fatto chiamare Mneste, il giocattolo che non deludeva mai il padrone. E di nuovo Gemello era ritornato a ridere delle pantomime di Mneste dimenticando la sua malinconia.

Caligola in quei giorni sfogava l'irresistibile bisogno di scandalo e di provocazione, che la sua latente follia richiedeva, in manifestazioni lontane dalla sfera privata, con un certo sollievo di Antonia e di Drusilla. Ma il popolo stolto che lo amava prima ancora che palesasse la sua volontà, per attaccamento all'indimenticabile Germanico, prendeva quelle sue stranezze come un'espressione vigorosa e giovane di una personalità forte e avventurosa come quella del padre. Come nelle legioni scontente del Norico, di Aquileia e di Tergeste, era sempre il confronto col vecchio Tiberio ad agire nell'animo di molti a favore di Caligola.

Un giorno anche Caligola si recò al tempio di Castore e Polluce ma con animo diverso da quello della sorella. Entrato nel pronao con un architetto tracciava sui papiri tesi sopra una tavoletta il disegno della pianta del tempio. Poi, entrando nella cella, continuava a misurare il perimetro, fino a fermarsi dietro le due statue d'oro segnando una sottile linea col gesso sul pavimento:

— Qui sarà la porta della mia casa, da qui io avrò accesso al tempio che diverrà il mio vestibolo — disse ben forte in modo da essere udito dai sacerdoti increduli e stupefatti — e voi avrete l'onore di essere i portinai del palazzo di Cesare, un giorno, non più solo i sacerdoti dei Dioscuri... — aggiunse guardando il gruppo dei flamini con aria grave e soddisfatta, come s'attendesse gratitudine e consenso da quella anticipazione della sua volontà. Poi, avvicinatosi al più anziano, gli sussurrò all'orecchio di non rivelare però a nessuno il favore che intendeva concedere, per non ingelosire gli altri culti:

— Altrimenti poi sarò costretto a farti decapitare — concluse.

Una sera Drusilla, che sentiva la febbre salire a cacciare il sonno consegnandola alle malinconiche fantasie della notte, alzatasi per prendere un volume da leggere, scoprì in una specie di scatola fra gli abiti di Caligola buttati sul pavimento uno strano oggetto di cuoio dalle fibbie di ferro. Pareva aderire a una testa come una specie di armatura. Lo girava e rigirava fra le mani, sciogliendo le cinghie che alla base dovevano assicurare quella cosa a una statua o a un manichino, non era ben chiaro. C'era anche una complicata chiusura con un minuscolo chiavistello, che assicurava tutte insieme le cinghie. Il chiodo che lo serrava le cadde per terra su un bacile d'argento con un suono secco e prolungato.

Caligola, che aveva il sonno leggero, si svegliò di soprassalto e si volse a cercare Drusilla dalla parte del letto dove dormiva usualmente. La mano che non incontrava nessuna forma dovette comunicargli una forte agitazione che si mutò in collera non appena la scorse intenta a guardare l'armatura. S'alzò e le diede uno schiaffo lasciandola senza parole. Ma le dita del fratello dovettero sentire la febbre sulla sua guancia e già lei lo vedeva corrugare la fronte e avvicinare il viso al suo per baciarla:

— Perdonami, restituiscimi non uno ma due ceffoni, ti prego... Drusilla.

Drusilla però non volle compiacerlo e, allontanatolo da sé, gli domandò a bruciapelo che cosa fosse mai quel bizzarro oggetto che aveva scoperto e a che servisse. Senza dire parola Caligola glielo tolse delicatamente di mano aprendo le cinghie alla base. Poi lo sollevò sulla testa infilandolo lungo le tempie e le guance fino a farlo perfettamente aderire a tutto il volto. Le piastre di ferro e di cuoio, che qualcuno doveva aver misurato sul suo viso, lasciavano liberi solo gli occhi, le narici, la bocca e le orecchie. Caligola era diventato irriconoscibile, una specie di maschera mostruosa, ben diversa da quelle dai caratteri alterati ma umani della tragedia. A quale opera né tragica né comica suo fratello si preparava a prestare il volto così camuffato? Glielo domandò e Caligola le rispose che la maschera non era per lui ma per lei, se l'avesse voluta. E l'invitava a provarla, con uno sguardo dolcissimo e turpe. Allora Drusilla capì la nuova stranezza intravvedendo lo scopo che Caligola le aveva dato. I volti dei due fratelli-amanti non sarebbero più apparsi simili se lei l'avesse indossata; Caligola forse aveva pensato di salvare così la loro unione impossibile magari facendola rapire in un luogo lontano dove potesse, celata dietro la maschera, incontrarla senza più pericolo. Sorrise Drusilla e indossò il travestimento che mai avrebbe portato, frutto della incredibile bizzarria di quella mente inquieta. Corse allo specchio a guardarsi e si vide senz'anima, più che senza volto, come una mostruosa escrescenza di lui che la guardava seduto all'estremità opposta della camera e sorrideva.

— È tardi, Caligola, per sottrarsi così al nostro destino. Sono la moglie di uno dei più potenti senatori romani, mi cercherebbero dovunque e certamente mi troverebbero... — e ridendo soggiunse: — Davvero hai pensato che una donna bella come Drusilla potrebbe stare con questa bruttura appiccicata al volto? — Un brivido di febbre la fece ritrarre dallo specchio — e poi è tardi... è tardi — ripeteva sfilando le cinghie e pensando che la polvere di Labeone lavorava bene. Da qualche giorno aveva notato i progressi del male più decisi: le si gonfiavano i piedi già di mattino, costringendola a rimanere a lungo coricata accorciandole il tempo della giornata da dedicare alle visite, alle passeggiate, al governo della casa, alle occupazioni che facevano passare le ore delle donne romane della sua condizione senza figli. I capelli avevano mutato la bella resistenza che avevano sempre offerto al pettine ed erano divenuti deboli ed inerti, facili a lasciare ciocche intere fra i denti di tartaruga. Cominciava a dimagrire, almeno in questo felice della cura di Labeone, terrorizzata com'era di sformare la sua figura come tante donne della famiglia. Anche ora allo specchio s'era compiaciuta della sua immagine snella e diritta, c'era ancora tempo davanti a lei per cominciare a notare gli assalti più distruttivi del male; del resto tutto doveva ancora compiersi, Tiberio era ancora vivo, anche se qualcuno dei suoi acciacchi doveva essere peggiorato se aveva deciso per la prima volta dopo tanti anni di abbandonare Capri per un breve incontro coi medici di Roma sul continente. Sapeva da Labeone, il primo ad essere stato convocato per quel consulto, che il vecchio soffriva di una malattia che non voleva rivelare a nessuno. Drusilla pensava che troppo grande era il potere del medico libico, quasi in grado di dirigere il timone dello stato con i suoi veleni e le sue medicine attraverso le cure a Tiberio e a Drusilla. Chi poteva d'altra parte porre un limite all'infinita sete di rassicurazione contro la morte di un uomo che aveva il potere assoluto nelle mani? Un medico intelligente, un po' cinico e meno sensuale di Labeone, avrebbe potuto in quel momento aspirare davvero a un potere straordinario. Ma lei conosceva quell'uomo dai grandi piedoni e dagli occhi penetranti, gli piacevano troppo le donne, la tavola, gli animali; amava la vita più del potere, non sarebbe mai diventato uno dei protagonisti nel palazzo di Cesare, contentandosi dei secondi posti dietro le quinte. Già da giorni Labeone si era offerto di visitarla come faceva da anni, dopo l'ultimo incontro; ma lei, che non voleva dargli la prova dei suoi sospetti, aveva instaurato un nuovo stile d'amicizia, dichiarandosi in perfetta forma, guarita dalla sua eterna paura di essere ammalata. E l'invitava in casa, per qualche ricevimento con i rari amici ammessi alla presenza di Drusilla e a teatro, col marito, dove sapeva che la vanità del medico di mostrarsi intimo della famiglia di Cesare l'avrebbe fatto felice e distratto dall'osservarla troppo.

Da Labeone e da Antonia Drusilla aveva appreso che in quei giorni, a Capri, Tiberio continuava a manifestare interesse per una provincia che mai era stata nelle simpatie dei romani, a causa della protervia religiosa dei suoi abitanti, la Giudea. Ne aveva parlato anche a Caligola, che era grande amico di Erode Agrippa, un ricco principe della famiglia reale giudea vissuto quasi sempre a Roma, che al fratello aveva prestato molto denaro. Caligola non sopportava la tolleranza di Tiberio e di Augusto nei confronti delle religioni dell'Impero; soprattutto gli ebrei meritavano una lezione che ne punisse l'orgoglio e lui, da imperatore, ne avrebbe data loro una terribile. Dalle conversazioni con Erode Agrippa, ch'era ormai completamente romanizzato e riferiva con deliziosa ironia talora le usanze stravaganti del suo popolo di origine, aveva appreso che c'era in Gerusalemme un tempio, ricostruito da Erode il Grande sulle rovine di quello di Salomone, dove nessuno straniero poteva

193

entrare pena la morte immediata: una deliberazione che Tiberio aveva accettato e fatta legge romana. In quel tempio, nella cella inviolabile più interna, lui di persona un giorno sarebbe andato a porre due statue d'oro, quella sua e quella di Drusilla, la sorella-sposa dell'imperatore secondo l'antico costume della regalità più assoluta, quella ierogamica egiziana. Ma Drusilla non aveva accolto il suo proposito con entusiasmo, limitandosi a sorridergli appena invece di incoraggiarlo come faceva spesso quando vedeva che i futuri progetti di governo lo potevano distrarre dalle sue malinconie. Sapeva che, a quell'ora, ben difficilmente il suo Caligola avrebbe potuto innalzarle una statua che non fosse quella funebre sulla tomba. Un'altra donna, finalmente ai romani accettabile, avrebbe goduto quella difficile dignità di compagna dell'imperatore, non Drusilla.

XIX

Ad arte Tiberio faceva circolare voci sulla sua misteriosa malattia. Sapeva che i primi a mostrare di crederle vere sarebbero stati proprio coloro che più desideravano la sua morte; e li attendeva al varco, sicuro che si sarebbero traditi, a Roma o nell'Impero, cadendo nelle maglie dei suoi informatori sparsi dappertutto. Il riaccendersi di quel gioco dell'odio che da qualche tempo non gustava più, serviva a distrarlo dalle ultime parole di Cornelia, dalla coscienza della sua impotenza a fermare il processo di quanto era già maturato nella distruzione del poema di Cornelio Gallo per mano di Augusto. Si divertiva in quel momento a lasciar vagare fuori dalla sua isola l'immagine caricaturale di un Tiberio giunto alla fine per poterla confrontare con la vera ancora sana, una volta deciso di riapparire all'improvviso in Roma. Era come continuare il gioco equivoco delle somiglianze fra la sua ombra chiacchierata e lui, in carne e ossa. Com'era stato incerto il duello fra il poema di Virgilio e quello di Gallo fino a decretare nel vinto il vincitore e viceversa, così non aveva dubbi sull'esito finale di quella lotta fra la sua fama e la sua carne. La carne, che aveva distrutto la sua deformata immagine vagante per Roma, sarebbe morta; e alla fine la sua fama, falsata e demonizzata dalla penna di qualche storico partigiano, avrebbe rialzato la testa e vinto la carne. Il profetico poema di Cornelio Gallo aveva previsto tra i successori di Augusto un imperatore che avrebbe ritrovato il vangelo di Giuda, chissà dove nascosto dall'autore suicida, e ne avrebbe fatto il fondamento maligno della nuova Roma nata dall'alleanza con gli eredi di Jeshua. Dunque anche Jeshua era prigioniero della parola, anche a quell'uomo santo era impossibile sottrarsi al prevalere dell'ombra sulla carne? Quale libertà della storia Jeshua aveva voluto rispettare lasciando liberi i suoi seguaci di non capire e di correre a leggere e a ripetere le parole d'amore pronunciate da lui invece d'inventarle a loro volta come lui aveva fatto? E perché alla fine inviargli quella bambina ebrea risorta, segno della sua chiamata a collaborare al suo disegno, se poi aveva ragione Cornelia e non poteva essere tentato più nulla per impedire il fallimento della sua missione? Quegli estremi anni che gli rimanevano doveva davvero rassegnarsi a vederli sfumare nell'inutile attesa della morte ch'era stata la sua vita a Capri da quando vi si era rifugiato lontano dal senato e da Livia? Divorato dall'inquietudine di tali domande, l'imperatore trascorreva nell'insonnia gran parte della notte senza più ricevere la figlia di Cornelio Gallo.

Finché una notte, mentre sedeva al suo tavolo di lavoro, sotto la lucerna appesa al muro, a quel tavolo dove s'ammonticchiavano le pergamene e i papiri degli editti e dei rapporti da studiare e firmare, fu per un attimo folgorato dall'immagine di quel cerchio bianco sotto la luce della lucerna tremolante per un colpo di vento. Fissò quel cerchio magico di segni vergati sul papiro, quel gioco di chiaro e scuro come se lo vedesse per la prima volta: e finalmente sentì che cosa doveva tentare. Se il mondo, a causa di Giuda e del suo vangelo, fosse ricaduto nel rinnovamento del male che era l'Impero romano proprio ad opera dei seguaci di colui che l'aveva voluto liberare, rimaneva solo una possibilità: confondere e ingannare il male con le sue stesse armi. Porre il mondo davanti a due identiche porte per evadere dal sogno, profittando della sua momentanea ignoranza di quale fosse la porta che riconduceva indietro nello stesso incubo per sempre e quale invece quella che affrancava chi l'apriva. Mentre il primo incubo, cui l'una riusciva — il patto di alleanza fra gli eredi di Jeshua e l'imperatore romano — era l'esatta replica di un altro tristemente noto — il patto fra i pontefici e lo stato romano —, il secondo sarebbe stato solo fintamente ripetuto. Perché in verità il patto di alleanza che sarebbe stato stabilito non toccava più nessun potere della storia da ingraziarsi ma era solo un patto d'amore di ogni uomo con se stesso. Da un suo falso racconto della vita di Jeshua avrebbero potuto evadere coloro che avessero di nuovo saputo cogliere, in certe omissioni e silenzi, il segreto di Jeshua e rivissuto in se stessi la forza del Nazareno di credersi dio fino a diventarlo, senza nessuno da imitare, liberi come lui che non aveva imitato nessuno. Occorreva far in modo che si diffondesse, prima di quello scritto da Giuda, un altro vangelo in modo che i fatti della vita di Jeshua poi potessero un giorno discordare e competere con quelli — tutti distorti allo scopo di costituire Jeshua a fondatore di una nuova casta di potenti — narrati da Giuda Iscariota. Un falso avrebbe difeso la verità di quell'uomo tradito da uno dei suoi seguaci. Se la storia dell'Impero romano avesse dovuto convertirsi nella sua replicazione in un nuovo impero, questa volta ierocratico, grazie alla lettera scritta trionfante sulla parola viva, occorreva confondere coloro che l'avrebbero trascritta fingendo di aiutarli con un eccesso di modelli da seguire: non un vangelo di Giuda in più soltanto, no, ma due, tre, quattro, cinque, molti vangeli dal nome dei più famosi seguaci di Jeshua avrebbero giovato per tale opera a Tiberio. Ma su questi egli non avrebbe potuto contare.

Avrebbe però opposto lui una sua verità dei fatti, apparentemente tutta contro di lui, di quell'oscura vicenda di Palestina, con cui il vangelo di Giuda, una volta nelle mani del suo successore all'Impero, avrebbe dovuto regolarsi. Una verità opposta strategicamente all'altra avrebbe salvato la vera parola di Jeshua.

Lui non conosceva tutto il messaggio di quell'uomo divino, forse non era in grado di capirlo: ma voleva

difendere quel che Jeshua aveva detto con l'unica arma a lui
consentita, quella del segreto in cui avrebbe avvolto la sua
parola in attesa di una sua nuova venuta in qualche altra
parte della terra, in un'altra forma vivente.

E Tiberio, aggiungendo olio alla lucerna che oscillava al
vento della sera, sorrideva pensando a quanto tempo era
passato da quando era venuto a Capri convinto di poter
attuare soltanto varianti al testo di Omero, nel brano delle
Sirene e di Ulisse dell'*Odissea*, costringendo i senatori ad
ascoltare a orecchie ben aperte il canto che non esiste...
Sebbene nell'opera che voleva intraprendere di certo c'era
da attendersi di ritrovare il senato fintamente prono alla sua
volontà...

Sentì finalmente calare il sonno sugli occhi mentre
pensava alle Sirene. Diede ordine al servo oltre la porta di
non svegliarlo che molto tardi, doveva essere in forze per il
giorno seguente. L'indomani arrivava il proconsole di
Giudea Ponzio Pilato, e Cornelia Lucina partiva con Giairo
ed Ester.

Fu il singhiozzo di una tortora, poggiata sul davanzale di
una delle finestre della sua camera da letto, a risvegliarlo la
mattina dopo, liberandolo da un sogno che stava facendo.
Aveva letto in una lettera, cui aveva fatto appena attenzione, inviata da uno dei suoi legati spintosi fino in India, che
una delle divinità dei Parti, che appariva in quei giorni in
sembianze di bellissimo asceta, era condannata a non
potersi fermare in alcun luogo del mondo, incapace di
toccare terra: e nel sogno vedeva Capri svincolarsi dal suo
piedestallo subacqueo e prendere a vagare libera nei mari,
senza più fermarsi. Con sollievo s'alzò riconoscendo l'immobilità della sua isola alla vista azzurra del golfo partenopeo, col suo Vesuvio e le città di Pompei, Ercolano e Stabia
digradanti sulle pendici. I primi che volle ricevere furono
Cornelia, Giairo ed Ester attesi nel porto dalla stessa nave
che aveva portato Ponzio Pilato.

Giairo, che ritornava avendo felicemente compiuto la

198

missione per il suo popolo, ancora non credeva ai suoi occhi guardando la maestosa figura di Tiberio parlargli benevolmente, dopo avergli comunicato di accettare la supplica della Giudea, carezzando Ester corsa ad abbracciarlo. Né, se volgeva lo sguardo a Cornelia, che prendeva congedo con visibile commozione dall'imperatore che aveva per tanti mesi intrattenuto, sentiva di avere conferma maggiore della verità. Tutto appariva agli occhi di Giairo come una continuazione del miracolo operato da Jeshua la penosa mattina in cui, lontano di là dal mare, a Gamala, la sua Ester era stata pianta morta. Dopo tanta solitudine, consolata solo dal suo lavoro di maestro della Torah e dalla figlioletta, ecco una nuova compagna che avrebbe diviso le sue giornate sino alla fine. Aveva sempre temuto l'età da marito in cui Ester l'avrebbe lasciato per uno sposo: ora non sarebbe più stata solitaria la sua vecchiaia.

Cornelia avrebbe dato molto per essere già sulla nave con le vele gonfie di vento in rotta per la sua nuova vita. A stento riusciva a vincere la commozione ma soprattutto il disagio di trovarsi in quella stanza. Guardava la sedia dove era stata a colloquio col padrone del mondo per tante notti. Il tavolo dov'erano appoggiati i documenti e le carte del potere. Le finestre e il portico ora di nuovo spalancato a ricevere la luce gloriosa del mattino come quando erano apparsi a lei e a Tiberio la prima volta Giairo ed Ester. Rivide mentalmente il passero che entrava dal giardino mentre lei ripeteva la frase di Jeshua sulle forme da cui lo spirito di Tiberio era trasmutato. Ricordò l'ira, la commozione, l'incredulità, l'ironia, la paura che Tiberio aveva manifestato davanti alla memoria fattasi voce della poesia di suo padre Cornelio Gallo. Rivide l'ombra pacificata del padre, vendicata dalla figlia che gli aveva sacrificato quasi tutta la sua vita. Infine Cornelia, mentre Tiberio le cingeva il collo con un ultimo dono, la collana d'oro con il ciondolo del grosso scorpione di giada, il suo segno astrologico, per un momento ebbe pena della solitudine definitiva di quel vecchio che presto sarebbe morto. Certo non si sarebbero mai più visti in questo mondo. Entrambi ne erano ben consapevoli. Che provvedimenti avrebbe macchinato ora che conosceva quel che Augusto aveva temuto tanto al punto di volerlo negare bruciando le parole che glielo avevano profetizzato? Guardò ancora quegli occhi magnetici e fulminanti. Ardeva una segreta fiammella di desiderio, una sottile ma a lei percepibile febbre di azione, un'ombra d'impazienza, come se anche lui volesse accelerare la partenza, pur se sinceramente commosso... Che imprese s'accingeva a tentare quell'uomo, che sapeva di essere prigioniero del suo impero malato, nel tempo irredimibile che nemmeno Jeshua aveva potuto riscattare? Ma era tardi, lei non viveva più di memoria: lei era stata redenta, arresa alla sua nuova vita di madre, non doveva più porsi altri problemi che quello della felicità di Giairo e di Ester. Al momento di vederli uscire dalla sua stanza, Tiberio chiamò ancora la figlia di Giairo per nome e, simulando con le due mani unite il volo di un uccellino nell'aria, disse:

— Ester, quando sarai a Gamala bada che i bambini non tirino ai passeri con la fionda... potrei essere io, uno di quelli, venuto a trovarti! — La bambina, già sulla soglia, rimase perplessa un momento, poi capì e gli sorrise accennando con la testa di sì. E sparì con la madre e il padre.

Lungo la strada ripida che scendeva da villa Jovis al porto, Giairo e Cornelia, con gli altri membri dell'ambasceria del Sinedrio, dovettero a lungo sostare sul ciglio del sentiero per lasciar passare l'interminabile seguito del proconsole di Giudea Ponzio Pilato che saliva. Il potere del dominatore, quello di Ponzio Pilato, aveva la precedenza su quello del vinto, il Sinedrio di Giairo. Quando finalmente passò, dopo una schiera di servitori di varie razze e colori, scortata dai legionari ausiliari, la portantina del proconsole, Cornelia intravide fra i lembi della cortina un viso rotondo e dolce di donna accanto a una grassa forma virile di cui non era visibile il volto. Doveva essere la moglie di Ponzio

Pilato, accanto a lui. Stava per domandarne il nome a Giairo quando pensò che non aveva più nessuna importanza; qualunque nome avesse, quel che d'ora in poi sarebbe avvenuto lassù, nel covo di Tiberio, non l'avrebbe più riguardata. E a conferma di questa verità venne la vocina di Ester che le mostrava la bambola di pezza dai capelli rossi chiedendole se le poteva cucire un vestito nuovo durante il viaggio per mostrare alle sue amiche, quando sarebbero a casa, ch'era stata lontano lontano la sua bambola, dove la gente vestiva diversamente.

Ma Claudia Procula, la moglie di Ponzio Pilato, aveva notato Cornelia nel gruppo dell'ambasceria e s'era rivolta al marito per domandare se conosceva il capo di quella missione del Sinedrio.

— No, gente che non esiste, oscura... — le aveva risposto distrattamente il marito immerso a leggere e a rileggere le ultime lettere giunte a Cesarea da Tiberio, per cercare di capire ancora una volta per quale maledetto motivo fosse stato convocato a Capri, di che cosa dovesse rispondere mai; tutto era così tranquillo in Giudea...

"Che viso singolare aveva quella donna, non pareva ebrea", pensava Claudia Procula intanto. Pilato era infastidito dall'incontro con quei circoncisi che l'avevano preceduto da Cesare. Sospettava che qualcuna delle ragioni che l'avevano condotto fin lì, dopo un viaggio tremendo, fosse legata alla presenza di quegli inviati dal Sinedrio. Né il silenzio di Trasillo, sulla stessa porta della villa dove aveva accolto Giairo, allorché gli fece qualche domanda sugli ebrei appena partiti, gli parve garanzia di estraneità degli stessi. Piuttosto gli sembrò prova che i suoi sospetti erano purtroppo fondati. Con quei giudei il suo rapporto non era mai stato facile, già erano riusciti a metterlo in cattiva luce presso Cesare; come quando era stato invitato da Tiberio stesso a non offendere i loro sentimenti religiosi con gli scudi effigiati del volto di Cesare affissi sui muri del loro tempio. E ora non c'era più al mondo Lucio Elio Sejano, il potente protettore, a trarlo d'impiccio.

Passarono due giorni prima che Tiberio lo ricevesse. Due giorni nei quali l'atmosfera di quella villa, di cui in tutto l'Impero si favoleggiava, gli parve sempre più oppressiva e deprimente. C'erano delle ore in cui l'assoluto silenzio, singolare in una casa che custodiva il·potere, era interrotto solo dal grido strozzato dei pavoni sacri a Zeus Ammone. Un carcere, non una villa di piaceri è questa casa, pensava allora Pilato. E guardava sua moglie, che ricamava tranquilla una nuova sopravveste per il gran sacerdote, da donare al Tempio di Gerusalemme anche in segno di deferenza e attenzione da parte di coloro che rappresentavano la mal tollerata autorità romana. Sapeva sempre farsi voler bene, sua moglie, al contrario di lui che aveva un carattere così ispido. Intanto però almeno una cosa era riuscito a capire da Trasillo: che Tiberio si prendeva ancora una volta gioco dell'orbe terracqueo intero facendosi credere giunto allo stremo. Stava invece benissimo, come poté rendersi conto di persona quando finalmente una sera Tiberio, all'improvviso, lo convocò nelle sue stanze.

All'inizio il colloquio fu quasi cordiale; domande sulle ultime opere pubbliche nella provincia, l'acquedotto di Samaria, i lavori di costruzione del foro nella città che portava il suo nome, Tiberiade, il porto di Cesarea ingrandito, l'aumento delle tasse nella ex tetrarchia di Filippo, i nuovi problemi con il re degli Arabi Nabatei Areta IV che s'era alleato coi Parti, la necessità di rafforzare il contingente militare a sud, dov'era il pericolo verso Petra capitale di Areta. C'era poi quel crescente fenomeno di vulcanismo del Mar Salato a sud, che rendeva sempre più opportuno inviare naturalisti a osservare le acque nelle quali non potevano più vivere né pesci né alghe; ormai nemmeno la navigazione era più possibile, a parte il tratto in cui sfociava il Giordano. Era lucido il vecchio tiranno, in ottima forma, quasi allegro, in vena di scherzare persino sulla pinguedine del proconsole che non doveva passarsela poi tanto male come invece mandava sempre a dire a Roma. Ma Tiberio era noto per la sua capacità di dissimulare nell'incertezza che sovente lo dominava i sentimenti più contrastanti. Spesso anzi era stato proprio quel tono così cordiale a precedere gli strali più tremendi. Perciò Pilato, che lo aveva incontrato varie volte quando era ancora vivo Sejano, non riusciva a rilassarsi e stava in guardia, tesissimo, in attesa del colpo.

A un tratto l'imperatore aggiustando le carte sul suo tavolo, guardando in basso, lasciò cadere una domanda su Jeshua, l'ebreo di Nazareth, di cui s'era parlato nella passata primavera. C'erano stati tumulti a causa della sua predicazione, aveva saputo; e ora i seguaci facevano sentire la loro presenza o tacevano? Pilato rispose che tutto era ritornato calmo, che quella massa di straccioni s'era dissolta nel nulla e che nel giro di qualche anno nemmeno un cane, in Giudea, si sarebbe più ricordato di quel povero pazzo di Jeshua. Già, replicava al suo proconsole l'imperatore, da ragazzo lo credevano lo scemo del villaggio e le donne che si rammaricavano della sua bellezza sprecata lo tormentavano spesso... Ma i cani forse lo avrebbero ricordato... Certamente doveva conoscere il segreto linguaggio degli animali perché non poteva comparire da qualche parte che subito — continuava la voce nasale di Tiberio che sorrideva a una sedia vuota accanto alla sua come se ammiccasse a qualcuno — spuntavano pecore, cani, gatti, galline, somari, cammelli, donnole, passerotti, gazze, corvi, farfalle, falchetti... tutti richiamati, allo stesso modo delle folle di giudei, dalla sua presenza di povero scemo, come diceva bene il suo proconsole.

Ponzio Pilato udendo tutte quelle notizie che Tiberio sapeva più di lui, su quell'oscuro agitatore e fanatico, si trovava in una penosa sospensione di spirito. Era innaturale tanto interessamento dell'imperatore per un personaggio di così scarso rilievo, doveva essere una nuova commedia per celare uno scopo recondito.

Ma già Tiberio continuava il suo curioso soliloquio, appena interrotto da qualche richiesta di assenso rivolta allo smarrito interlocutore. Era vero che quell'ebreo aveva risuscitato i morti in qualche caso, ormai non si poteva più dubitarlo come pure il suo proconsole sapeva. Ma anche ciechi, lebbrosi, idropici avevano, non è vero?, conosciuto la sua potenza guarendo miracolosamente. E Ponzio Pilato, infilata la prima serie di consensi, rispondeva ogni volta che era vero.

— Certo era uno scemo del paese molto intelligente, non c'è dubbio, non credi Ponzio Pilato? — terminò il suo lungo monologo l'imperatore. A quel punto Pilato cominciò ad avvertire tutta la presenza del pericolo che si materializzava nella penombra della sala. Tiberio, alzati gli occhi dalla tavola e ficcandoli con una strana intensità su di lui, ancora parlava:

— Quell'uomo mi amava al punto da abbracciarmi con la sua pietà anche oltre la sua morte. Mi ha inviato una bambina ebrea perché mi consolasse della mia solitudine. Mi ha visto passero, prima di imperatore romano, e anche allora mi ha accarezzato dicendomi che nessuna forma dell'esistenza è eterna, che le mie povere piume erano state solo un abito passeggero prima di rivestire la porpora... Perché Ponzio Pilato, perché tu l'hai ucciso in mio nome?

Le parole di Tiberio suonavano così assurde e terribili nella notte, da far vacillare il cervello del proconsole. Era un incubo da cui doveva assolutamente risvegliarsi.

— Da questo incubo non ci risveglieremo più, Ponzio Pilato, mai più! — ora quel pazzo gli leggeva nell'anima? si domandava il proconsole — la bambina resuscitata per portarmi il suo amore è tornata a casa, non ha potuto nemmeno lei ridestarmi da questo regno dei morti in cui Jeshua mi ha visto vivere — Ora taceva il vecchio e pareva sconvolto, scosso da un tremito come se fosse colpito da una febbre.

— Cesare, ti senti male forse? Debbo chiamare il tuo

medico? — avrebbe dato un anno di vita perché entrasse qualcuno a dissolvere quell'insopportabile tensione. Non era possibile che fosse toccato a lui vedere Tiberio uscire di senno e seguire una logica che non aveva ormai niente di umano. Era dunque vero che qualcuno dell'ambasceria del Sinedrio era venuto dalla Giudea a sparlargli di lui e di quel che avveniva sotto il suo governo. Mai però avrebbe potuto immaginare che il vecchio rimbambito si lasciasse intenerire dal misticismo di quella nazione d'invasati. Che triste fine di regno attendeva i romani: Tiberio infatuato dei giudei e delle loro favole... e a lui era capitata in sorte proprio l'amministrazione di quella provincia!...

— Non c'è nessun medico per me, Ponzio Pilato, e nemmeno per te, non ti agitare. Ma perché l'hai ucciso? Non mi hai ancora risposto, bada Ponzio Pilato! Non c'è da scherzare con l'ira di Cesare, pesa le tue risposte ora! — sì, il tono era quello crudele di sempre, era dunque una follia lucida, quella del tiranno, la peggiore.

— Ma, Cesare, — gridava fuori di sé, reso audace dal terrore, Ponzio Pilato — io non l'ho mai ucciso! Lo feci, è vero, arrestare una volta ma solo per interrogarlo, poi lo lasciai andare... Nessuno sa più dove egli sia. Dicono che l'abbia colpito a tradimento il più fanatico dei suoi, uno che aveva nome Giuda Iscariota, della setta degli Zeloti. Altri che sia fuggito in India insieme a sua madre, dopo essere guarito dalle ferite di Giuda. Ma i suoi seguaci dicono che egli è risorto dalla morte e salito in cielo, presso suo padre, il dio degli ebrei. Per questo non riuscivo a risponderti prima, non riuscivo a capire che cosa volessi dire poiché io non l'ho mai fatto morire...

Non aveva ancora terminato di parlare il proconsole che Tiberio s'avventava come una furia su di lui, ghermendolo per il collo con la mano adunca come un artiglio. Le unghie del vecchio graffiavano la carne del collo grasso che sanguinava.

— Non mentire, Ponzio Pilato, o ti farò tagliare stanotte

stessa questa testa di bugiardo! Bada che stai giocando la tua vita miserabile, dimmi la verità! Davvero egli non è stato condannato a morte in nome di Tiberio Cesare, imperatore romano?

— Te lo giuro, Cesare, per gli dèi immortali! Te lo posso provare subito! Sono tutti vivi i testimoni di quel che dico, coloro che vivono con me laggiù, a Cesarea, puoi interrogarli qui, in questa stanza, se vuoi... — implorava Ponzio Pilato cadendo in ginocchio davanti a Tiberio che aveva mollato la presa e sedeva sconvolto ansimando per lo sforzo e l'ira.

— Subito da me, tutti i tuoi! Voglio vederli e interrogarli immediatamente. Tu resta qua e non ti muovere dal mio fianco! — sibilava a quel punto Tiberio additando la porta. E in pochi minuti, avendo Tiberio avvisato i centurioni che avevano accompagnato Pilato, comparvero tremanti sulla porta i sediari, i segretari, i lettighieri, i tribuni militari, i cuochi, i servitori, le guardie del corpo e per ultima, Claudia Procula, la moglie con le sue due ancelle. Spiegato rapidamente a tutti che Cesare, alla cui augusta presenza si trovavano, voleva sapere che cosa conoscevano della fine di Jeshua di Nazareth, il cosiddetto Messia che negli ultimi tempi aveva tanto agitato gli animi dei giudei, Pilato si voltò verso Cesare invitandolo a interrogarli. Claudia Procula guardava e guardava il marito con l'espressione sorridente e sicura che sapeva trovare nei momenti di maggior pericolo, come a cercare d'infondergli tutto il coraggio che poteva.

Nelle risposte di ognuno, dai più umili ai più colti, l'incertezza sull'oscura fine di Jeshua era concorde. Nessuno ne aveva più saputo nulla, era scomparso alla Pasqua, la grande festa che gli ebrei celebravano dopo il primo plenilunio di primavera. Chi lo diceva trucidato, nell'orto del Getsemani, dal più invasato dei suoi seguaci, il nazionalista zelota Giuda, che poi si era impiccato. Chi lo sapeva fuggito in India, dove ancora predicava vagando senza posa in quell'immensa regione ai confini del mondo, con un nome diverso. Anche sua madre lo aveva accompagnato laggiù, felice di vederlo sottrarsi al clima esasperato di congiure: ma la donna attempata si era sistemata in una città della Battriana lasciando il figlio proseguire. Altri ancora riportavano quel che i discepoli avevano raccontato sulla sua resurrezione, seguita alla morte per mano di Giuda suicida.

Tiberio pareva stranamente distendersi ascoltando quelle risposte; ma solo una testimonianza parve definitivamente placarlo, una frase pronunciata da Claudia Procula quando prese la parola:

— Cesare, io lo conoscevo bene, spesso ho percorso la Giudea per poterlo udire predicare anche di nascosto da mio marito... ascoltami... Egli era una divinità che non aveva dove posare sulla terra, incapace di prendere sede dovunque, Jeshua non aveva piedi... né nazione... non pareva solo giudeo ma di tutti gli uomini... Una volta l'udii esortare a non preoccuparsi del letto in cui dormire, né del vestito, imitando i passeri che hanno per casa il cielo e i gigli del campo cui Dio ha dato abiti più preziosi di quelli del re Salomone — Tiberio rammentava la descrizione fatta da Giairo di Jeshua "quell'uomo che non poteva mai sostare in nessun luogo"; e con la destra riapriva al suo tavolo la lettera del legato Mario Veturio dall'India, pervenuta il giorno prima: " ... è qui venerata una divinità che non ha dove posare e appare e scompare in varie parti della terra, prigioniera della sua natura divina, ed ora è ritornata nei panni di un asceta..."

A Tiberio pareva di sapere quanto bastava. Si ritirassero subito e lo lasciassero tutti finalmente riposare. Dunque era vivo forse. O era stato ucciso da Giuda? Colui che già l'aveva ucciso trascrivendo le sue parole forse l'aveva anche eliminato fisicamente prima di suicidarsi a sua volta? Nella specie di stordimento in cui era non lo soccorrevano certo il poema di Cornelio Gallo, né le parole di Cornelia che gli avevano sempre rimproverato la colpa del sangue di Jeshua.

Era dunque già nel poema di Gallo la falsa testimonianza della verità? Era già racchiuso in quell'opera perduta il primo frammento della menzogna della parola scritta da Giuda..

Comunque fosse andata, la verità alla fine lo salvava. Egli non era stato l'assassino di Jeshua, mai sotto le sue leggi s'era consumato quel delitto! Ponzio Pilato non aveva mai innalzato la croce del supplizio com'era in uso in Giudea!

Se ora Tiberio provava una gioia così alta come da molto non ricordava di aver assaporato, era anche necessario però compiere l'opera che lo preservasse dalla menzogna della parola di Giuda, quella menzogna di cui aveva già avuto un pegno e un'anticipazione nella colpa che gli veniva attribuita da Cornelio Gallo e da sua figlia. L'aveva detto Cornelia Lucina nel suo racconto: al punto più alto della visione suo padre aveva intravvisto anche le parole del vangelo di Giuda.

Passarono alcuni giorni in cui Tiberio volle vedere appena i servitori addetti a servirgli i pasti. Trasillo e Pilato invano attendevano di essere richiamati. La porta dell'imperatore lasciava solo passare un negro muto dalla nascita per recare le vivande. Ma lo schiavo non era cieco, anzi aveva un'ottima vista; a Trasillo, che gli domandava che gesti avesse visto compiere a Tiberio nella sua stanza, lo schiavo rispose con mosse delle mani che mimavano un uomo seduto a un tavolo che scrive ininterrottamente. Tiberio dunque stava componendo e pareva così preso da aver dimenticato l'ambasceria di Pilato che pure aveva atteso con tanta impazienza.

Solo Claudia Procula sapeva come tranquillizzare Pilato, portandolo a passeggio nei bellissimi giardini della villa prospicienti le cisterne, davanti all'orrido sul mare verso la Sardegna; lì la donna sapeva trovare gli accenti giusti per tranquillizzare il suo uomo sconvolto:

— Vedrai, Pilato, che tutto s'aggiusterà. Ti abbiamo difeso talmente all'unanimità, non potrà incolparti più di nulla ora. Dev'esserci stato un equivoco montato ad arte dai farisei, avremo il tempo di chiarirlo con calma al nostro ritorno in Cesarea. Del resto devi anche capirlo questo vecchio stanco: davanti alla morte nessuno di noi può sapere se non comincerà a credere nei taumaturghi che resuscitano... Magari anch'io potrei domandare aiuto a Jeshua, in quell'ora, chissà forse anche tu... era un uomo davvero straordinario... — sorrideva la donna guardando il marito che storceva la bocca in un'espressione di disgusto.

— Ah la sfortuna di aver avuto in sorte quella Giudea maledetta invece dell'Acaia o della Gallia! E tu che eri contenta e correvi a ringraziare Sejano che ce l'aveva fatta assegnare... lo sentivo io che nulla di buono poteva venirci da quella provincia di fanatici circoncisi! — E la moglie saggia e paziente lasciava sfogare il marito sconvolto in attesa della chiamata di Tiberio.

Tre giorni attese Ponzio Pilato. Poi, in piena notte, sentì lo schiavo siriano Aterio che dietro la porta lo chiamava bussando: — Signore, Cesare ti vuole immediatamente — In pochi momenti fu pronto avendo appena il tempo di abbracciare Claudia Procula prima di sparire dietro Aterio. Giunto nella stanza da cui gli pareva di poter uscire o per l'Averno o per partire subito per la Giudea, trovò Tiberio tranquillo in piedi vicino al suo tavolo dal quale il consueto cumulo di documenti era sparito. C'erano solo un calamo e un volume sottile arrotolato.

— Ora ascoltami bene, Ponzio Pilato! Farai ritorno nella tua provincia con questo volume. Vi è precisato, a grandi linee e con molti particolari da definire che insieme stabiliremo, quanto dovrai eseguire. Partirai per Cesarea appena il vento favorevole si sarà levato. Se vuoi avere salva la vita devi accusarti e accusarmi della morte di Jeshua di Nazareth. In che modo? Lasciando a tutti gli storici della Giudea, della Siria e dell'Egitto la versione dei fatti che ora ti racconterò e che è riassunta qui, come documento riservato solo a te e che tu dovrai distruggere fra un anno. Tutti dovranno ricevere questa versione come l'unica buona: scribi, epigrafisti, grammatici, retori, esegeti della Bibbia, dottori della legge, sapienti, annalisti, maestri delle scuole. Tutti coloro che in qualche modo abbiano dimestichezza con la scrittura e i fogli di papiro, di cartapecora, le pergamene, il marmo, gli ostraka, l'arenaria, le tavolette di cera, ogni specchio insomma in cui l'affaticata parola orale riposi e si compiaccia morendo nella pace del segno scritto che resta. Jeshua morì dunque a Gerusalemme nella settimana della Pasqua ebraica, nel diciannovesimo anno del mio regno, crocifisso sulla croce dopo un regolare procedimento che tu gli hai intentato per la colpa di lesa maestà dell'imperatore romano.

Pilato, a una pausa del vecchio che pareva sorridere di soddisfazione, domandò di sedersi. Era troppo assurdo quello che udiva, doveva esserci un nuovo inganno, un altro trabocchetto. Ricevuto il permesso di sedere, ascoltava proseguire Tiberio:

— Non c'era nessun condannato a morte che tu potessi liberare, a Gerusalemme, durante la festa degli ebrei, per un atto di mia clemenza sovrana, da contrapporre a Jeshua nella scelta del popolo?

— Certamente, Cesare, c'erano Barabba, un cospiratore; Disma, un ladrone; Gesta, un assassino e rapinatore...

— Basta, tre sono troppi da opporre a Jeshua: il confronto sarà avvenuto solo fra lui e Barabba. Dunque faremo così: il popolo avrà richiesto a gran voce che tu mettessi a morte Jeshua e salvassi invece Barabba. Gli altri due saranno crocifissi insieme a Jeshua. Sì. Mi pare ben fatto, non pensi? — domandava con un leggero sorriso d'intesa Tiberio. Ponzio Pilato assentiva con un gran movimento del capo asciugandosi il copioso sudore del collo col lembo della tunica.

— Sulla croce allora uno dei due ladroni, Disma, direi, gli professerà la sua fede in lui. Ormai in agonia lo farai bere aceto porto da uno dei nostri centurioni. Ma egli lo rifiuterà. Intanto i soldati si giocheranno la sua tunica, rossa come quella con cui ti stai detergendo il sudore — Pilato lasciò subito cadere l'abito, impaurito: un lampo maligno era passato nello sguardo di Tiberio.

— La via per salire il monte del supplizio sarà stata lunga e punteggiata di incontri con i più cari dei suoi discepoli, ma il più straziante sarà stato l'incontro con la madre. Ricordati bene che poi, nell'ora della morte, ci sarà stata una scossa di terremoto così terribile da farsi avvertire in tanti luoghi d'oriente e anche oltre... quasi fino a Capri... — e qui il volto di Tiberio si contraeva in maniera paurosa perdendo del tutto la sua strana allegria. Ecco che la sua faccia cupa e minacciosa di nuovo lo incalzava come tre giorni prima:

— Ma sei proprio certo, Ponzio Pilato, di non averlo mai crocifisso davvero tu?... Bada, sai quel che ti aspetta se mi avete mentito tutti quanti! Il boia è già pronto!

— Cesare, tu stesso li hai uditi i miei accompagnatori! Come potrei averli istruiti a mentirti se sono rimasto qui accanto a te quando li hai fatti chiamare? — implorava Ponzio Pilato.

— Prosèguiamo allora... È importante che sulla croce sia posta una scritta in latino, "Jeshua nazareno re dei Giudei": è la parola scritta la sua rovina. Durante il processo tu più volte gli avrai domandato se egli sia re dei Giudei. Lui tacerà due volte, poi ti risponderà "Tu l'hai detto" con una strana abilità. Per accentuare la gravità della responsabilità degli ebrei in tutto il processo e prendere un po' le distanze da un atto che è troppo palesemente ingiusto per il nostro diritto e che ci metterebbe — qui Tiberio pareva fiutare l'aria e stringere le narici come fiutasse un odore — nel futuro che verrà un po' in cattiva luce tu, Ponzio Pilato, dovresti compiere un gesto di ostentato distacco da quei fanatici del Sinedrio di Gerusalemme. Io ne avrei pensato uno piuttosto simbolico da suggerirti. Te lo leggo addirittu-

211

ra, se vuoi, mi par venuto bene... — e Tiberio, con una sfumatura di vanità letteraria che mai nessuno aveva riscontrato, prendeva a leggere di come Pilato, dopo la sentenza di morte, fattosi recare un gran bacile d'argento e un'anfora d'acqua, si lavasse pubblicamente le mani davanti al popolo come a voler rimanere mondo del sangue di quel giusto che era Jeshua. Catturato dal piacere di quel che aveva scritto e forse persino dalla speranza di ricevere una lode dal suo atterrito ascoltatore, Tiberio tirava avanti senza più dialogare con Pilato. E alle orecchie di Pilato era evocata la scena dell'ultima cena con il preannuncio della morte per tradimento da parte di uno dei suoi più cari fra i dodici seguaci. Poi durante quella cena il momento solenne della fondazione di un potere che loro, i dodici, avrebbero rappresentato dovunque fino alla consumazione dei tempi. Fu a quel punto che, interrompendo la lettura, Tiberio alzò gli occhi e domandò con una leggera esitazione:

— Ti piace, Ponzio Pilato, quel che ho scritto? — lasciando il proconsole di Giudea così freneticamente alla ricerca di un aggettivo entusiastico da perdere troppo tempo senza trovarlo, deludendo Tiberio che, non più in cerca di plauso, aggiungeva una raccomandazione severa:

— Bada di non dimenticare assolutamente di diffondere e tramandare quest'invenzione del potere dei suoi eredi! È il particolare fondamentale di tutta la nostra falsificazione — Ricevute sufficienti garanzie su questo punto, Tiberio continuava poi per pagine e pagine a raccontare minutamente la fine di Jeshua e quel che aveva operato e detto nella sua vita nei momenti salienti. Pilato non perdeva una sillaba, teso come quando aveva varcato la soglia della sala, incapace di calcolare il tempo passato da quando s'era seduto ad ascoltare quel che avrebbe dovuto essere per la storia la vita d'un oscuro fanatico dell'Impero vissuto nella provincia di Giudea sotto il proconsolato di Ponzio Pilato e il regno di Tiberio. Finalmente Tiberio lesse le ultime parole e arrotolò il volume, sigillandolo col suo anello. Porse il rotolo alle mani di Ponzio Pilato fissando a lungo il fragile involucro, affascinato come mai lo era stato dal potere della scrittura. Era il testo che poteva salvare, con la sua menzogna ufficiale ed amplificata — rispetto a quella enunciata da Giuda nelle sue carte per accrescere l'odio della sua gente contro i romani —, la verità del segreto di Jeshua. Perché col più grande sforzo d'immaginazione Tiberio non arrivava a sospettare che l'avidità di potere dei discepoli di Jeshua, una volta entrati in possesso del vangelo di Giuda, potesse essere così forte da far loro non solo accettare ma addirittura ricercare l'alleanza con un erede dell'imperatore romano. Quando entro qualche secolo da qualche parte si fosse ritrovato il vangelo di Giuda, la colpa di Tiberio che lui stesso si era già attribuita per amore di Jeshua, avrebbe evitato al mondo la replicazione del male dell'Impero in un nuovo potere dei sacerdoti di Jeshua. Egli riteneva che la sua menzogna sistematica sarebbe stata provvidenziale a differenza di quella nazionalista di Giuda, e che gli eredi di costui, bramosi di governare il mondo con le parole del Nazareno trascritte e tradite dallo zelota, non avrebbero potuto realizzare il loro sogno di strategica alleanza con l'Impero di fronte a un Impero romano bollato già da Tiberio dell'assassinio di Dio. Egli poteva soltanto così rispondere a Jeshua che lo voleva redimere dal male del potere: caricandosi della colpa della croce che non aveva. La verità che Jeshua non era morto ucciso dai farisei e dal proconsole Ponzio Pilato ma era scomparso, forse risorto in qualche altra parte della terra, divinità che non aveva dove posare e non privilegiava nessun popolo, avrebbe in silenzio vinto su tutti i tentativi di distorcerla operati dai suoi evangelisti. Quell'uomo, che aveva solo parlato ed operato senza voler scrivere o lasciar scrivere nulla, non sarebbe più morto nelle pagine di alcuna regola per offendere il mondo nel giudizio fra buoni e cattivi.

Tiberio s'accorgeva di ripetere l'opera di Augusto pur con un gesto opposto al suo: Augusto aveva distrutto il poema di Cornelio Gallo e così aveva realizzato la sua carica profetica, lui invece aveva falsificato la storia di Jeshua per poterne salvare la verità. I due gesti s'incrociavano in un punto, nell'umiliazione della scrittura davanti alla vita. Mentre già le prime luci dell'alba venivano a illuminare i muri della stanza, Tiberio ormai in procinto di congedare Ponzio Pilato gli rivolgeva un'ultima domanda:

— Ricordi che nomi avessero i discepoli preferiti di Jeshua?

— Mi pare di ricordare solo Giacomo, Matteo, Giovanni, Filippo e Pietro, che qualcuno ha detto essere stato il rivale di Giuda — rispondeva Pilato.

— Corteggia in modo discreto gli ambienti dei suoi seguaci. Fra due generazioni, se tu avrai osservato bene le mie istruzioni, potranno già sorgere le storie della vita di Jeshua e forse saranno attribuite proprio a quei discepoli — Pilato era sulla porta quando Tiberio lo richiamava:

— Ponzio Pilato, lodo la tua discrezione ma consentimi un'ultima curiosità. Ti sei chiesto per quale ragione ho deciso quello che ti ho comandato di fare? — e la voce dell'imperatore pareva tornata la roca e profonda voce di sempre, quella d'un vecchio stanco qualche volta non in grado di celare una sorta di risentimento contro l'interlocutore, ma anche amabile e talora persino affascinante.

— Veramente no, Cesare, non ne ho avuto ancora il tempo.

— Non ti preoccupare, non perdere tempo a domandartelo e prendi per buona questa risposta che io stesso ti fornisco: sono geloso di te che hai potuto conoscere dal vivo quell'uomo. Per questo ho trasformato la tua verità e ti costringo alla mia, io che non l'ho mai incontrato... — e Tiberio rideva di una risata agghiacciante — vedi bene che Tiberio è davvero come dicono molto malato, e che non c'è più alcuna logica nelle sue azioni. Ma m'è venuto in mente un altro particolare da aggiungere: al momento del trapasso di Jeshua sarebbe di alto effetto drammatico che i morti a

Gerusalemme risorgessero e vagassero nella città a spaventare i vivi, e che il Sole e la Luna si oscurassero e che in molte parti della Terra gli uomini avvertissero una scossa di terremoto... — e di nuovo gli occhi di Tiberio roteavano terribili e lo fissavano come ancora volesse accusare il povero Ponzio Pilato della morte di quell'ebreo. — Ma ora va', Ponzio Pilato, ora va' davvero, altrimenti il giorno ci sorprenderà ancora qui a narrare.

XX

Passarono alcuni anni da quel giorno. Pilato ebbe il tempo di far ritorno nella sua odiata Giudea ad assolvere i suoi doveri di proconsole romano e a incoraggiare segretamente la diffusione delle notizie sulla fine di Cristo — ormai così lo chiamavano in oriente i discepoli, sempre più numerosi, nella lingua dei greci — che gli aveva ingiunto l'imperatore Tiberio.

Per un anno aveva tenuto in uno stipo della sua camera, dietro l'ampio letto a cortine, il volume che l'imperatore gli aveva consegnato a Capri; quando l'aveva distrutto l'aveva già imparato a memoria da mesi.

Le prime volte con stupore, poi sempre meno meravigliato e più angosciato, assisteva allo spontaneo moltiplicarsi di testimoni della vita e della passione di Jeshua che egli sapeva essere solo stati inventati dalla mente di Tiberio nella sua stanza di Capri a villa Jovis. A tal punto agivano potentemente sulla fantasia e sulla fede di quei fanatici gli scritti che ormai circolavano copiosi nelle varie regioni della Giudea ispirati a quanto egli aveva dettato e fatto scrivere. Spuntarono così dei centurioni romani che avevano chiamato Jeshua a casa loro per guarire il servo ammalato, dei legionari che avevano riconosciuto che egli era figlio di Dio quando l'avevano udito invocare il padre sulla croce. E qualcuno, come quest'ultimo, aveva nome e si presentava come Cassio Longino a lui, Ponzio Pilato. Tale era il potere di suggestione della parola affidata alle carte da costituire lentamente Ponzio Pilato in giudice ed assassino di Cristo.

Se ne accorse con Claudia Procula una sera che a tarda ora rientrava in portantina con pochi soldati di scorta lungo una delle viuzze più tortuose di Gerusalemme. Stava già quasi addormentandosi, cullato dall'oscillazione dei portatori, quando udì una voce femminile gridare in aramaico:

— Facciamogliela pagare all'assassino del maestro sulla via della croce! — Nel giro di qualche minuto una plebaglia nascosta dietro le case ingaggiava battaglia con i suoi portatori e i suoi soldati di scorta mettendoli in seria difficoltà. Claudia Procula era già svenuta di spavento quando Ponzio Pilato udì gli zoccoli dei cavalieri romani che accorrevano in soccorso disperdendo quei fanatici e arrestandone una decina.

— Appena in tempo, Marco Servilio, ancora qualche istante e questi cani ci trucidavano! Porta subito al palazzo quei prigionieri, voglio interrogarli personalmente prima di flagellarli! — Claudia Procula era ritornata in sé e mormorava piangendo qualche parola sconnessa: — È orribile che tutto appaia contro di te per proclamarti colpevole... tu sei innocente del sangue di quell'uomo e ti vogliono morto come tu l'avessi ucciso... su questa via dove nessun Jeshua è passato carico della sua croce... è orribile quello che ci accade!

Ritornati a palazzo, Ponzio Pilato, dopo che la moglie si fu ritirata, si precipitò nelle segrete dov'erano i prigionieri che avrebbero voluto ucciderlo quella notte. Li ascoltò ad uno ad uno vomitare il loro odio feroce e le loro terribili accuse, con una precisione di particolari, nelle denunce della sua responsabilità, da farlo rimanere sempre più allibito. Monotona ed ossessiva ricompariva in tutti i racconti la stessa accusa di viltà che traeva spunto dall'aneddoto della pubblica lavanda delle mani di Pilato, per non volersi macchiare di sangue innocente. Era quel preteso ricordo che più faceva imbestialire i seguaci di Jeshua; e pareva renderli eroici di fronte alla morte che li attendeva. Mentre ogni volta rammentavano la stessa scena delle mani, lui riandava col pensiero intanto a quel colloquio notturno con Tiberio, a quel momento in cui l'imperatore aveva smesso di parlare e iniziato a leggere inventando quel gesto simbolico anche per offrire a Pilato il vantaggio di una presa di distanza da quell'iniqua sentenza. E Ponzio Pilato sentiva di essere sempre più prigioniero di quel terribile segreto chiuso nella stanza di Capri, che era impossibile violare se non voleva perdere la vita. Congedò con un gesto di fastidio quella decina di miserabili bugiardi dando ordine di metterli a morte la mattina dopo:

— Che siano crocifissi come il loro eroe... — ringhiò al tribuno militare che doveva far eseguire la sentenza. Mentre si ritirava a letto accanto alla moglie solo un pensiero veniva a sollevarlo dall'incubo in cui stava precipitando la sua esistenza di proconsole in Giudea: la morte dell'imperatore. Certo il giorno in cui Tiberio finalmente fosse morto lui non sarebbe più stato vincolato da quel segreto e avrebbe potuto difendersi e mostrare la verità della sua innocenza. Lui non aveva mai crocifisso nessun Jeshua di Nazareth, lui era innocente di quel sangue! Eppure qualcosa gli diceva che il cerchio delle parole già scritte su quei giorni della vita e della passione di Cristo, si sarebbe maleficamente allargato anche dopo la fine di Tiberio almeno nella Giudea. Non restava che una soluzione: andarsene da quella terra, sollecitare un trasferimento, dare le dimissioni dalla carica se non si offriva altro mezzo per partire e far ritorno a Roma dove gli ebrei erano solo oggetto di scherno e di disprezzo. A Roma Jeshua mai avrebbe potuto continuare ad essere evocato e rimpianto da nessuno per tutti i secoli a venire, questo era certo.

Negli stessi giorni lontano, a Roma, c'era un altro che pensava che la morte di Tiberio poteva porre fine alla sua infelicità ma, come Ponzio Pilato, poi si ricredeva e rifletteva che forse nemmeno la scomparsa dell'imperatore avrebbe potuto renderlo libero: Caligola. Il figlio di Germanico era stanco di nascondere l'amore per la sua Drusilla. Inoltre lo spaventavano alcune allusioni che gli facevano temere che fosse ormai impossibile celarlo. Drusilla poi pareva in quegli ultimi tempi sempre più debole e provata, come fosse non tanto malata — i medici la trovavano, diceva lei, sanissima — quanto fatalista e rassegnata a non poter dominare il suo destino. In compenso era diventata dolcissima e protettiva: non l'aveva mai tanto amata Caligola come ora che l'ascoltava rievocare, mentre la passione dava una tregua ai loro amplessi, i momenti più teneri dell'infanzia, i ricordi delle loro prime alleanze contro i familiari, soprattutto contro la nonna Antonia, le fughe dal palazzo che più volte avevano tentato da bambini per correre a vedere la folla assiepata nelle strade di Roma durante le feste più solenni, come tanti altri bambini di Roma. E già Drusilla nelle sue rievocazioni — pareva che il sonno sempre più l'abbandonasse bastandole tre o quattro ore per notte — mitizzava i primi momenti del loro amore proibito, risalendo nei pochi anni che contava ai primi incontri nella casa romana e nelle ville del marito. Aveva inventato un gioco che pareva divertirla e commuoverla: la rievocazione dei colori degli abiti, dei gioielli, delle fogge dei vestiti, dei fermagli sui capelli, dei ricami delle stoffe che lui le aveva notato addosso nei più lontani incontri. Poi, non parendole sufficiente ricreare quel passato solo con gli oggetti che abbellivano i corpi, era passata alla suppellettile delle camere dove s'erano amati, cercando una precisione di ricostruzioni di ambienti e momenti che aveva un accento maniacale. Caligola non poteva indovinare che sua sorella, in vista della morte, voleva essere certa che tutto proprio tutto il loro amore si salvasse nella memoria del suo uomo assurgendo a mito. Doveva andarsene ad attenderlo come uno dei due divini gemelli, sicura che tutta la vicenda del loro amore sarebbe stata per sempre viva in lui, come una malattia da cui non si poteva guarire. Come la sua malattia. Ma nell'infermità di Drusilla, in quegli estremi giorni della sua vita, mostravano orrenda la testa medusea i mostri della gelosia: ed erano forze implacabili ed assetate di dominio, capaci di accendersi di furore ai minimi indizi offerti dalla possibilità che altre donne apparissero dopo di lei.

Giulia Claudilla, la candidata al matrimonio con Caligola- la raccomandata dalle contingenze politiche e dinastiche, era il fantasma che sempre più prendeva consistenza nella gelosia di Drusilla. Caligola non poteva ritardare un'ora, né rinviare un appuntamento, né levarsi da letto con un'espressione poco affettuosa, leggermente distratta, che subito il furore della sorella prorompeva in accuse: — L'hai vista, vero? Vieni appena dalla sua casa... Lo so... avete concordato quante ville dovrà recare in dote quel mostro? Quanti schiavi nella tua casa-tempio dei Dioscuri? Devi andare da lei domani? Guarda, Caligola, ch'io la sfregerò quella donnetta sulla pubblica piazza! Le taglierò io stessa la treccia vezzosa che porta su quelle spallucce magre come una schiena d'asino! — Altre volte la folle gelosia della sorella prendeva forme più violente e minacciose nei confronti di Caligola. Talora dopo l'amplesso era parsa trascolorare come se la febbre la divorasse; brandendo un paio di forbici aveva gridato che mai quella smorfiosa di Giulia Claudilla l'avrebbe goduto il piacere di giacere accanto a suo fratello, che lei l'avrebbe messo nelle condizioni di non tradirla mai più con nessuna... E avvinghiati avevano allora mutato l'abbraccio di qualche minuto prima in una lotta furibonda.

Tuttavia si trattava soltanto di squarci nel cielo della sua struggente dolcezza, nella lunga estenuazione di quel prendere congedo senza che Caligola dovesse capirlo. Il fratello infatti, lungo i due anni di quella passione, aveva ormai perfettamente assimilato alle abitudini e al carattere della sorella le sue manifestazioni più inquiete e sofferte, sempre più attratto dalla natura tragica di quel sentimento che non poteva immaginare fosse riscaldato e dilatato proprio dalla coscienza di lei di correre velocemente verso la morte. Per

Caligola la sua Drusilla era immortale, non lo sfiorava neppure il sospetto della verità. Fu in uno dei giorni in cui la sorella pareva più atrocemente dilaniata dal demone della gelosia che venne la notizia nella casa di Caligola attesa da anni: Tiberio non stava bene e s'era veramente indotto questa volta, per consiglio dei medici di Capri, a far ritorno in Italia, per un consulto coi medici più sapienti di Roma. Tiberio doveva essere grave davvero se era riuscito a vincere il suo odio per Roma, a deporre la sua feroce attrazione per la solitudine. Erano dieci anni — a parte la breve apparizione dopo i funerali della madre — che il tiranno non rimetteva piede sul continente. Ancora di recente aveva risposto a una lettera di Antonia, che lo invitava a Roma per il matrimonio d'una nipote, che "nemmeno otto elefanti sarebbero riusciti a trascinarlo nella gran sentina del mondo": la nonna stessa gli aveva mostrato la lettera in uno dei momenti in cui l'aveva redarguito per la sua incestuosa relazione con la sorella.

Non appena la notizia del ritorno imminente dell'imperatore malato s'era diffusa negli ambienti del senato e i consoli avevano dato disposizione per ringraziare gli dei e pregarli per la salute di Tiberio, Caligola s'era precipitato da Drusilla per parteciparle la gioia di quella notizia che avvicinava il tempo della successione.

— È alla fine, altrimenti non tornerebbe. Questa volta, Drusilla, ci siamo!

— E proprio per questo dovrai giocare d'astuzia e sorvegliare ogni mossa, Caligola! Non lasciarti travolgere dall'euforia, potrebbe essere fatale... — gli aveva risposto con la calma che la dominava sempre quando trattava le decisioni nei momenti più difficili. Poi, svanita l'eccitazione, mentre dalla Campania giungeva, alle idi di marzo, la notizia che Tiberio aveva dovuto fermarsi stanchissimo a capo Miseno, nella favolosa villa di Lucullo, e là attendeva il suo erede, i due fratelli s'erano a lungo consultati, in vista della partenza di Caligola, su quel che più convenisse in tale

221

contingenza. Prima di tutto era più che mai necessario sospendere ogni rapporto fra loro per qualche tempo; Drusilla fu irremovibile: — Sarebbe folle, e non me lo potrei mai perdonare, rovinare tutto in vista del traguardo: Gemello sarebbe felice di denunciarci al vecchio proprio ora che il suo sguardo si fa più incerto sulle cose e forse più incline ad accettare decisioni radicali che gli diano l'illusione di essere ben vivo e non in punto di morte — Poi era meglio partire subito, senza attendere che Tiberio Gemello potesse proporgli di recarsi insieme a capo Miseno, ufficialmente accreditando così la voce che il testamento dell'imperatore li vedeva coeredi del potere. Il corteo di Caligola doveva essere quello del figlio del glorioso Germanico; la corazza e le insegne erano state conservate per un giorno come quello. Lungo la via per la Campania i romani dovevano vederlo fregiato di quei segni che risvegliavano in loro il ricordo del popolarissimo padre. Da Antonia si sapeva con certezza che Macrone, il prefetto delle coorti pretoriane, non appena Tiberio fosse spirato avrebbe fatto proclamare dai soldati la successione di Caligola superando il testamento. Dalla parte di Tiberio Gemello non stavano legioni, ma solo senatori.

Occorreva che Caligola però sapesse usare tutta la sua diplomazia una volta giunto alla presenza del morente. Lì non ci sarebbero state né Antonia, né Drusilla, né Macrone, né i soldati delle coorti pretorie ad aiutarlo. Davanti agli occhi del vecchio, gelosi della giovinezza, dell'erede sarebbe stata combattuta la battaglia definitiva. E Caligola, mentre ascoltava Drusilla, tremava di paura, consapevole della propria vigliaccheria.

— Non sai se Tiberio possa gradire qualche dono, qualcosa di raro e prezioso? Cerca d'informarti bene sulle sue ultime manie, su quel che più l'ha divertito o interessato a Capri, negli ultimi tempi. Trasillo dovrebbe aiutarti volentieri nella scelta del dono, egli è ansioso di ingraziarti — suggeriva Drusilla distesa a letto, sempre più affaticata

— va' ora e torna solo quando saprai che cosa recargli; prima di partire mi verrai a salutare con il dono per Tiberio fra le mani.

Ma non Trasillo doveva consigliare Caligola; era in quei giorni a Roma chi aveva il dono adatto a Caligola per Tiberio, il grande amico Erode Agrippa, di ritorno da un viaggio nella terra della sua stirpe, quella terra dove aveva ragione di sperare che Caligola al potere l'avrebbe inviato presto a regnare. Uomo coltissimo e raffinato, dalle mille curiosità intellettuali, Erode Agrippa aveva portato dalla Giudea sulla sua nave un vero carico di oggetti d'arte, candelabri, anticaglie, preziosi vasi votivi e un certo numero di papiri in volume e manoscritti che il suo dotto bibliotecario alessandrino gli aveva procurato. La Giudea pullulava di sette religiose in quel momento e grande era il fervore consegnato alle carte: la maggior parte dei volumi che la nave aveva portato ad Ostia era di genere religioso ed interessava molto a Erode Agrippa che voleva conoscere le ultime credenze del complicato mosaico dei suoi futuri sudditi. Era personalmente incline a non credere né agli dei pagani né al dio della sua gente; ma era intellettualmente affascinato dalla commistione fra filosofia platonica e scrittura biblica. Quando si vide di fronte Caligola in procinto di partire per consumare l'epilogo di quella sua attesa del potere che era anche per lui decisiva, fu sollecito ad ascoltare le sue esigenze e sentendo che cercava un presente per Tiberio subito gli si offrì:

— Ho io quello che fa per te da recare a Tiberio, Trasillo non ti sarebbe utile; saprai che il vecchio, negli ultimi anni, ha ricevuto con piacere ambascerie ebraiche mostrando di conoscere bene la storia del mio paese e di gradire ogni volta le regalìe che venivano di laggiù come se gli fossero familiari, pur non essendoci mai stato — raccontava Erode Agrippa. Poi, come se si volesse soffermare su quel che aveva detto a considerarne la singolarità: — È inspiegabile la natura di Tiberio... Un vero e proprio enigma di contraddizioni... Lui così crudele eppure così incline alla metafisica... Sarà difficile agli storici capirlo. — Poi, conscio dell'urgenza della richiesta di Caligola, s'alzò per prendere da un grande baule della sala una scatola cilindrica legata con un nastro rosso. Sciolse il nodo e l'aprì. Apparvero vari volumi avvolti intorno al loro bastoncino d'avorio, molti dei quali ancora sigillati.

— Caligola, non ho ancora avuto tempo di studiarli ma so che sono molto interessanti; tutti narrano di vicende e teorie legate agli ultimi protagonisti della vita religiosa della Giudea: Giovanni, Ezekia, il figlio di Ezekia e altri ancora meno famosi e più recenti. So che Tiberio ha fatto sempre mostra di gradire molto doni come questi, a Capri: portaglieli e non dimenticare i nomi che ti ho detto — e porgeva la scatola richiusa a Caligola che sembrava un po' deluso, come s'aspettasse altre rarità da donare a Tiberio.

Dopo poche ore era già dalla sorella con la scatola dei preziosi manoscritti da mostrarle. Le raccontò quel che Erode Agrippa gli aveva rivelato delle manie dello zio e sciolse il nodo della scatola insieme a lei. Sentì che la mano di Drusilla, pallidissima, tremava e credette fosse anche la sorella molto tesa per l'agitazione delle ultime ore. Non sapeva che era da poco ritornata in sé dopo aver perso molto sangue. — Che buona idea ti ha dato Erode Agrippa; sono certa che a Tiberio tutto il mondo che è evocato da questi folli della Giudea piacerà molto... — osservava Drusilla.

— Lo credi? Veramente io m'attendevo da Erode qualcosa di più prezioso di queste scartoffie — replicava il fratello.

— Caligola, nulla è più prezioso per un morente della via tracciata nell'ignoto davanti ai suoi occhi: e qua dentro c'è quella via... — e la giovane donna vicina a morire toccava le carte come se volesse appropriarsi del loro segreto, quasi sentisse di invidiare Tiberio. Ma la certezza che né lei né Tiberio avrebbero fatto a tempo a leggerle l'aiutava a staccarsene per lasciare che il suo Caligola partisse.

— Ora va', Caligola, è tardi — e lo congedava con un abbraccio andando a coricarsi sul suo letto di morte.

Caligola viaggiò a cavallo tutta la notte, scortato dal suo seguito. Non fece che una sosta per il cambio dei cavalli verso Formia. Le notizie da capo Miseno erano gravi, Tiberio cominciava ad avere momenti di smarrimento in cui non riconosceva più nessuno; a tratti gli ritornava la coscienza ma erano intervalli sempre più brevi. Gli amici mandavano a dire di fare più presto se voleva essere in tempo a raccogliere le sue estreme volontà. Giunse alla magnifica villa di Lucullo all'alba. Ne scorse gli altissimi colonnati corinzi da lontano, sul poggio che sovrastava il capo: era dunque in quel luogo di piaceri leggendari del grande epicureo che si decideva il suo destino di Cesare. Si gettò dalla cima al galoppo come se volesse afferrare la fortuna per i capelli, senza più indugi, trovando in sé un'inaspettata sicurezza che Drusilla avrebbe molto apprezzato. Fu subito ammesso alla presenza dell'imperatore.

Tiberio stava nel suo letto appoggiato a una massa di cuscini dietro la testa e sotto le braccia scheletriche. Regnava una luce accecante nella stanza, contrariamente a quel che i medici raccomandano nella camera d'un moribondo. Ma era stato Tiberio a rifiutare la penombra, con ordini perentori e ripetuti:

— Non voglio l'ombra prima di doverla attraversare, lasciatemi tutta la luce che è possibile ancora — aveva detto a Trasillo. Ed era stato obbedito come sempre. Solo Trasillo si trovava nella camera illuminata; nelle anticamere era una vera folla di cortigiani che, non appena apparve Caligola, fu rapida a fargli ala, come al nuovo Cesare. Tiberio era assopito quando entrò il nipote; condotto da Trasillo fino al capezzale del morente, Caligola guardava quel profilo dal naso adunco e tagliente senza riuscire a staccare gli occhi, affascinato. Fu Trasillo a fargli segno indicando l'anello che Tiberio teneva all'indice della destra. Era quello il momento per sfilarglielo. Già Caligola tendeva il braccio tremante, quando Tiberio riapriva gli occhi improvvisamente. Riconobbe all'istante il nipote:

— Sei dunque giunto in tempo, Caligola — sussurrava; poi con un'ombra dell'antica malizia: — vedi che non t'aspettavo più... — Caligola s'afferrava alla scatola dei suoi doni come se cercasse un appiglio per non precipitare nella paura che gli incuteva quell'uomo. L'aveva portata con sé ma l'aveva appoggiata su una mensola d'alabastro vicina al letto ritenendola superflua. Ora gli pareva che solo quell'oggetto potesse restituirgli sicurezza.

— Cesare..., ti ho portato un dono dalla Giudea... giunto con la nave di Erode Agrippa: guarda, sono rari documenti ebraici, raccontano delle ultime scuole di pensiero, di Giovanni, di Ezekia e di altri meno famosi...

La mano ornata dell'anello imperiale ebbe un tremito convulso raspando con le unghie sulle coperte: il braccio s'alzava e s'abbassava nello sforzo di compiere un gesto, il volto scosso definitivamente dal sopore, gli occhi ben spalancati sulla scatola aperta di Caligola. Trasillo fu veloce a intendere; tolse i papiri dal cilindro davanti al confuso Caligola e li sciorinò rapidamente sul letto alzando i cuscini sotto il capo dell'imperatore. Tiberio ansando vagava con gli occhi aperti sui papiri, mentre Trasillo glieli sfogliava, rotolo per rotolo, avvicinandoli al volto del morente. A un tratto Tiberio ebbe un lamento soffocato, un'emozione incontenibile sembrava dominarlo davanti a un rotolo più smilzo degli altri dissigillato in quel momento, scritto in caratteri greci.

Un cartiglio di mano diversa da quella del testo, a grandi caratteri mezzo cancellati diceva: "Vangel. di Giuda Is...iota ap....lo di Gesù ..glio di Dio .al..t.re".

— Trasillo... leggimi una pagina — sussurrava Tiberio raccogliendo disperatamente le forze. Per caso Trasillo gettava l'occhio incerto sull'ultima sfogliando in fretta il papiro: leggeva e alle orecchie dell'imperatore giungeva un

226

racconto assai simile a quello udito due anni innanzi da alcuni servitori ebrei di Pilato. Jeshua era scomparso dopo la Pasqua, molti l'avevano visto in India, altri nella Battriana, altri ancora in Egitto: con un nome diverso dovunque però le folle l'ascoltavano e lo seguivano con la medesima fede nel suo imminente ritorno al padre celeste.

In un lampo di terrore Tiberio capì: giocato dalla menzogna di Cornelio Gallo egli aveva costruito la sua crocifissione e ora la vendetta dell'implacabile nemico di Augusto e di Roma si consumava sul suo letto di morte.

— Caligola... devi far uccidere una donna... in Giudea... — ma la morte troncava sulle labbra di Tiberio il nome di Cornelia Lucina, l'ignara artefice della vendetta del visionario poeta che aveva finto di leggere la crocifissione di Jeshua nello scritto di Giuda.

Passò qualche minuto di una lunghezza esasperante. Poi, nel gran silenzio sceso nella stanza, Trasillo sfilava dal dito di Tiberio l'anello col sigillo dell'aquila imperiale e lo poneva all'indice tremante di Caligola.

Il primo gesto del nuovo Cesare, non ancora uscito dalla stanza ad annunciare al mondo che aveva un nuovo imperatore, fu quello di gettare su un braciere le carte che tanto avevano interessato l'odiato assassino di suo padre e di sua madre. Era, quel braciere, dono di Livia ai nipoti di Lucullo, lo stesso usato da Augusto più di sessant'anni prima quando all'alba, dopo una notte insonne, aveva distrutto il poema di Cornelio Gallo su Jeshua di Nazareth.

INDICE

Finito di stampare
il 14 febbraio 1989
dalla Garzanti Editore s.p.a.
Milano
———
66284